Chères lectrices,

Il vous est sûrement arrivé, comme à moi, de découvrir dans le journal des histoires si étonnantes que vous avez pensé en les lisant : « Allons, c'est absurde, les journalistes exagèrent toujours ! » Mais au fond de vous-même, vous saviez pertinemment que ce que vous veniez de lire n'était pas le fruit de l'imagination d'un journaliste en mal de copie, mais bien la stricte vérité. Car, comme dit le proverbe, « la réalité dépasse souvent la fiction »…

Eh bien, ce sont ces histoires vécues, incroyables, stupéfiantes, qui servent, bien souvent, de source d'inspiration aux auteurs de vos romans. C'est dans cette mine foisonnante de sujets quotidiens aussi variés que passionnants qu'ils puisent personnages et situations. Ainsi, dans vos romans de novembre, vous allez trembler avec Lynn Chanak, blessée au plus profond d'elle-même en apprenant que sa fille a été échangée avec une autre à la maternité (Amours d'Aujourd'hui n°797), vibrer avec Lily Frasier qui retrouve par hasard son amour de jeunesse, le père de son petit garçon (n°798), frémir avec Heidi Ellis, plongée brutalement au cœur d'une affaire criminelle alors que rien ne la prédestinait à vivre pareil drame (n°799)… Vous vous identifierez à ces femmes malmenées par la providence, d'autant plus facilement que la vie, la vraie, est au cœur de chaque roman, comme un fil conducteur, à la fois invisible et indestructible.

Bonne lecture à toutes !

La responsable de collection

Mission à haut risque

NORA ROBERTS

Mission
à haut risque

HARLEQUIN

AMOURS D'AUJOURD'HUI

*Cet ouvrage a été publié en langue anglaise
sous le titre :*
NIGHT SHADOW

Traduction française de
JEANNE DESCHAMP

HARLEQUIN®

est une marque déposée du Groupe Harlequin
et Amours d'Aujourd'hui®
est une marque déposée d'Harlequin S.A.

Originally published by SILHOUETTE BOOKS,
division of Harlequin Enterprises Ltd.
Toronto, Canada

Illustrations de couverture
Visage : © MARTIN BARRAUD / GETTY IMAGES
Gratte-ciels : © GLEN ALLISON / GETTY IMAGES

1.

La nuit était son domaine. Il allait toujours seul, entièrement
vêtu de noir, tous les sens aux aguets. Il se déplaçait sans bruit,
masqué, ombre parmi les ombres, invisible dans les ténèbres
murmurantes. Il sillonnait les quartiers difficiles, ne s'arrêtant
que lorsque la nécessité de sa présence se faisait sentir. Dans
la jungle fumante qu'était devenue la ville, il poursuivait sans
faillir la mission qu'il s'était assignée. Nul ne le connaissait et
il ne se réclamait d'aucune autorité. Il n'opérait que dans les
allées sombres, les rues violentes, les coupe-gorge. Omniprésent,
il lui arrivait aussi bien de sauter de toit en toit que de se tapir
au fin fond des caves humides.

Lorsque le danger frappait, il se déplaçait à la vitesse de la
foudre, tout de bruit et de fureur, ne laissant derrière lui que
l'écho lumineux de son passage.

Les gens de la ville l'appelaient Némésis et on disait de
lui qu'il semblait surgir de nulle part, au moment où l'on s'y
attendait le moins. On racontait aussi qu'il n'était qu'une ombre
immatérielle qui pouvait se fondre à volonté dans les ténèbres
et disparaître.

Lorsqu'il s'élançait dans l'obscurité, il évitait le son des
rires et le joyeux brouhaha des fêtes. Seuls l'attiraient les
gémissements, les larmes, les cris de peur et les supplications
des victimes. Peu de nuits s'écoulaient sans qu'il revête son

7

masque et ses habits noirs pour se faufiler dans les quartiers où régnait le crime. Ce n'était pas la loi qu'il défendait. Car la loi était faillible et trop aisément manipulable — par ceux qui la bravaient comme par ceux qui prétendaient la défendre. Nul n'était mieux placé que lui pour le savoir.

Lorsqu'il agissait, c'était uniquement au nom de la Justice, la vraie. Celle qui, aveugle et brandissant son glaive, veillait à équilibrer toujours les plateaux de la balance.

Celle qui *jamais* ne laissait le mal impuni.

Deborah O'Roarke pressa le pas. Depuis un an et demi qu'elle avait été nommée à Denver, elle menait sa carrière à cent à l'heure et les talons plats de ses mocassins claquaient à un rythme accéléré sur les pavés inégaux. Ce n'était pas la peur qui la faisait se hâter ainsi, même si le East End était tout particulièrement dangereux la nuit pour une femme seule. La vérité, c'est qu'elle vivait au pas de course vingt-quatre heures sur vingt-quatre.

En temps normal, il est vrai, elle se serait débrouillée pour ne pas traîner dans un tel quartier aussi tard. Mais elle venait de recueillir un témoignage tellement intéressant qu'elle en avait oublié toute notion de l'heure. La plupart du temps, les fusillades en voiture qui se multipliaient à Denver jusqu'à devenir un véritable fléau restaient impunies. Or, à force de persuasion, elle avait réussi à obtenir un récit détaillé de deux jeunes témoins terrifiés qui avaient vu Rico Mendez tomber sous les balles. Si elle courait presque vers sa voiture, c'était pour regagner rapidement son bureau afin de rédiger son rapport. Enfin, la machine judiciaire allait pouvoir se mettre en marche. Et avec un peu de chance, les meurtriers finiraient par répondre de leur crime.

La rue, à cet endroit, était particulièrement sombre car la plupart des lampadaires avaient souffert du vandalisme ambiant. Les ombres qu'elle entrevoyait dans les allées n'étaient pas des plus rassurantes. Ivrognes, prostituées et revendeurs de drogue se partageaient le secteur. Deborah n'oubliait jamais que si sa sœur Cilla ne s'était pas battue pour leur assurer à toutes deux une existence décente, elle vivrait sans doute aujourd'hui dans un de ces tristes immeubles délabrés aux murs couverts de graffitis. Même si le rapport n'était pas évident pour tout le monde, elle avait le sentiment de rembourser une partie de sa dette envers Cilla chaque fois qu'elle œuvrait pour un peu plus de justice.

Un homme à demi invisible dans l'entrée d'un immeuble lui cria une obscénité qui fut aussitôt saluée par un éclat de rire aigu. Deborah poursuivit son chemin sans tourner la tête. Depuis dix-huit mois qu'elle vivait à Denver, elle avait appris qu'il était plus sage de ne pas réagir à ce type de provocation. Sortant ses clés, elle descendait du trottoir pour ouvrir sa voiture lorsque quelqu'un la saisit par-derrière.

— Eh ben… Mais c'est que t'es drôlement mignonne, toi ! commenta son agresseur en la faisant pivoter vers lui.

L'homme maigre, presque décharné, qui la dépassait d'au-moins une tête dégageait une odeur particulièrement nauséabonde. Mais ce n'étaient pas des vapeurs d'alcool qui émanaient de lui. Deborah comprit qu'elle était tombée entre les mains d'un toxicomane. Et à en juger par l'éclat de ses yeux, ses réflexes seraient aiguisés et non pas émoussés par les substances qu'il venait d'absorber. C'était donc le moment ou jamais de garder son sang-froid. Bien décidée à se défendre, Deborah lui enfonça violemment son porte-documents en cuir dans les côtes. Puis, profitant de l'effet de surprise, elle se dégagea et prit ses jambes à son cou.

Elle n'avait pas franchi cinquante mètres cependant que l'homme la rattrapa par le col de sa veste. Il y eut un craquement sinistre lorsque le tissu en lin se déchira. Serrant les dents, Deborah se retourna pour le combattre. Mais son élan fut coupé net par la vue du cran d'arrêt qui venait de surgir entre les mains du toxico.

Avant qu'elle ait pu faire un geste, il lui fourra le couteau sous la gorge et ricana.

— Et hop. Je te tiens, ma belle. Fini de jouer maintenant.

Figée comme une statue, Deborah osait à peine respirer. Dans les yeux de l'inconnu, elle vit une sorte de jubilation mauvaise. L'homme savait ce qu'il faisait et ne se laisserait pas amadouer. Elle se força à parler d'un ton calme :

— Vous perdez votre temps. Je n'ai que vingt-cinq dollars sur moi.

Raffermissant sa prise, il se pencha pour lui souffler au visage.

— Ce n'est pas ton argent qui m'intéresse, ma puce.

Il la saisit par les cheveux, et la tira sans ménagement dans le renfoncement d'une impasse.

— Tu peux crier, tu sais, lui souffla-t-il à l'oreille. J'aime ça, quand elles crient, les petites garces.

De la pointe de la lame, il lui érafla la gorge.

— Allez ! Vas-y, donne de la voix ! Ça m'excite.

Deborah obtempéra sans se faire prier et ses hurlements stridents se répercutèrent jusque dans les rues adjacentes. Mais les seules réactions que suscita son appel à l'aide furent des commentaires encourageants… adressés à son agresseur. Lorsque le junkie l'accula contre le mur humide et glissa un genou entre ses cuisses, Deborah céda à la panique.

— Non…, chuchota-t-elle, aveuglée par la terreur. Non, ne faites pas ça.

Avec un petit rire satisfait, l'homme sectionna le premier bouton de sa chemise à l'aide de son couteau.

— T'inquiète pas, poupée, tu vas aimer ça.

La peur, comme toutes les émotions fortes, décuplait les sensations. Deborah percevait avec acuité la chaleur humide des larmes sur ses joues, l'odeur fétide de l'haleine de son assaillant, les puanteurs des détritus qui jonchaient l'impasse. Elle songea au nombre toujours croissant des victimes de la criminalité dans cette ville. Juste au moment où elle se résignait à venir grossir les statistiques, la colère et la révolte prirent le dessus. Allait-elle se laisser faire sans même tenter de se défendre jusqu'au bout ? Dans sa main crispée, elle tenait toujours ses clés de voiture. Avec le pouce, elle fit glisser la pointe entre ses doigts de manière à former une arme de fortune. Puis, elle prit une profonde inspiration, concentra toutes ses forces dans son bras et… son agresseur parut soudain se soulever dans les airs par miracle, moulinant un instant des bras et des jambes, avant d'atterrir à plat ventre dans une grande poubelle.

Le premier réflexe de Deborah fut de prendre ses jambes à son cou. Mais une haute silhouette vêtue de noir se détacha soudain de l'ombre pour se pencher sur le violeur.

— Restez où vous êtes, ordonna l'homme en noir lorsqu'elle voulut s'avancer.

— Je pense…

— Et dispensez-vous de penser, surtout, l'interrompit-il sans même prendre la peine de tourner la tête dans sa direction.

Deborah allait répliquer lorsque le toxicomane se redressa avec un rugissement de rage. Tendu comme un arc, il bondit en avant, le couteau levé. Il se passa alors quelque chose de particulièrement étrange. Il y eut comme un déplacement d'air, un cri de douleur, et le couteau, échappant des mains du drogué, tomba comme de lui-même sur le trottoir.

Pétrifiée, Deborah assistait à la scène lorsque la silhouette en noir se matérialisa de nouveau devant elle, à l'endroit précis où elle se tenait quelques secondes auparavant. Le violeur, lui, était à genoux et se tenait le ventre à deux mains en gémissant.

— Impressionnant, commenta Deborah en reprenant peu à peu ses esprits. Il serait peut-être temps d'appeler la police, non ?

Toujours sans lui prêter la moindre attention, l'homme en noir tira une cordelette en Nylon d'on ne sait où et ligota soigneusement son adversaire toujours gémissant.

Ce fut seulement après avoir ramassé le couteau et rentré la lame que Némésis se tourna vers la jeune femme pour s'assurer qu'elle était indemne. Il nota que les larmes avaient déjà séché sur ses joues et qu'elle se ressaisissait avec une rapidité étonnante. Son souffle était encore un peu précipité mais ni sanglots, ni crises de nerfs, ni évanouissement ne semblaient être à redouter. La jeune imprudente était au demeurant d'une beauté saisissante. Le pâle ivoire de sa peau offrait un contraste surprenant avec l'éclat de nuit des cheveux qui bouclaient autour de son visage. Elle avait des traits délicats, presque fragiles. Mais leur douceur était trompeuse. Car il suffisait de plonger le regard dans ses yeux d'un bleu intense pour y lire une détermination à toute épreuve.

Sous sa chemise déchirée, il remarqua la dentelle bleu pâle d'un caraco. Cet aperçu de lingerie fine était d'autant plus troublant qu'elle était vêtue par ailleurs d'un tailleur pantalon strict, d'aspect presque masculin.

Pendant une fraction de seconde, son regard glissa sur sa poitrine. Se ressaisissant aussitôt, il revint à son visage. Il avait l'habitude de consacrer quelques secondes aux victimes pour s'assurer qu'elles tenaient bon nerveusement. Mais en temps ordinaire, il se contentait de les examiner de façon routinière et impersonnelle. Alors qu'aujourd'hui...

Contrarié de réagir de façon aussi primaire à la vue d'une femme, il prit soin de rester dans l'ombre.

— Vous êtes blessée ?

— Non. Pas vraiment. Juste un peu secouée, répondit la jeune femme en s'avançant vers lui. Je tiens à vous remercier pour...

Une voiture venait de passer dans la rue voisine et son visage masqué dut apparaître dans la lumière des phares.

— Némésis, chuchota-t-elle en écarquillant les yeux de stupeur. Je croyais que vous n'étiez qu'un mythe.

— Je suis pourtant aussi réel que lui.

D'un geste du menton, il désigna l'homme attaché qui gisait parmi les détritus.

— Mais vous, où aviez-vous la tête ? enchaîna-t-il d'un ton de froide colère.

Surprise, Deborah recula d'un pas.

— Je ne comprends pas.

— Vous n'aviez pas à vous aventurer par ici. Ce n'est pas un endroit où se promener seule la nuit.

Deborah ravala in extremis une repartie mordante. Monsieur le Justicier Masqué venait de lui rendre un service inestimable. Le moment était mal choisi pour fustiger ses convictions machistes.

— Il se trouve que j'avais à faire dans le quartier.

— A faire ? Une femme comme vous n'a strictement *rien* à faire dans un endroit comme celui-ci. Sauf si vous étiez tenaillée par une envie subite de vous faire violer et assassiner dans une ruelle.

— Certainement pas, non. Je suis tout à fait capable de me défendre seule.

Le regard lourd d'ironie de Némésis s'attarda un instant sur ses habits en loques.

— A l'évidence, oui.

Deborah scruta ses traits mais ne parvint pas à déterminer la couleur de ses yeux derrière le masque. Leur expression condescendante, en revanche, était facile à discerner, même dans la quasi-obscurité.

— Je vous ai déjà remercié pour votre aide, mais j'aurais pu m'en passer. Je m'apprêtais justement à reprendre le contrôle de la situation.

— Vraiment ?

Elle lui montra les clés qu'elle tenait toujours à la main.

— J'allais lui arracher les yeux, voyez-vous.

Un silence tomba pendant lequel il parut méditer sur la question. Puis il hocha la tête.

— Je crois que vous en auriez été capable, en effet.

— Je n'ai pas l'habitude de me faire marcher sur les pieds.

— Dans ce cas, il semble que j'aie perdu mon temps.

Il enveloppa le cran d'arrêt dans un morceau de tissu noir qu'il sortit de sa poche.

— Tenez. Vous en aurez besoin. Il servira de pièce à conviction.

Au moment précis où sa main se referma sur le couteau, Deborah revécut dans un flash la scène de l'agression. Un frisson glacé la parcourut. Ce Némésis était peut-être un drôle d'individu, mais il ne venait pas moins de risquer sa vie pour elle…

— Je crois que je ne vous ai même pas remercié de ce que vous avez fait pour moi, murmura-t-elle, contrite. Vous avez pourtant toute ma gratitude.

— Votre gratitude, vous pouvez la garder. Ce n'est certainement pas ce que je cherche.

La riposte de Némésis avait été immédiate. Et cinglante.

— Que cherchez-vous, alors ? s'enquit-elle, blessée par la façon dont il l'avait rembarrée.

Son regard plongea un instant dans le sien et parut la traverser de part en part. Elle sentit un froid étrange l'envahir.

— Je ne veux qu'une chose : la justice.

— La justice ? Ce n'est pas à vous de la faire. Il y a des méthodes plus…

— Plus légales ? Elles ne m'intéressent pas. Vous vous apprêtiez à appeler la police, je crois ?

Deborah pressa les doigts contre ses tempes. La tête lui tournait un peu. Ce n'était peut-être pas le meilleur moment pour se lancer dans un débat sur la justice avec un individu masqué aux convictions belliqueuses.

— J'ai un téléphone dans ma voiture, dit-elle.

— Dans ce cas, je vous suggère de vous en servir.

Le conseil n'avait pas été prodigué d'un ton très aimable mais elle était trop fatiguée pour s'insurger contre ses manières abruptes. Les jambes comme du coton, elle sortit de l'allée et récupéra sa serviette de cuir au passage. C'était quasiment un miracle qu'elle ne lui ait pas été dérobée.

Cinq minutes plus tard, après avoir obtenu l'assurance que la police était en route, elle retourna attendre les secours sur place.

— Ils nous envoient une voiture de patrouille, annonça-t-elle d'une voix lasse en repoussant les cheveux qui lui tombaient sur les yeux.

Le toxico gisait toujours recroquevillé par terre. Quant à Némésis, il semblait s'être dissipé dans les airs une fois de plus.

— Hé ho ? Où êtes-vous ?

Mais elle eut beau scruter l'impasse, l'homme au masque noir n'était plus nulle part en vue.

— Ça alors, il exagère ! Où a-t-il bien pu passer ?

Irritée, Deborah s'adossa contre le mur et rongea son frein en s'indignant contre cette disparition grossière. Elle aurait pourtant eu nombre de questions intéressantes à poser à cet étrange personnage. Mais le rustre avait pris le large en la laissant sur sa faim.

Il se tenait si près qu'il n'aurait eu qu'à tendre la main pour la toucher. Elle, cependant, le cherchait des yeux mais ne le voyait pas. Il était là, présent, palpable, et néanmoins invisible.

Un instant, il fut tenté de se manifester, de lui caresser la joue. Pourquoi ce geste de tendresse, il n'aurait su le dire. Il se contenta cependant de la regarder, gravant dans sa mémoire l'ovale parfait de son visage, la texture de sa peau, le noir lustré de ses cheveux mi-longs.

S'il avait eu des dispositions romantiques, il aurait sans doute accordé à ces instants une valeur poétique. Mais comme il se voulait pragmatique, il se dit simplement qu'il restait là pour veiller à sa sécurité.

Lorsque les sirènes retentirent au loin, il assista à la transformation de la jeune femme tandis qu'elle se composait peu à peu une attitude. Elle fit quelques respirations lentes et profondes, rejeta les épaules en arrière et rajusta ses vêtements déchirés. Lorsqu'elle s'avança d'un pas confiant à la rencontre de deux policiers en uniforme, il huma au passage les fragrances délicates de sa peau.

Et pour la première fois depuis quatre ans, il retrouva, douce-amère, la nostalgie d'aimer…

Deborah n'était pas d'humeur à faire la fête. Ni à déambuler une soirée entière vêtue d'une robe rouge décolletée dont les baleines la torturaient. Sans parler de ses escarpins trop serrés aux talons vertigineux ! Mais il fallait se faire une raison… Sans cesser de distribuer poliment des sourires, elle s'imagina chez elle, dans un bain chaud. Elle aurait volontiers barboté une bonne heure avec un roman policier dans une main et une

16

boîte de chocolats dans l'autre pour oublier ses mésaventures dans l'East End, trois jours auparavant.

Cela dit, question réception, elle aurait pu tomber plus mal. Positive de nature, Deborah regarda autour d'elle avec curiosité et humour. La musique était un peu bruyante mais ce détail n'était pas de nature à l'incommoder. Des années de vie commune avec une sœur fanatique de rock l'avaient définitivement immunisée contre ce type d'agression sonore. Quant aux petits feuilletés au foie gras tiède, ils fondaient sur la langue. Et le vin blanc servi en apéritif était de première qualité.

Les invités, quant à eux, étaient triés sur le volet. Il ne s'agissait pas de n'importe quelle petite fête mais d'une « party », tout ce qu'il y avait de plus huppée et d'officielle, donnée par Arlo Stuart, magnat de l'industrie hôtelière, pour soutenir la campagne électorale de son ami Tucker Fields, le maire sortant de Denver.

Deborah, pour sa part, n'avait pas encore choisi son parti. Elle ne savait pas si elle donnerait sa voix au maire actuel ou à son jeune opposant, Bill Tarrington. Mais sa décision, elle la prendrait uniquement en fonction des programmes que défendraient les deux candidats. Ni le champagne, ni le foie gras ne l'influenceraient dans un sens ou dans un autre ! Elle avait deux bonnes raisons, cependant, de se trouver à la réception d'Arlo Stuart ce soir : pour commencer, elle avait noué de solides liens d'amitié avec Jerry Bower, le premier adjoint du maire. Et d'autre part, son chef hiérarchique, le procureur de district, avait usé de son influence pour que les portes dorées du Stuart Palace s'ouvrent devant elle.

— Ah, Deborah… Sais-tu que tu es particulièrement en beauté ce soir ? commenta le premier adjoint du maire en la prenant par le bras.

— Tiens, Jerry ! Tu as réussi à te libérer de tes obligations électorales et mondaines ?

Elle lui sourit avec affection. Grand et mince, le politicien portait le smoking à la perfection. Une mèche blonde tomba sur son front hâlé lorsqu'il se pencha pour lui poser un baiser sur la joue.

— Désolé, je n'ai pas encore eu une seconde à moi. J'ai tellement serré de mains ce soir que je crains de me réveiller demain matin avec des courbatures au poignet.

— Les politiques ont la vie dure, dit Deborah en levant son verre. Jolie petite réception, en tout cas.

Jerry contempla la foule élégante d'un regard satisfait.

— Stuart n'a pas lésiné, comme tu peux le constater. C'est du non stop, ces campagnes électorales. Bains de foule, conférences de presse, visites de quartiers. Et puis il y a les petites sauteries comme celle-ci où on rassemble le dessus du panier. Il faut dire qu'il y a pire, comme corvée. Déguster du bon champagne avec tout ce beau monde, ça reste de l'ordre du supportable, non ?

— Je suis éblouie, ironisa Deborah.

— T'éblouir est une chose. Mais n'oublie pas qu'en dernier ressort, c'est ton vote que nous briguons, citoyenne !

— Pour l'instant, je réserve mon opinion. Mais il n'est pas dit que vous ne l'obtiendrez pas, répliqua-t-elle en riant.

Jerry l'entraîna vers le buffet et lui servit une assiette de hors-d'œuvre.

— Comment ça va, Deborah ? demanda-t-il d'un ton préoccupé. Tu reprends le dessus ?

— Comme tu peux le constater. Je suis plutôt vaillante, non ?

Elle regarda distraitement les bleus qui commençaient à s'atténuer sur ses bras. Sous la soie sauvage de sa robe, se trouvaient d'autres ecchymoses, plus sombres et plus violacées. Et inscrite en elle, persistait une marque plus insidieuse et plus durable : le souvenir de quelques instants d'intense terreur.

— Sérieusement, Deb ?

— Sérieusement, j'ai eu de la chance. J'ai échappé au pire. Et tout ce que je veux retenir de cette mésaventure, c'est que nous devons déployer des moyens beaucoup plus importants pour assurer la sécurité dans les rues de Denver.

— Tu n'aurais jamais dû te rendre dans ces quartiers-là toute seule, marmonna Jerry.

C'était typiquement le genre de commentaire qui mettait Deborah hors d'elle.

— Et pourquoi, s'il te plaît ? Pourquoi une femme ne pourrait-elle se promener librement dans les rues, comme tout le monde ? Devons-nous nous résigner à accepter que certains quartiers deviennent ainsi impraticables pour tout individu normalement dépourvu d'intentions agressives ? Si nous...

— Stop !

Jerry leva les bras en signe de reddition.

— Dans les joutes oratoires, il n'existe qu'un adversaire réellement redoutable pour le politique : l'homme de loi — ou la femme de loi, en l'occurrence. Je suis *entièrement* de ton avis, d'accord ?

Il prit un verre de vin sur le plateau d'un serveur et but une gorgée.

— Je n'ai pas dit que c'était normal qu'il règne une atmosphère d'insécurité dans certains quartiers de cette ville. Mais c'est malheureusement un fait.

— Un fait auquel il serait temps de remédier, dit Deborah, enfourchant vaillamment son cheval de bataille préféré.

Jerry hocha la tête.

— Là encore, je suis de ton côté, Deb. Nul mieux que moi ne connaît les statistiques et je reconnais qu'elles donnent froid dans le dos. Mais n'oublie pas que le maire a lancé une campagne tous azimuts contre la criminalité. Les résultats ne devraient pas tarder à se faire sentir.

Deborah soupira avec un mélange de résignation et d'impatience. Ce n'était pas la première fois qu'elle débattait de ces questions avec Jerry. Et invariablement, le ton finissait par monter entre eux.

— Vos intentions sont bonnes mais le processus est interminable, commenta-t-elle en étalant un peu de caviar sur un toast.

Jerry qui surveillait sa ligne se servit en crudités.

— Dis-moi, Deb, j'espère que tu n'es pas devenue une ardente partisane de notre Némésis national ?

Deborah secoua la tête. Elle croyait à une justice basée sur le droit et la légitimité. Même si elle était la première à reconnaître que la machine judiciaire était saturée.

— Je n'en suis pas là, non. Les héros masqués, ça n'a jamais été ma tasse de thé. Même si tout cela part d'une bonne intention, les risques de dérapage sont trop grands. Une démocratie ne saurait admettre que chacun se mette ainsi à faire la justice au gré de son inspiration personnelle. Une telle attitude peut basculer très vite vers les milices, les citoyens armés. Cela dit, j'ai apprécié que notre douteux héros se trouve être dans les parages, l'autre soir. Il se bat peut-être contre des moulins à vent mais il ne m'en a pas moins tirée d'une situation plutôt inconfortable !

— Pour cela, en tout cas, je lui voue une immense reconnaissance, admit Jerry en lui effleurant l'épaule d'un geste amical. Quand je pense à ce qui aurait pu arriver…

Deborah frissonna. Le souvenir était encore trop frais pour qu'elle veuille s'y attarder.

— Sois charitable, Jerry, et parlons d'autre chose, O.K. ? Pour en revenir à l'ami Némésis, il ne ressemble en rien au personnage de héros romantique que la presse a fait de lui. Vu de près, il est bougon, hargneux et tristement taciturne. Moi qui croyais que les justiciers masqués étaient toujours d'une galanterie exquise, j'ai essuyé la déception de ma vie.

— Les héros sont toujours décevants, rétorqua Jerry en souriant.

— Je reconnais que je lui suis redevable. Mais je ne suis pas obligée de l'apprécier pour autant, si ?

Jerry se mit à rire.

— Ne m'en parle pas. C'est le genre de conflit intérieur auquel un politicien est confronté pratiquement tous les jours de sa vie !

Amusée, Deborah joignit son rire au sien.

— Allez, assez parlé boulot. Fais-moi plutôt une petite galerie de portraits, toi qui sais toujours tout sur tout le monde.

Jerry se livra à ce petit exercice avec sa verve coutumière. Ses commentaires étaient brillants, cyniques et toujours divertissants. Comme ils déambulaient dans la salle de bal, Deborah passa spontanément son bras sous le sien. Alors qu'elle tournait la tête à droite et à gauche pour repérer les personnalités en vue qu'il lui désignait, un visage d'homme, soudain, parut se détacher de la foule. Une jolie femme suspendue à chaque bras, l'inconnu se tenait au sein d'un petit groupe de six personnes. Deborah se demanda pourquoi son regard s'était arrêté sur lui. Il était attirant, certes. Mais la salle de bal du Stuart Palace était remplie d'hommes au physique agréable. Ses cheveux noirs très drus encadraient un visage intelligent. Il avait des pommettes saillantes, des yeux très légèrement enfoncés d'un brun chaud qui tirait sur le chocolat. Son regard trahissait un certain ennui même si un demi-sourire flottait sur ses lèvres. Et il portait le smoking avec une aisance admirable. Comme sa compagne de gauche se penchait vers lui, il repoussa d'un doigt amusé une mèche qui tombait sur sa joue et sourit à l'une de ses remarques.

Deborah en était là de ses observations lorsque, sans même bouger la tête, il tourna les yeux. Leurs regards se trouvèrent et ne se lâchèrent plus.

— … Et figure-toi qu'elle leur a acheté une télévision avec écran géant, à ces petits monstres.

— Pardon ?

Deborah cligna des yeux et eut l'impression ridicule qu'un charme venait de se rompre et qu'elle retombait brutalement sur terre. Jerry sourit patiemment.

— Dis-moi, Deb, tu m'écoutes au moins quand je me décarcasse pour te raconter des anecdotes distrayantes ? Je te parlais d'un sujet éminemment digne d'intérêt : les trois caniches de Mme Forth-Wright.

Mais les toutous en question ne parvinrent pas à retenir son attention.

— Jerry, qui est cet homme ? Celui qui se tient près de la fenêtre avec une blonde d'un côté et une rousse de l'autre ?

Tournant la tête dans la direction indiquée, Jerry fit la grimace.

— Le plus étonnant, c'est qu'il n'ait pas, en plus, une brune perchée sur une épaule. Les femmes ont tendance à se coller à lui comme s'il était vêtu de papier tue-mouches plutôt que de vêtements ordinaires.

— C'est ce que je constate, en effet. Qui est-ce, alors ?

— Guthrie. Gage Guthrie.

Gage Guthrie ?

— Mmm… Son nom me dit quelque chose…

— Oh, ne cherche pas. On parle de lui tous les jours dans la rubrique mondaine du *World*.

— Je ne lis jamais ce genre d'articles.

Deborah était consciente de contrevenir aux règles de politesse les plus élémentaires et pourtant c'était plus fort qu'elle : impossible de quitter le dénommé Gage Guthrie des yeux.

— Je le connais, murmura-t-elle. Mais je n'arrive pas à savoir où je l'ai rencontré.

— Tu as dû entendre parler de son histoire. Il était flic, dans le temps.

— Flic ? C'est étonnant. Il n'a vraiment pas le type.

Il semblait tellement à l'aise, tellement enraciné dans ce milieu hyper privilégié.

— C'en était un pourtant. Et de la meilleure espèce, d'après ce qu'on raconte. Il y a quelques années, son coéquipier et lui sont tombés dans un guet-apens. Son collègue a été tué sur le coup. Les gars ont filé en laissant Guthrie pour mort.

Enfin le déclic se fit dans la mémoire de Deborah.

— Ça y est, je me souviens, maintenant. J'ai suivi son histoire dans les journaux, à l'époque. Il est resté dans le coma pendant...

— Presque dix mois. Il était sous assistance respiratoire et ses médecins avaient plus ou moins renoncé à le sortir de là lorsqu'un beau jour, il a miraculeusement rouvert les yeux. Comme tu peux le voir, il a plutôt bien récupéré. Mais il n'était plus question pour lui d'exercer son métier comme avant. Il a décliné l'emploi de bureau que lui proposait la police judiciaire de Denver et s'est employé à faire fructifier un héritage confortable qui lui était échu entre-temps.

L'argent ne faisait pas tout, cependant. Deborah songea à l'épreuve traversée par cet homme et elle en eut mal pour lui.

— Ça n'a pas dû être une période facile pour ce Guthrie. Il a perdu son coéquipier et presque une année entière de sa vie, commenta-t-elle pensivement.

Jerry piqua une crevette sur son assiette et haussa les épaules.

— Il a amplement rattrapé le temps perdu. Les femmes le trouvent irrésistible, semble-t-il. Sans doute parce qu'il croule littéralement sous les dollars. Des trois millions qu'il avait hérités au départ, il a réussi à en faire trente. Il y a plus malheureux que lui, crois-moi.

Jerry eut un sourire en coin lorsque Gage Guthrie se détacha de ses deux compagnes pour s'avancer dans leur direction.

— Eh bien…, commenta-t-il à mi-voix. On dirait que l'intérêt est réciproque.

Au premier pas que Deborah avait fait dans la salle de bal, Gage avait remarqué sa présence. Dès lors, il n'avait cessé de l'observer du coin de l'œil tout en continuant les conversations en cours. Cette conscience permanente qu'il gardait de sa présence n'avait rien de confortable. Il l'avait vue sourire à Jerry Bower et avait remarqué que ce dernier ne perdait pas une occasion de lui toucher la main ou le bras, de laisser glisser ses doigts sur une de ses épaules nues.

Quelle importance, après tout, si Jerry et cette jeune femme avaient une relation amoureuse ? Lui-même n'avait pas de temps à consacrer à ce genre d'aventure. Même avec des brunes superbes au regard pétillant d'intelligence.

Mais Gage progressait malgré tout en direction de la brune en question.

— Alors, ces élections, Jerry ? fit-il en serrant la main du premier adjoint du maire.

— Ma foi, ça suit son cours… C'est toujours un plaisir de vous voir, monsieur Guthrie. Vous passez une agréable soirée, j'espère ?

— Excellente. Je vous remercie.

Le millionnaire s'inclina devant Deborah.

— Mademoiselle…

Au grand dam de Deborah, elle fut incapable de prononcer une syllabe et dut se contenter d'un petit signe de tête.

— Deborah, j'aimerais te présenter Gage Guthrie. Monsieur Guthrie, voici Deborah O'Roarke, substitut du procureur de district.

Le sourire de Gage s'élargit.

— Substitut du procureur de district... C'est rassurant de voir que notre justice repose entre des mains aussi charmantes.

— Le charme ne fait pas grand-chose à l'affaire, monsieur Guthrie. J'aimerais autant que vous jugiez mon travail sur des critères d'efficacité et de compétence.

Pour toute réponse, Gage Guthrie prit la main qu'elle ne lui tendait pas et la serra un bref instant dans la sienne. *Attention !* Comme un éclair, l'avertissement traversa l'esprit de Deborah lorsque leurs paumes se joignirent.

— Tu veux bien m'excuser un instant ? intervint Jerry en lui effleurant l'épaule. Le maire vient de me faire signe.

— Mais je t'en prie. Le devoir n'attend pas.

Elle lui sourit affectueusement. Mais elle devait admettre à sa grande honte qu'elle avait momentanément oublié sa présence.

— Il n'y a pas très longtemps que vous exercez, n'est-ce pas ? s'enquit Gage Guthrie.

Malgré le malaise que lui inspirait sa présence, Deborah n'hésita pas à soutenir son regard.

— Depuis un an et demi. Pourquoi ? Vous vous intéressez particulièrement aux substituts du procureur de district ?

— Seulement lorsqu'ils ont votre beauté et votre allure, répondit-il en effleurant la perle qui pendait à son oreille. Vous dansez ?

— Non, murmura-t-elle, dans un sursaut de panique, en reculant d'un pas.

Très vite, elle se ressaisit et plaqua un sourire impersonnel sur son visage.

— Non, merci. Je dois partir. J'ai encore une foule de dossiers qui m'attendent ce soir.

Il jeta un coup d'œil à sa montre.

— Ce soir ? Il est déjà 10 heures passées.

— La justice ne connaît pas d'heure, monsieur Guthrie.

— Gage... Je vous raccompagne.

De nouveau, elle esquissa un mouvement involontaire de recul.

— Non, merci, sérieusement. Ce ne sera vraiment pas nécessaire.

— Si ce n'est pas une nécessité que ce soit donc un plaisir.

Deborah secoua la tête. Il était un peu trop beau parleur à son goût pour un homme qui venait tout juste de fausser compagnie à une blonde et à une rousse. Que cherchait-il, au juste ? Une brune pour compléter ce charmant trio ?

— Je m'en voudrais d'écourter votre soirée, monsieur Guthrie.

— Je ne m'attarde jamais très longtemps dans ce genre de réceptions.

Deborah fut sauvée par l'arrivée de la jeune femme rousse qui vint se raccrocher au bras de Gage avec une moue boudeuse.

— Tu sais que nous n'avons pas dansé ensemble une seule fois, ce soir, mon chéri ?

Deborah mit ce temps de répit à profit pour se diriger en droite ligne vers la sortie. C'était stupide de fuir ainsi alors qu'il aurait suffi de refuser fermement. Mais cet homme lui donnait le tournis. Sa peur, au demeurant, était entièrement dictée par l'instinct. Car, en surface, Gage Guthrie n'avait rien d'effrayant. Il était d'un abord plutôt agréable et elle ne doutait pas que sa compagnie fût fascinante, y compris sur le plan intellectuel. Mais elle sentait un courant étrange circuler entre eux. Comme un fluide puissant et ténébreux. Et elle avait

26

déjà suffisamment de problèmes à affronter. Inutile d'ajouter Gage Guthrie à la liste.

Dehors, la nuit d'été était humide et chaude. Pas un souffle de vent ne venait alléger l'atmosphère.

— Je vous appelle un taxi, mademoiselle ? proposa le portier.

— Non, s'éleva la voix de Gage juste derrière elle. Ce serait inutile.

— Monsieur Guthrie…

— Gage… Ma voiture est juste là, mademoiselle O'Roarke.

Il désigna une longue limousine noire garée le long du trottoir.

— Elle est très impressionnante, reconnut-elle sèchement. Mais un taxi suffirait à satisfaire mes besoins.

— Pas les miens, en revanche, rétorqua Gage en lui prenant le bras.

Il salua le chauffeur, un homme de haute taille à la carrure impressionnante qui descendit de voiture à leur approche.

— Les rues sont dangereuses, la nuit, précisa Gage. En vous reconduisant, je saurai que vous êtes arrivée à bon port.

Deborah recula d'un pas pour l'observer avec attention, comme elle aurait examiné une photo d'identité judiciaire. A seconde vue, Gage Guthrie ne lui parut plus du tout aussi dangereux. Elle lui trouva même l'air un peu triste. Un peu solitaire.

Elle se tourna vers la limousine et lui lança par-dessus l'épaule :

— Vous insistez toujours aussi lourdement lorsqu'on vous dit non, monsieur Guthrie ?

— Ça dépend, mademoiselle O'Roarke.

Il prit place à côté d'elle et lui tendit une rose rouge.

— Vous pensez décidément à tout, commenta-t-elle en se demandant si la fleur avait été originellement destinée à la belle blonde ou à la rousse pulpeuse.

— J'essaye. Où puis-je vous déposer ?

— Au palais de justice. Il se trouve à l'angle de la Sixième Avenue et de…

— Je sais.

Gage pressa un bouton et la vitre qui les séparait du chauffeur descendit sans bruit.

— Au palais de justice, Frank.

— Bien, monsieur.

La vitre se referma de nouveau, recréant un espace clos où ils se trouvaient comme en retrait du monde. Deborah se renversa contre le dossier et nota, non sans étonnement, qu'elle était complètement détendue.

— Nous avons été du même bord, vous et moi, observa-t-elle.

— Du même bord ?

— La défense de la loi.

Gage tourna vers elle le regard pénétrant de ses yeux sombres. Ils avaient une expression si particulière — si mystérieuse, presque — qu'elle se demanda ce qu'il avait vécu pendant les neuf mois où il avait flotté dans un no man's land entre la vie et la mort.

— Vous estimez servir la loi, Deborah ?

— J'aime à le croire, oui.

— Et pourtant, vous devez vous livrer à la même minable petite cuisine que tous les autres. Dès que vous tenez un second couteau vous le poussez à la délation en lui promettant une réduction de peine s'il balance deux ou trois noms.

— Je reconnais que la méthode n'a rien d'admirable, répondit-elle sur la défensive, mais on pare au plus pressé.

— Admirable machine judiciaire…

28

Avec un léger haussement d'épaules, Gage laissa le sujet de côté.

— D'où êtes-vous, Deborah ?

— De Denver.

Il secoua la tête en esquissant un sourire.

— Ah, non. Ce n'est pas au Colorado que vous avez acquis ce léger parfum de cyprès et de magnolias qui émane de votre voix.

Elle sourit.

— On ne peut décidément rien vous cacher. Je suis née en Géorgie, en effet. Ma sœur et moi, nous avons pas mal bougé avant de nous fixer à Denver.

« Ma sœur », avait-elle dit. Gage songea que ses parents devaient être décédés mais il lui parut prématuré de poser la question.

— Et pourquoi avez-vous décidé de défendre la loi ici, Deborah ?

— Précisément parce que la criminalité est importante à Denver. J'avais très envie de relever le défi. Il y a un combat à mener, dans cette ville. Et je crois pouvoir tenir un rôle dans cette lutte.

Elle songea à l'affaire Mendez et aux quatre meneurs qui étaient désormais en attente de jugement.

— En fait, je suis déjà en plein dedans, déclara-t-elle non sans fierté. Et je peux vous assurer que ça va bouger.

— Oh, Deborah… Vous êtes une idéaliste, je le crains.

Elle lui jeta un regard de défi.

— Peut-être, oui. Où est le problème ?

— Les idéalistes sont souvent tragiquement déçus.

Un silence tomba pendant qu'il étudiait ses traits. La limousine filait le long des avenues illuminées et les lampadaires rayaient la nuit, créant un jeu d'ombre et de lumière sans cesse renouvelé. Elle était aussi belle éclairée que dans l'ombre. Le mélange de détermination et d'intelligence qu'il lisait dans ses yeux conférait à ses traits une sorte de hauteur naturelle. Malgré sa jeunesse, Deborah O'Roarke était une femme de pouvoir.

— J'aimerais vous voir en action au tribunal, dit-il.

A l'éclat de son sourire, il comprit qu'elle était également ambitieuse. Un ensemble de qualités que Gage appréciait tout particulièrement.

— Au tribunal ? Je suis redoutable, admit-elle, les yeux étincelants.

— Je n'en doute pas.

Le désir de la toucher le tourmentait désormais avec insistance. Il s'imagina glissant la pointe du doigt sur le blanc de son épaule ronde pour en tracer le contour... Mais saurait-il se contenter d'une caresse légère ? Dans le doute, il choisit de s'abstenir et ce fut avec un mélange de soulagement et de frustration intense qu'il vit la limousine s'immobiliser le long du trottoir.

Tournant la tête vers la vitre, Deborah contempla le palais de justice, un bâtiment ancien d'aspect aussi grandiose qu'austère.

— Nous voici arrivés, murmura-t-elle, en proie à une déception aussi inattendue qu'écrasante. Merci de m'avoir accompagnée.

Le chauffeur vint ouvrir sa portière et elle pivota pour poser les deux pieds sur le trottoir.

— Je veux vous revoir, s'éleva la voix de Gage derrière elle.

Pour la seconde fois, ce soir-là, elle lui lança un regard par-dessus l'épaule.

— Peut-être. Bonne nuit.

Gage la suivit des yeux jusqu'à ce qu'elle disparaisse à l'intérieur du bâtiment. Puis il demeura un long moment immobile, fasciné par la légère trace olfactive qu'elle avait laissée dans son sillage. Il y avait là un soupçon de parfum de luxe et quelque chose de plus encore, comme un subtil mélange de fragrances infiniment personnelles.

— On rentre ? demanda le chauffeur, rompant enfin le silence.

Gage prit une profonde inspiration.

— Non. Reste ici plutôt et attends-la pour la ramener chez elle. La marche à pied me fera du bien.

2.

Comme un boxeur sonné par les coups, Gage Guthrie luttait pour sortir des limbes de son cauchemar. Il refit surface péniblement, en nage et le cœur battant. L'estomac soulevé par une violente nausée, il demeura immobile sur le dos, à contempler le haut plafond orné de sa chambre. Il savait — pour les avoir dénombrées plus souvent qu'à son tour — que cinq cent vingt-trois petites rosaces en stuc s'alignaient au-dessus de sa tête.

La meilleure façon de s'arracher à l'étau implacable de l'angoisse était de recommencer à les compter une à une. Ses draps en lin d'Irlande s'étaient entortillés autour de lui mais Gage n'avait pas encore la force de se dégager. Il était littéralement tétanisé par la violence du cauchemar. *Vingt-cinq... vingt-six... vingt-sept.*

Dans la pièce, flottait un discret parfum de tubéreuse. Une des femmes de chambre avait dû placer un bouquet sur le secrétaire, juste en dessous de la fenêtre. Gage essaya de deviner dans quel vase elle avait arrangé les fleurs. Le grand en porcelaine de Saxe, le Wedgwood ou le vase de Chine ? Inlassablement, il continua à se concentrer sur des détails de ce type jusqu'au moment où il sentit la panique refluer enfin.

Le cauchemar n'était pas nouveau. Au début, juste après sa sortie du coma, il ne se passait pas une nuit sans que ce même rêve ne vînt le hanter. Gage inspira doucement et entrouvrit

32

les yeux. Le fait que les apparitions du cauchemar se soient espacées aurait dû le réjouir. Mais le caractère aléatoire de ses récurrences ne faisait qu'ajouter pour lui un élément d'horreur supplémentaire.

Gage actionna un bouton à côté de son lit et les rideaux s'écartèrent sans bruit, révélant une grande fenêtre en ogive. La pâle lueur de l'aube pénétra dans sa chambre. Rasséréné par l'approche du jour, il commença à faire jouer ses muscles, à bouger petit à petit bras et jambes. Le cauchemar, inlassablement, le ramenait à la mort. Et le retour à la vie s'opérait lentement, selon un processus bien défini, sans qu'il puisse brûler les étapes. Exténué, Gage ferma les yeux et laissa les images du passé défiler de nouveau dans son esprit.

A l'époque, son coéquipier, Jack McDowell, et lui enquêtaient sous couverture. Depuis cinq ans qu'ils fonctionnaient en duo, ils n'imaginaient même plus le travail l'un sans l'autre. Les liens qu'ils avaient noués étaient quasi fraternels. Chacun avait eu l'occasion de risquer sa vie pour sauver celle de l'autre. Et ils auraient été prêts à recommencer sans une hésitation. Ils enquêtaient ensemble, se retrouvaient au même bar pour l'apéritif, allaient voir les mêmes matchs de foot et discutaient politique avec la même virulence.

Depuis plus d'un an, on les connaissait dans certains quartiers de Denver sous les noms de Demerez et de Gates, trafiquants de leur état. Vendant ostensiblement du crack et de la cocaïne, ils avaient réussi à force de patience à infiltrer un des plus gros réseaux de drogue de la côte Est. Un réseau dont Denver était le centre.

A ce stade, ils auraient pu effectuer des douzaines d'arrestations mais ce n'étaient pas les seconds couteaux qu'ils visaient, en l'occurrence. Ils avaient pour mission de remonter jusqu'au sommet de la hiérarchie et de découvrir l'homme qui se tenait dans l'ombre et qui tirait les ficelles. Même au bout de deux ans de patients travaux d'approche, Gage et Jack n'avaient toujours pas réussi à résoudre le mystère qui entourait ce personnage.

Mais si le « Boss » était resté insaisissable jusqu'alors, ils venaient de franchir enfin l'étape décisive et la rencontre était prévue pour le soir même. Un privilège qu'ils avaient obtenu non sans mal au prix d'âpres négociations. Ce soir-là, « Demerez » et « Gates » devaient apporter cinq millions de dollars en liquide qu'ils échangeraient contre de la cocaïne de première qualité. A cette occasion, ils avaient refusé de passer par les intermédiaires habituels et réclamé de traiter directement avec les instances supérieures. Une grâce qui, finalement, leur avait été accordée.

A l'heure convenue, ils roulaient donc en direction du port, à bord de la Maserati que Jack avait prise en affection. Ils étaient sûrs de leur couverture et des renforts avaient été prévus pour l'opération. La victoire paraissait acquise, venant couronner une mission risquée, difficile, à laquelle ils travaillaient depuis plus de deux ans.

Autant dire que l'euphorie régnait à bord de la voiture de sport italienne. Plus âgé que Gage de quelques années, Jack était déjà un ancien, à la PJ de Denver. Avec ses cheveux gominés plaqués en arrière, son costume de soie et ses doigts chargés de grosses chevalières, il ne ressemblait en rien, ce jour-là, au père de famille tranquille qu'il était dans le civil. Son personnage de dealer, Jack le jouait à la perfection. D'autant qu'il avait le bagout, le vocabulaire fleuri, la gouaille d'un enfant des faubourgs.

Dans la famille de Jack, on avait toujours été flic de père en fils. Enfant, Jack avait été élevé dans un petit deux pièces du East End par une mère divorcée qui s'était battue au jour le jour pour joindre les deux bouts. Son père, lui, n'avait eu qu'une seule vraie passion : la bouteille. L'exemple paternel n'avait pas empêché Jack de poursuivre la tradition familiale et d'entrer à la PJ de Denver dès sa sortie du lycée.

Chez les Guthrie, en revanche, les hommes faisaient fortune dans les affaires depuis des générations. Il était de coutume de passer les vacances à Palm Beach et les dimanches étaient classiquement consacrés au golf ou aux sports hippiques. Mais le père de Gage, déjà, avait dévié du parcours familial classique. Refusant de prendre sa place dans l'empire industriel fondé par ses ancêtres, il avait formé avec sa jeune épouse un projet plus personnel. Le couple avait investi son temps, son argent et ses rêves dans un élégant restaurant français du centre-ville. Un choix, inoffensif en apparence, qui avait fini par leur coûter la vie.

Alors qu'ils sortaient de leur établissement après la fermeture, ils avaient été attaqués, volés et sauvagement assassinés à moins de dix mètres de leur restaurant. Gage n'avait pas deux ans lorsqu'il était brutalement devenu orphelin. Il avait été élevé dans une atmosphère ouatée, luxueuse par un oncle et une tante sans enfants qui l'avaient entouré d'une affection débordante. A l'âge où Jack et ses camarades s'initiaient au football dans la rue, il prenait ses premiers cours particuliers de piano. Très vite, sa famille avait exercé une discrète pression pour qu'il reprenne les rênes de l'empire Guthrie à la suite de son grand-père. Mais Gage n'avait jamais oublié le meurtre sauvage dont ses parents avaient été victimes. Après avoir poursuivi des études de droit pendant quelque temps, il avait finalement choisi d'entrer dans la police.

Leurs milieux d'origine différents n'avaient jamais constitué un obstacle pour Jack et Gage. Les deux hommes avaient d'ailleurs un point commun important : ils étaient convaincus l'un et l'autre de servir la justice en œuvrant pour la défense de la loi.

— Quand je pense qu'on le tient enfin, murmura Jack en rejetant la fumée de sa cigarette. Notre homme ne le sait pas encore mais sa glorieuse carrière touche à sa fin. Il est fait comme un rat.

— Ça n'a pas été du tout cuit, en tout cas, commenta Gage à voix basse. Il a mis une sacrée organisation en place, le bonhomme.

— Six mois de préparation et dix-huit mois sous couverture. Mais je ne regrette pas d'y avoir passé deux ans. On va ramener un bon gros poisson dans notre filet, ce soir, c'est moi qui te le dis. Et sans qu'ils l'aient vu venir.

Jack tourna la tête vers Gage et lui fit un clin d'œil.

— Sauf bien sûr, si on choisit de se tirer avec les cinq millions de dollars que nous avons dans cette mallette. Qu'est-ce que t'en dis, gamin ? On tente l'aventure ?

Même si Jack n'avait que cinq ans de plus que Gage, il l'avait toujours appelé « gamin ».

— C'est une possibilité, en effet… J'ai toujours rêvé d'aller faire un tour à Rio, déclara Gage en souriant.

D'un geste ample, Jack jeta son mégot encore allumé par la vitre ouverte.

— Ouais, pour moi aussi, c'est un vieux rêve. On pourrait se prendre une villa avec piscine et couler des jours tranquilles avec plein de femmes, plein de rhum, plein de thune et rien d'autre à faire que de profiter des trois…

— Tu crois que Jenny apprécierait ?

Jack se mit à rire.

— Ma douce petite épouse ? Tu sais que c'est une calme, Gage. Mais si je lui faisais un coup pareil, elle prendrait une colère homérique et je me retrouverais obligé de coucher sur le canapé pendant au moins six mois. Autrement dit, oublions les cinq millions et allons coffrer notre Big Boss. Je suis curieux de découvrir sa tête, à celui-là.

Il mit un minuscule émetteur en marche.

— Ici Blanche-Neige. Vous captez ?

— Affirmatif, Blanche Neige. Ici Atchoum.

— Comme si je ne t'avais pas reconnu, marmonna Jack. On arrive à l'embarcadère numéro dix-sept. Garde-nous à l'œil. Et la même chose vaut pour Grincheux, Dormeur et tous les autres Nains que vous êtes.

Gage se gara dans un recoin sombre sur le quai et coupa le moteur. Les relents caractéristiques du port lui montèrent aussitôt aux narines : mélange d'eau de mer, de détritus, de poisson avarié. Suivant les instructions qu'on leur avait données, il fit deux appels de phare, marqua un bref temps d'arrêt, puis renouvela la manœuvre.

— On se croirait dans un film de James Bond, observa Jack avec un grand sourire. Tu es prêt pour la manœuvre, gamin ?

— Fin prêt.

Jack alluma une nouvelle cigarette et souffla la fumée entre ses dents.

— Alors on y va.

Ils se déplacèrent avec précaution. Jack tenait la mallette avec les billets de banque marqués et un micro-émetteur. Sous leurs costumes de dealers, ils portaient l'un et l'autre des holsters avec leurs armes de service.

La nuit était calme et on n'entendait que le léger clapotis des vagues contre la jetée et le grattement furtif des rats en quête de nourriture. Des nuages obstruaient la lune, laissant filtrer une lumière presque spectrale. Gage sentit soudain une sueur glacée lui couler entre les omoplates.

— Ecoute, Jack, j'ai un mauvais pressentiment, murmura-t-il. Et si c'était un piège ?

37

— Hé, ce n'est pas le moment d'avoir les jetons, gamin. Ce soir, on décroche le gros lot. On ne va pas reculer si près du but.

Jack avait raison. La victoire, ils la touchaient pratiquement du doigt. S'ils faisaient demi-tour maintenant, ils seraient grillés définitivement et tout serait à refaire. Gage réussit à faire abstraction de son malaise et ils firent encore quelques pas sur les docks déserts. Mais son premier réflexe fut de tendre la main vers son arme lorsqu'un petit homme surgit soudain des ténèbres alentour. Avec un léger rire, l'arrivant leva les mains, paumes tendues.

— Ne vous inquiétez pas, je suis venu seul, comme convenu. Mon nom est Montega et je suis chargé de vous conduire jusqu'au boss.

Montega avait des cheveux noirs abondants et une longue moustache. Son sourire éclatant révéla une série de dents en or. Comme « Gates » et « Demerez », il portait un costume coûteux — du type que l'on faisait tailler sur mesure pour dissimuler habilement le volume d'une arme. Baissant lentement une de ses mains, Montega sortit un long cigare très fin qu'il ficha entre ses lèvres.

— Une belle nuit pour faire un petit tour en bateau, messieurs, *si* ?

— *Si*, répondit Jack en hochant la tête. Cela ne vous dérange pas si nous procédons à une fouille corporelle rapide ? Compte tenu de ce que nous transportons, nous préférons garder toute l'artillerie sur nous jusqu'à ce que nous soyons arrivés à destination.

— Ça peut se comprendre.

Montega sortit un élégant briquet en or. Toujours souriant, il alluma le cigare qu'il serra entre ses dents. Gage, qui suivait chacun de ses gestes avec une appréhension croissante, le regarda replacer le briquet dans sa poche d'un geste désinvolte.

La déflagration retentit une fraction de seconde plus tard. La balle partit, creusant un trou brûlant dans la poche du costume à mille cinq cents dollars. Au même moment, Jack s'effondrait au sol, littéralement foudroyé sur place…

Quatre années s'étaient écoulées depuis, mais Gage avait conservé chaque détail de la scène à la mémoire. Inlassablement, elle avait défilé dans sa tête, image après image, comme un film passant en boucle, sans pause ni répit. Et chaque fois, il revivait ces quelques instants avec la même intensité implacable : le regard sidéré de Jack lorsqu'il était tombé, mort avant même de toucher le bitume. Le fracas de la mallette qui lui avait échappé des mains pour rouler au loin. Les cris de l'équipe venue en renfort qui déjà se précipitait dans leur direction. Sa propre main se posant — trop tard — sur son arme. Car Montega n'avait pas attendu pour braquer son pistolet sur lui. Son sourire cruel s'était encore élargi.

— Prends ça, sale flic, avait-il lancé en tirant.

Encore maintenant, Gage ressentait la force de l'impact, la brûlure fulgurante, l'insoutenable souffrance. Il y avait eu la chute, la sensation de partir en arrière, aspiré dans des ténèbres qui avaient défilé autour de lui comme les parois d'un tunnel sans fin.

En droite ligne jusqu'à la mort.

Une mort qu'il avait expérimentée comme une délivrance lorsqu'il s'était détaché doucement de lui-même. A cet instant précis, il avait pu se voir de l'extérieur, comme si c'était un autre dont le corps en sang gisait sur les docks. Sans l'ombre d'une émotion, il avait observé la scène : ses collègues qui s'affairaient pour essayer de maîtriser l'hémorragie, jurant, criant, grouillant autour de lui comme autant de fourmis affolées. Libéré de toute douleur, il les avait regardés faire en se demandant pourquoi ils s'acharnaient tant sur un corps sans vie que personne n'habitait plus.

Mais l'ambulance était venue, des professionnels s'étaient penchés sur lui, le ramenant de force à l'intérieur de lui-même, au cœur même de la douleur. Il aurait voulu résister, alors, mais l'ombre passive et flottante qu'il était devenue n'avait pas été en mesure de combattre.

Même du bloc opératoire, Gage avait gardé des souvenirs très précis. Il suffisait qu'il ferme les yeux pour revoir les murs vert pâle, les lumières trop fortes, l'éclat métallique des instruments. Il entendait encore le bip bip des monitors, le sifflement venimeux du respirateur. Par deux fois, il s'était glissé sans difficulté hors de son corps. Et l'équipe chirurgicale lui était apparue en contrebas, soudée dans leur lutte farouche pour le rendre à la vie. Il se souvenait d'avoir vainement cherché un moyen pour leur adresser la parole, leur dire que c'était inutile, qu'il ne voulait pas aller plus loin.

Mais ses médecins avaient fait « un miracle », comme on dit, et ils avaient réussi à relancer la machine. Pendant quelque temps, il était resté au fin fond des ténèbres. Puis, un changement s'était opéré dans son état. L'obscurité s'était dissipée pour céder la place à un univers liquide, mouvant, d'un gris pâle et paisible qui avait réveillé le souvenir lénifiant des sensations fœtales. Dans cette grisaille informe et douce, il s'était senti en sécurité. C'était un univers clos, matriciel où rien ne pouvait l'atteindre.

De très loin, parfois, il avait perçu certains sons. Par intervalles indistincts, quelqu'un venait prononcer son nom de façon insistante. Il avait entendu sangloter près de son lit et compris qu'il s'agissait de sa tante. En contrepoint, s'élevait alors la voix inquiète de son oncle qui le suppliait de revenir à la vie. Mais ces sollicitations lui avaient paru infiniment lointaines. Comme si elles concernaient quelqu'un d'autre qu'il avait sans doute été et qu'il n'était plus.

De temps en temps, une main soulevait sa paupière et un rayon de lumière venait frapper sa rétine. Mais de ces quelques éléments de réalité, il n'avait eu qu'une perception abstraite qui ne s'accompagnait d'aucune émotion.

Flotter dans ce gris amniotique comblait toutes ses aspirations. Il entendait les battements de son propre cœur, réguliers et rassurants. Et puis, il y avait les fleurs dont le parfum s'exhalait par bouffées légères, couvrant l'odeur morne et aseptisée de l'hôpital. Mais la musique surtout l'avait bercé, telle une présence amie, dans ce no man's land indifférencié.

Gage avait appris par la suite qu'une des infirmières du service avait installé un magnétophone près de son lit et qu'elle lui passait des cassettes de Bach, Mozart et Chopin. Régulièrement, elle lui apportait les bouquets oubliés que d'autres patients laissaient en partant. Et lorsqu'elle disposait de quelques minutes, elle s'asseyait à son chevet et lui parlait doucement. Perdu dans un univers où n'existait aucun repère temporel, Gage avait cru à plusieurs reprises entendre la voix de sa propre mère et ces paroles pleines de tendresse maternelle avaient provoqué en lui des élans de nostalgie déchirante.

Lorsque les bancs de brume s'étaient écartés tout doucement, laissant filtrer la froide lumière du réel, Gage avait résisté de toutes ses forces. Il voulait demeurer à jamais dans les limbes grises et cotonneuses. Mais il avait eu beau s'insurger, il s'était senti irrésistiblement tiré vers la surface. Jusqu'au jour où, à son corps défendant, il avait fini par ouvrir les yeux.

De tout le cauchemar, c'était la partie la plus intensément douloureuse : le moment où il avait dû se rendre à l'évidence et admettre qu'il était toujours en vie...

Encore écrasé de fatigue, Gage s'extirpa de son lit et se dirigea vers la fenêtre. Le désir de mort avec lequel il s'était débattu pendant les premières semaines avait fini par s'estomper pour disparaître. Mais les nuits où le cauchemar revenait, il lui arrivait de maudire encore l'équipe chirurgicale ultra-compétente qui l'avait ramené dans le monde des vivants sans lui demander son avis.

Pourquoi *lui*, alors qu'ils n'avaient ramené ni Jack, ni ses parents qu'il n'avait pas connus, ni son oncle et sa tante qui lui avaient prodigué tant de patiente affection et qui étaient décédés l'un et l'autre quelques semaines à peine avant sa sortie du coma ?

La réponse à cette question, Gage n'avait pas tardé à l'obtenir. Ce n'était pas sans raison que la vie s'était accrochée si obstinément à lui : il avait reçu un don pendant les neuf mois où son âme était restée en gestation dans les limbes d'un autre monde. Et comme il avait été sauvé, il ne lui restait d'autre choix que d'accomplir ce qui devait être accompli.

Résigné à la condition étrange qui lui était échue, Gage posa sa main droite sur le mur vert pâle de sa chambre. Il se concentra et entendit le bourdonnement à l'intérieur de son crâne que nul hormis lui ne pouvait percevoir. Aussitôt, sa main disparut.

Non pas qu'elle ait cessé d'exister. Il pouvait encore la sentir même si ses propres yeux ne la distinguaient plus. Mais elle n'avait plus de contour, plus d'apparence visible. Il suffirait qu'il focalise son attention un bref instant et le reste de son corps s'évanouirait de même. La première fois que cela lui était arrivé, il avait ressenti un moment de terreur. Puis, très vite, une fascination s'était fait jour en lui, mêlée à un besoin irrépressible d'action.

Gage fit réapparaître sa main et l'examina. Elle n'avait pas été transformée par ce petit jeu de passe-passe. La paume était toujours large, les doigts longs, la peau légèrement calleuse. C'était la main d'un homme qui avait cessé d'être comme les autres.

A midi moins le quart, Deborah faisait le pied de grue au commissariat du XXVᵉ. Elle n'avait pas été particulièrement surprise lorsque Mᵉ Simmons l'avait appelée ce matin-là pour lui proposer une rencontre avec Carl Parino. Le chef de gang et les trois sbires qui avaient abattu Rico Mendez étaient détenus en garde à vue dans des cellules séparées. Les charges retenues contre eux n'étaient pas minces : homicide volontaire, complicité d'homicide, détention illégale d'armes à feu, possession de substances illicites et quelques autres bricoles encore. Et comme les quatre complices avaient été séparés, il leur était impossible de se concerter pour corroborer leurs mensonges mutuels.

Simmons, l'avocat de Carl Parino, l'avait appelée ce matin-là à 9 heures précises en lui demandant de venir le retrouver au commissariat, en vue d'une troisième rencontre avec son client. Au cours des deux entrevues précédentes, Deborah avait catégoriquement refusé d'entamer les négociations. L'avocat demandait la lune et Parino lui-même s'était montré cassant, agressif et arrogant. Mais elle avait remarqué que, chaque fois qu'ils se retrouvaient face à face, Parino transpirait un peu plus abondamment.

Deborah avait accepté de reprendre les pourparlers pour une seule raison : son instinct lui soufflait que Parino savait quelque chose. Elle n'aurait pas su dire dans quoi il avait trempé, au juste. Mais elle était prête à parier que si Parino avait hésité à parler jusqu'à présent, c'était essentiellement par peur d'éventuelles représailles.

D'où la stratégie qu'elle avait mise au point : elle était venue, comme l'avocat de la défense le lui avait demandé. Mais en prenant soin de repousser le rendez-vous de quelques heures, histoire de mettre un peu plus la pression. Parino, d'après

Simmons, était enfin décidé à passer un accord raisonnable. Deborah pianota du bout des doigts sur le porte-documents posé sur ses genoux. Vu les charges qu'elle avait réunies contre lui, il avait intérêt à se montrer *très* coopératif. Non seulement l'arme du meurtre avait été retrouvée chez lui, mais elle avait réussi à rassembler des témoignages écrasants. S'il ne faisait pas un réel effort de son côté, Parino avait toutes les chances d'être condamné à la peine capitale.

En attendant le détenu et son avocat, Deborah entreprit de relire ses notes. Mais comme elle connaissait le dossier quasiment par cœur, son esprit s'évada pour revenir à la soirée de la veille. *Gage Guthrie…* Quel genre d'homme était-il exactement ? La question n'avait pas cessé de tourner dans sa tête. « Que faut-il penser d'un type qui vous embarque dans sa limousine, plus ou moins contre votre gré, alors qu'il ne vous connaît pas depuis cinq minutes ? » Tout le mal possible, assurément !

D'un autre côté, il avait eu l'extrême délicatesse de laisser son véhicule à sa disposition pendant plus de deux heures. Une marque de galanterie à laquelle elle n'était pas restée insensible…

Deborah se remémora sa réaction de surprise lorsqu'elle était sortie du palais de justice à 1 heure du matin et qu'elle avait trouvé la longue voiture noire et son chauffeur taciturne qui l'attendaient patiemment.

« Ce sont les ordres de M. Guthrie », s'était-elle entendue dire en guise d'explication.

Même si M. Guthrie ne s'était pas manifesté en personne, elle avait senti sa présence tout au long du trajet entre le centre-ville et son appartement dans le West End. Deborah se surprit à sourire toute seule dans la salle d'attente du commissariat. Il ne lui déplaisait pas que Gage Guthrie ait une personnalité énergique. C'était un homme qui aimait le pouvoir et qui savait

44

le prendre. Une particularité qui ne devait pas être étrangère à son indéniable charisme.

Le regard de Deborah se posa sur le décor plutôt sinistre qui l'entourait. Difficile d'imaginer l'homme en smoking qui l'avait raccompagnée la veille évoluant dans un cadre aussi peu sophistiqué. Le commissariat de cet arrondissement n'était pas, loin s'en fallait, un bureau de police des beaux quartiers. Et c'était pourtant ici que l'inspecteur Guthrie avait passé les six années où il avait été employé par la police judiciaire de Denver.

Deborah songea à l'homme urbain et policé dont elle avait fait la connaissance la veille. Comment associer, même en pensée, l'homme d'affaires « croulant sous les millions » que lui avait décrit Jerry avec ce sol en lino crasseux, ces néons sinistres, ces relents de sueur et de café réchauffé, à peine couverts par le parfum au pin artificiel du déodorant « d'ambiance » ?

Gage Guthrie aimait la musique classique. Elle avait reconnu un quintette de Mozart filtrant à travers les haut-parleurs de la limousine. Et pourtant, il avait passé six années de sa vie à travailler dans un cadre où on entendait plus souvent des cris, des insultes et le fracas des coups que le chant mélodieux des violons.

Dans un accès de curiosité, Deborah avait pianoté sur son ordinateur et, au bout de quelques savantes manipulations, avait fini par accéder à son dossier. Elle avait appris que ses supérieurs le considéraient comme un bon élément. Il était arrivé à l'agent Guthrie de commettre quelques imprudences. Mais s'il était capable d'initiative, il n'était jamais tombé dans l'indiscipline.

Les rapports qui le concernaient ne tarissaient pas d'éloges. Son coéquipier et lui avaient démantelé un réseau de prostitution qui s'était fait une spécialité de récupérer des adolescentes en fugue pour les mettre sur le trottoir. Toujours grâce au duo

45

Gage Guthrie/Jack McDowell, trois hommes d'affaires avaient été arrêtés après avoir fait tourner pendant des années une salle de jeux illégale où les clients malchanceux se trouvaient soumis à des tortures innommables. Le tandem avait épinglé quantité de revendeurs de drogue et confondu un officier de police corrompu qui s'était servi de son badge pour racketter des petits commerçants.

Les deux coéquipiers avaient ensuite été désignés pour une mission sous couverture. Se faisant passer pour deux dealers, ils avaient infiltré un cartel de la drogue qu'ils avaient été chargés d'anéantir. Mais c'était les barons de la drogue, en fin de compte, qui les avaient anéantis, eux.

Deborah songea que c'était là sans doute que se trouvait le côté fascinant du personnage. En apparence, Gage Guthrie était revenu à son milieu d'origine et menait désormais une vie luxueuse et sans histoire. Mais ce côté très mondain qu'il affichait correspondait-il à sa personnalité profonde ? Se pouvait-il vraiment que le flic brillant, audacieux, ait disparu sans laisser la moindre trace ? A priori, c'était difficile à dire. Peut-être considérait-il ses années dans la police comme une simple erreur de jeunesse et adhérait-il entièrement à son nouvel environnement. Mais Deborah ne pouvait s'empêcher de penser que le véritable Gage Guthrie ne se résumait pas à l'image assez superficielle qu'il cherchait à donner de lui-même.

Elle soupira et secoua la tête. Illusion ou réalité ? Le sujet ne cessait de la travailler depuis le soir où elle s'était trouvée coincée au fond d'une impasse avec un couteau sous la gorge et la cuisse d'un violeur pressée entre les siennes. Aurait-elle réussi à se tirer de ce mauvais pas toute seule ? Elle voulait croire qu'elle en aurait été capable, même si elle devait se résigner à accepter que la question resterait sans doute à jamais irrésolue. Le fait est qu'elle avait été sauvée par un tiers. Un tiers un rien mythique que les habitants de la ville avaient baptisé Némésis et dont on disait qu'il n'était pas fait de chair et de sang. On chuchotait qu'il s'agissait d'un esprit revenu de l'autre monde, d'un fantôme masqué qui n'avait pas consistance humaine.

L'homme en noir qui avait ceinturé son agresseur s'était pourtant manifesté de façon très concrète. Non seulement elle l'avait vu agir, mais ils avaient même échangé quelques mots. Et pourtant, lorsqu'elle se remémorait la scène, elle avait l'impression qu'il n'avait pas cessé de se dissiper en fumée puis de réapparaître. C'était absurde. Totalement absurde. Mais elle ne pouvait s'empêcher de se demander si Némésis était palpable ou si sa main serait passée à travers lui comme à travers une ombre, un reflet.

Deborah fronça les sourcils et décida de ralentir son rythme de travail pour s'accorder quelques bonnes nuits de sommeil. Elle se flattait d'avoir un esprit à cent pour cent rationnel et pratique. Si elle commençait à croire à l'existence de l'Homme Invisible, elle devait être sérieusement surmenée !

Cela dit, elle avait la ferme intention de retrouver le « fantôme » en question et de découvrir qui était exactement cet étrange personnage.

— Mademoiselle O'Roarke ?

Elle se leva et serra la main du jeune avocat de la défense à l'expression éternellement tourmentée.

— Ravie de vous revoir, Simmons.

Plus nerveux que jamais, l'avocat remonta ses lunettes cerclées d'écaille sur son nez busqué.

— Eh bien, euh… Je vous remercie d'avoir accepté cette nouvelle rencontre. Il se trouve que mon client...

— Laisse tomber le baratin, Simmons, dit derrière lui la voix nasillarde de Parino.

Ce dernier venait d'entrer, menottes aux poignets et flanqué de deux policiers en uniforme.

— On est ici pour affaires, pas pour se faire des politesses. Alors on accélère la manœuvre, O.K. ?

Deborah hocha la tête et entra la première dans le parloir. Elle posa son porte-documents sur la table et s'assit posément, les mains croisées devant elle. Avec son petit tailleur bleu marine et son chemisier blanc, elle savait qu'elle avait un air inoffensif et parfaitement BCBG. Mais Parino aurait eu tort de penser qu'il pouvait lui marcher sur les pieds pour autant. Elle avait eu l'occasion d'examiner les photos de Rico Mendez tel qu'on l'avait retrouvé après la fusillade. Et elle avait vu à quoi la haine associée à un pistolet automatique pouvait réduire le corps d'un adolescent de seize ans.

— Maître Simmons, vous avez conscience comme moi que des quatre personnes mises en examen pour le meurtre de Rico Mendez, votre client doit répondre des chefs d'accusation les plus graves ?

— On pourrait m'enlever ces machins ? intervint Parino de sa voix traînante en désignant les menottes qu'il avait aux poignets.

Deborah le regarda froidement.

— Non.

Parino lui adressa ce qu'il devait sans doute considérer comme un sourire séducteur.

— Allez, sois gentille, ma puce. Tu n'as pas peur de moi, tout de même ?

— De vous, monsieur Parino ? rétorqua-t-elle d'un ton sarcastique. Certainement pas, non. Le gens comme vous ne m'effrayent pas. Mais vous, vous devriez avoir peur de moi, en revanche. Car les éléments de preuve que je détiens désormais contre vous sont imparables.

Elle se tourna vers Simmons.

— Mais ne perdons pas plus de temps, voulez-vous ? Nous savons tous les trois ce qu'il en est. M. Parino a dix-neuf ans et il est adulte. Il n'a pas encore été décidé si les trois autres seront jugés ou non au tribunal des enfants.

Deborah sortit ses notes et les résuma brièvement :

— L'arme du crime a été retrouvée dans l'appartement de M. Parino et elle porte ses empreintes.

— Quelqu'un est venu la placer chez moi en mon absence, protesta Parino. Je n'avais jamais vu ce pistolet de ma vie.

— Gardez ce genre d'argument pour le juge, suggéra Deborah sans même le regarder. Deux témoins ont vu M. Parino à bord de la voiture qui roulait à l'angle de la Troisième Avenue et de la place du Marché à 11 h 45, le 2 juin. Ces mêmes témoins ont reconnu M. Parino au cours d'une séance d'identification de suspect et l'ont désigné comme l'homme qui s'est penché hors de la voiture pour tirer à dix reprises sur Rico Mendez.

Parino se mit à jurer et à vociférer contre les « balances ». Puis il se lança dans une violente diatribe où il était question de ce qu'il infligerait aux deux *cafteurs* ainsi qu'à elle, Deborah, une fois qu'il serait relâché.

Sans même prendre la peine de hausser le ton, Deborah poursuivit, imperturbable, en se tournant vers Simmons.

— Je suis donc en mesure d'apporter tous les éléments de preuve nécessaires et nous pouvons raisonnablement en conclure que votre client sera condamné. Le ministère public compte réclamer la peine capitale et le jury populaire sera sans pitié.

Croisant les mains sur son dossier, elle regarda l'avocat droit dans les yeux.

— Ceci étant dit, je suis tout ouïe. De quoi souhaitez-vous me parler ?

Simmons tira nerveusement sur son nœud de cravate. La fumée de la cigarette de Parino lui allait droit dans les yeux et il les cligna à plusieurs reprises.

— Mon client a des informations importantes qu'il est disposé à communiquer au service du procureur de district.

En retour, il souhaiterait que vous abandonniez les chefs d'accusation principaux pour ne retenir que la possession illégale d'armes à feu.

Deborah haussa les sourcils et laissa passer quelques secondes de silence.

— C'est tout ?

— Je ne rigole pas, déclara Parino en se penchant au-dessus de la table. Et je te conseille de jouer le jeu parce que je connais deux ou trois trucs qui pourraient intéresser la justice.

Avec des gestes délibérément lents et posés, Deborah replaça ses notes dans son attaché-case.

— Qu'est-ce que vous imaginez, au juste, monsieur Parino ? Que vous pouvez vous permettre de tuer froidement un gamin de seize ans et ressortir d'ici les mains dans les poches, en citoyen libre, prêt à tirer de nouveau dans le tas à la prochaine occasion ? Une fois pour toutes, il faudrait arrêter de croire qu'on peut commettre impunément les transgressions les plus graves ! Si c'est tout ce que vous avez à me dire, adieu.

Simmons releva la tête alors qu'elle avait déjà atteint la porte.

— Maître O'Roarke, s'il vous plaît... Nous pourrions essayer de discuter de tout cela calmement…

Elle tourna vers lui un regard glacial.

— Je suis tout à fait disposée à discuter calmement. A condition que vous me fassiez une proposition sérieuse.

Parino prononça quelques obscénités qui firent pâlir Simmons. Deborah lui jeta un regard détaché.

— Votre client a tué froidement, délibérément et sans remords. C'est la chaise électrique qui l'attend, Simmons. Et vous le savez aussi bien que moi.

Une lueur démente passa dans les yeux de Parino. Le regard fou, il bondit sur ses pieds.

— Je me tirerai de tôle quand je voudrai, espèce de garce. Et je te retrouverai pour te trouer la peau.

Deborah demeura de marbre.

— Vous n'avez aucune chance de vous évader des couloirs de la mort, monsieur Parino.

— O.K. Vous ne retenez que l'accusation d'homicide involontaire, trancha Simmons, suscitant un hurlement de protestation de la part de son client.

Deborah secoua la tête.

— Je maintiens l'homicide volontaire. Mais à l'issue de mon réquisitoire, je demanderai l'emprisonnement à vie plutôt que la peine de mort. C'est à prendre ou à laisser.

Simmons s'essuya le front.

— Pouvez-vous m'accorder quelques minutes pour m'entretenir avec mon client, s'il vous plaît ?

— Mais, bien volontiers.

Elle abandonna l'avocat en nage à son client hurlant.

Vingt minutes plus tard, elle se retrouva assise face à un Parino considérablement plus calme.

— O.K. Abattez votre jeu, Parino, lui dit-elle froidement.

— Je veux que vous m'accordiez l'immunité.

Elle acquiesça d'un signe de tête.

— Ça marche. Aucune charge ne sera retenue contre vous sur la base des informations que vous vous apprêtez à me donner.

— J'exige des mesures de protection.

Deborah nota que des gouttes de sueur commençaient à perler à son front.

— Vous les aurez si elles s'imposent.

Parino marqua une légère hésitation et sa main se crispa sur le piteux cendrier en plastique débordant de mégots.

— O.K., vous avez gagné, lança-t-il d'un ton hargneux. Je préfère passer vingt ans au trou que de me taper la chaise électrique. J'ai été payé, il n'y a pas très longtemps, pour faire des livraisons. Il s'agissait de récupérer des caisses sur les docks et de les apporter dans un magasin d'antiquités hyper classe du centre-ville. C'était bien payé. Trop bien payé pour ce qu'on avait à faire. Du coup, j'ai pensé qu'il y avait peut-être autre chose dans toutes ces caisses que des vieux vases et des bibelots.

Gêné par ses menottes, Parino fit une pause pour allumer une nouvelle cigarette avec le filtre à moitié consumé de celle qu'il venait de terminer.

— Comme je suis du genre curieux, je me suis arrangé pour jeter un coup d'œil. Et je peux vous dire que ça m'a fait drôle lorsque j'ai découvert toute cette coke. Ça m'a surpris qu'on puisse transporter des quantités de poudre pareilles. Et ce n'était pas de la merde, je vous le garantis. Rien que du premier choix.

— Comment le savez-vous ?

Parino se lécha les lèvres et sourit.

— J'ai prélevé un paquet que j'ai glissé sous ma chemise. Et sans rire : il y en avait assez là-dedans pour shooter toute la population de Denver pendant les vingt prochaines années.

Deborah hocha pensivement la tête.

— Quel est le nom du magasin d'antiquités ?

De nouveau, Parino s'humecta les lèvres.

— Vous tiendrez parole, au moins ?

— Si vous me dites la vérité, oui. Si vous me racontez n'importe quoi, non.

— *Eternel*, qu'il s'appelait, leur magasin. Sur la Septième Avenue. On livrait une ou deux fois par semaine.

— Donnez-moi des noms.

— Le gars avec qui je travaillais sur les docks, on l'appelait Mouse. C'est tout ce que je sais.

— Et qui vous a embauché ?

— Un type qui est passé un jour au Loredo. C'est le bar où les Demons se réunissaient, dans le temps. Il a dit qu'il avait du boulot pour nous, à condition qu'on ait le dos solide et qu'on soit discrets. Alors, mon pote Ray Santiago et moi, on a accepté.

— Et à quoi ressemblait-il, l'homme qui vous a proposé ce travail ?

— Plutôt petit, l'air pas commode. C'est pas le genre de mec avec qui on a envie de plaisanter. Il avait une espèce de grande moustache, deux ou trois dents en or. Personne ne s'est amusé à l'ouvrir lorsqu'il est entré au Loredo.

Deborah prit des notes, hocha la tête, insista pour être certaine que Parino ne gardait aucune information pour lui. Lorsqu'elle eut la certitude qu'il lui avait dit tout ce qu'il savait, elle se leva.

— Très bien. Je vais vérifier ces informations. Si vous avez été réglo avec moi, je le serai avec vous… Je vous tiens au courant, ajouta-t-elle à l'adresse de Simmons.

Lorsqu'elle sortit de la salle d'interrogatoire, Deborah avait une drôle de sensation dans la poitrine comme chaque fois qu'elle était amenée à traiter avec des gens comme Parino.

Dix-neuf ans. Ce garçon n'avait que dix-neuf ans et déjà sa vie était derrière lui. En proie à un mélange de tristesse et de colère, elle jeta son badge visiteur sur le bureau de l'entrée. Elle savait que Parino n'éprouvait aucun remords. Dans le gang des Demons, auquel il appartenait, le genre de fusillade à laquelle il s'était livré était considéré comme une sorte de rite initiatique. Pour ces jeunes marginalisés, le gang tenait lieu de famille. Ils ne reconnaissaient pas d'autres lois que celles, sanguinaires, propres à leur groupe.

Et elle, en tant que représentante du système judiciaire, avait été amenée à se livrer à des marchandages sordides. Mais c'était ainsi que fonctionnait la justice de son pays. Avec un profond soupir, Deborah sortit du commissariat et fut accueillie de plein fouet par la touffeur de midi qui pesait sur la ville. Ce fut à peine si elle eut conscience de la chaleur et de l'humidité, cependant. Elle songeait aux Parino de ce monde, manipulés par la justice comme une simple monnaie d'échange. Dans l'espoir d'obtenir du plus gros gibier, on s'arrangeait pour les faire parler. Et en contrepartie, ils ramassaient des peines un peu moins lourdes. Parino échapperait à la chaise électrique, en l'occurrence. Dans une vingtaine d'années, si tout se passait bien pour lui, il sortirait en liberté conditionnelle. Deborah poussa un profond soupir et conclut qu'au moins, Parino aurait sa chance. Qui sait ? Le hasard d'une lecture, d'une rencontre pouvait faire de lui un autre homme. Rien n'était écrit d'avance, après tout.

— Vous avez l'air bien sombre, mon cher maître ?

Plaçant la main en visière au-dessus de ses yeux, Deborah tourna la tête et reconnut Gage Guthrie.

— Tiens, bonjour. Que faites-vous ici ?

— Je vous attendais.

Deborah commença par hausser les sourcils, se donnant un temps de répit pour réfléchir à cette déclaration. Elle examina l'homme de haute taille qui se tenait devant elle sur le trottoir écrasé de soleil. Rien n'indiquait que Gage Guthrie fût différent de ce qu'il prétendait être. Ni la discrète élégance de son costume gris clair, ni la blancheur immaculée de sa chemise, ni sa cravate de soie nouée à la perfection. Il incarnait son propre personnage à la perfection. A une nuance près, cependant. Le richissime homme d'affaires disparaissait au moment précis où on le regardait dans les yeux. Luttant contre un léger vertige, Deborah comprit que la fascination qu'il exerçait sur les femmes n'était pas forcément liée à sa position sociale ni à sa fortune.

— Et pourquoi m'attendiez-vous ? s'enquit-elle.

Gage rit doucement.

— Pour vous inviter à déjeuner.

— Ah. Eh bien, c'est très gentil de votre part, mais…

— Il vous arrive de manger, n'est-ce pas ?

Deborah ne s'offusqua pas de son ton gentiment moqueur.

— Je sacrifie à ce rite au moins deux fois par jour. Mais là, je suis en plein travail.

— Vous êtes un ardent défenseur de la cause publique, n'est-ce pas, Deborah ?

— Comme je vous l'ai déjà dit, je m'efforce de servir la justice, c'est tout.

Hérissée par son ton sarcastique, Deborah s'avança sur le bord du trottoir et guetta le passage d'un taxi. Un autobus poussif passa, soufflant un épais nuage de fumée grise.

— Merci d'avoir laissé votre limousine à ma disposition, hier soir, au fait. C'était très aimable de votre part mais vous n'auriez pas dû.

— Je fais très souvent des choses que les autres considèrent comme inutiles ou déplacées.

Il prit la main qu'elle avait levée pour héler un taxi et appliqua une légère pression pour ramener son bras contre son flanc.

— Si vous n'êtes pas libre maintenant, dînons ensemble ce soir.

Deborah hésita à se dégager de force. Mais il lui parut vaguement infantile de s'affronter ainsi à Gage en pleine rue, sous le regard attentif du planton de service.

— Voilà qui ressemble à un ordre plus qu'à une proposition, observa-t-elle d'un ton léger. Quoi qu'il en soit, je ne serai pas libre. J'ai des rendez-vous professionnels jusqu'en milieu de soirée.

— Demain alors ?

Il eut un sourire charmeur pour préciser :

— Simple proposition, madame la procureur…

Comment ne pas lui rendre son sourire alors qu'il y avait non seulement de l'humour dans ses yeux mais également une pointe imperceptible de tristesse ?

— Monsieur Guthrie… Je veux dire, Gage… Les hommes qui ne comprennent pas le mot « non » m'exaspèrent. Cependant, pour une raison que je ne m'explique pas encore, je crois que j'ai envie de dîner demain soir avec vous.

— Je passerai vous prendre vers 7 heures. J'ai l'habitude de dîner tôt. Si vous n'y voyez pas d'inconvénient.

— L'horaire est parfait pour moi. Je vais vous donner mon adresse.

— Je la connais déjà.

Elle sourit.

— Votre chauffeur vous l'a confiée, je suppose ? Maintenant, si vous voulez bien me libérer, j'aimerais faire signe à ce taxi.

Avant d'accéder à sa demande, Gage prit le temps d'examiner la main qui reposait dans la sienne. Comme le reste de la personne de Deborah, elle était petite et délicate en apparence. Mais ce n'était pas une main fragile ou languissante. Elle dégageait, au contraire, une impression de force. Ses ongles étaient coupés court et juste couverts d'une couche de vernis incolore. Elle ne portait ni bagues ni bracelets. Rien qu'une montre simple et fonctionnelle réglée à la seconde près.

Lâchant sa main, Gage chercha son regard. Il y lut un mélange de curiosité et d'impatience. Et toujours, beaucoup de distance. Mais si Deborah O'Roarke restait sur ses gardes, elle n'était pas pour autant indifférente. Gage réussit à sourire tout en se demandant comment le simple contact de cette main fine reposant dans la sienne avait pu chambouler sa libido à ce point.

— A demain, Deborah, fit-il en s'écartant pour la laisser monter dans le taxi.

Incapable d'émettre un son, elle se contenta de hocher la tête et se glissa sans un mot sur la banquette arrière. Tout de suite après avoir donné son adresse au chauffeur, elle se retourna pour regarder derrière elle. Mais Gage Guthrie avait déjà disparu.

La soirée était largement avancée lorsque Deborah décida de faire un crochet par le magasin d'antiquités en sortant du palais de justice. A cette heure, naturellement, elle trouva porte close et elle se demanda ce qu'elle avait espéré découvrir en poussant ainsi une pointe jusqu'à la Septième Avenue. Elle avait rédigé son rapport et transmis les détails de son entrevue avec Parino à son supérieur hiérarchique. Mais la curiosité avait été la plus forte et elle n'avait pu s'empêcher de se rendre sur place et de tâter l'ambiance du côté d'*Eternel*.

Le magasin se trouvait dans une des rues les plus élégantes de Denver et l'atmosphère qui régnait dans le quartier par cette nuit d'été n'avait rien de mystérieux ni de lugubre. Les trottoirs étaient encore animés, les tables occupées en terrasse. Deborah s'immobilisa devant le magasin et se demanda pourquoi elle avait fait le trajet jusqu'à *Eternel* plutôt que de s'accorder une longue nuit de sommeil bien méritée. Qu'avait-elle espéré, au juste ? Que les portes s'ouvriraient devant elle et qu'elle n'aurait qu'à entrer pour trouver des milliers de sachets de drogue dissimulés dans des armoires Louis XV ?

Non seulement le magasin était fermé pour la nuit mais de lourds stores métalliques dissimulaient les vitrines obscures. Elle avait passé des heures cet après-midi-là à tenter de découvrir le nom du propriétaire. Mais ses recherches n'avaient rien donné, à part une longue suite de noms de sociétés, toutes aussi anonymes et obscures les unes que les autres. Le tout avait formé un imbroglio administratif si compliqué qu'il lui avait été impossible de le démêler.

Mais le magasin, lui, n'avait rien de virtuel. Dès le lendemain — le surlendemain au plus tard — elle aurait obtenu une ordonnance du tribunal et la police viendrait fouiller chaque coin et recoin d'*Eternel*. Les registres comptables seraient confisqués et épluchés. Et elle disposerait de tous les éléments nécessaires pour mettre le mystérieux propriétaire en examen. Ainsi que ses complices éventuels.

Deborah se rapprocha de la devanture. Un léger frisson la parcourut et son premier réflexe fut de tourner la tête vers la rue joyeuse où s'alignait une rassurante rangée de lampadaires. Une circulation dense continuait à encombrer la chaussée et un couple se promenait bras dessus-dessous sur le trottoir opposé.

Tout était calme, paisible, rassurant. Alors pourquoi cette sensation bizarre, cette démangeaison dans la nuque comme si quelqu'un l'observait ? Elle balaya les immeubles voisins du regard pour s'assurer que personne ne lui prêtait attention. Rien. Il n'y avait strictement rien d'alarmant où que ce soit. Et pourtant, elle ne parvenait pas à desserrer l'étau d'angoisse qui lui comprimait la poitrine.

« Tu sais quoi, ma vieille ? Tu es tout simplement en train de jouer à te faire peur », se dit-elle. Ces mini-attaques de panique étaient sûrement une séquelle de sa mésaventure dans le East End. Mécontente d'elle-même, Deborah serra les lèvres. Par principe, elle refusait de vivre dans la peur. A quoi bon vivre si c'était pour trembler du matin au soir en imaginant des dangers à chaque coin de trottoir ? Elle voulait pouvoir se déplacer en confiance, de jour comme de nuit, seule ou accompagnée.

Pendant toutes les années où elle avait vécu avec sa grande sœur, elle avait été chouchoutée, préservée et sans doute surprotégée. Le cocon que Cilla avait tissé autour d'elle lui avait permis de se structurer dans un cadre solide et rassurant. Mais à présent qu'elle était devenue adulte, Deborah ressentait le besoin de déployer ses ailes. Elle avait pris envers elle-même l'engagement de se battre, de faire bouger les choses et de laisser sa marque. Mais, pour cela, elle ne pouvait se permettre de vivre dans la crainte.

Déterminée à vaincre son sentiment de malaise, Deborah contourna résolument le bâtiment et pénétra dans l'étroit passage qui séparait le magasin de l'entrepôt. A l'arrière, tout était aussi solidement barricadé qu'en façade. L'unique fenêtre était protégée par de solides barreaux en fer et les larges portes métalliques étaient dûment verrouillées. Il faisait très sombre dans l'impasse qui ne bénéficiait d'aucun éclairage.

— Vous n'avez pourtant pas l'air stupide.

Au son de la voix, Deborah se rejeta vivement en arrière. Elle serait tombée à la renverse entre deux poubelles si une main surgie de l'obscurité ne l'avait pas agrippée par le poignet. Le cœur battant, elle ouvrit la bouche pour hurler lorsqu'elle vit soudain à qui elle avait à faire.

— Encore vous…, murmura-t-elle dans un souffle.

Némésis était vêtu de noir, à peine visible dans les ténèbres. Elle sentait plus qu'elle ne discernait sa présence.

— Je pensais que vous aviez eu votre compte d'impasses obscures. Mais apparemment, vos récentes expériences ne vous ont pas servi de leçon.

Il ne lui avait toujours pas lâché le poignet mais l'idée qu'elle aurait pu se dégager ne lui traversa même pas l'esprit.

— Vous m'espionniez ?

— Il y a comme ça des femmes qu'on a du mal à quitter des yeux, admit-il en l'attirant contre lui.

Surprise, Deborah scruta ses traits sous le masque. La voix de Némésis était basse, plutôt rauque et une lueur de colère brillait dans son regard.

— Pourquoi êtes-vous venue fureter par ici, bon sang ? Vous cherchez les ennuis ou quoi ?

Sa bouche était soudain si sèche qu'elle se demanda si elle pourrait articuler un son. Némésis était si près que leurs cuisses se touchaient presque. Elle sentit la chaude caresse de son souffle errant sur ses lèvres et lutta contre une envie presque irrépressible de fermer les yeux. Afin de reprendre un peu de distance et un minimum de contrôle sur elle-même, Deborah posa les deux mains contre son torse. Ses doigts rencontrèrent bel et bien une résistance. Non seulement Némésis était palpable et tangible, mais il avait un cœur tout à fait humain qui battait à un rythme rapide sous ses paumes.

— Ce que je fais ici est mon problème, rétorqua-t-elle sèchement en s'efforçant de calmer sa respiration.

— Votre travail consiste à rassembler des éléments de preuve sur papier et à plaider. Pas à jouer les détectives privés !

— Je ne joue pas les…

Elle s'interrompit brusquement.

— Comment connaissez-vous ma profession ?

— Je sais beaucoup de choses à votre sujet, mademoiselle O'Roarke. C'est mon rôle de m'informer sur ce qui se passe dans cette ville. Et je ne pense pas que votre sœur apprécierait de vous voir traîner dans ce genre d'endroit après tous les sacrifices qu'elle a consentis pour que vous puissiez poursuivre vos études. Cet endroit est dangereux et le commerce qui s'y livre particulièrement sordide.

— Parce que vous êtes au courant de ce qui se passe dans ce magasin d'antiquités ? se récria Deborah.

— Je vous l'ai déjà dit : je m'informe.

Choquée, elle croisa les bras. Qu'il se soit renseigné ainsi sur sa vie privée était intolérable. Mais elle réglerait cette question plus tard. Pour le moment, les considérations professionnelles passaient avant le reste :

— Si vous avez des informations, votre devoir est de les communiquer aux services du procureur de district !

— Je suis très conscient de ce que sont mes devoirs en tant que citoyen, mademoiselle O'Roarke. Et conclure des arrangements à l'amiable avec des assassins n'en fait pas partie. Si les procureurs ont envie de se salir les mains, c'est leur problème. Les miennes, je préfère les garder propres.

Le sang monta aux joues de Deborah. Elle ne se demanda même pas comment il avait entendu parler de son entrevue avec Parino. Qu'il ose douter de son intégrité la mettait hors d'elle.

— Je m'efforce de servir la loi aussi efficacement et aussi équitablement que possible, lança-t-elle, outrée. Et cela en veillant à toujours rester dans le cadre légal, ce qui est loin d'être votre cas. C'est bien gentil de se déguiser en Zorro et de jouer les défenseurs des pauvres et des opprimés. Mais je vais vous dire une chose, monsieur le pseudo-fantôme : ce genre d'attitude contribue à aggraver le problème plus qu'il n'apporte de solution.

Les yeux de Némésis étincelèrent dans le noir.

— Vous n'aviez pas l'air si mécontente que ça de ma solution, l'autre soir.

Elle le toisa froidement.

— Je crois vous avoir déjà exprimé ma gratitude. Mais je vous répète que j'aurais pu m'en passer.

— Vous êtes toujours aussi arrogante, mademoiselle O'Roarke ?

— Pas arrogante, sûre de moi, rectifia-t-elle.

— Autre question : vous gagnez systématiquement au tribunal ?

— Je me débrouille plutôt bien dans l'ensemble.

— Je vous ai demandé si vous gagniez *systématiquement* ? insista-t-il.

Elle secoua la tête.

— Bien sûr que non, évidemment. Mais le problème n'est pas là.

— Le problème est très exactement là, au contraire. Cette ville est devenue le théâtre d'une guerre sans merci, mademoiselle O'Roarke.

— Les bons contre les méchants, c'est ça ? Et vous pensez être à la tête des « bons » ?

Sa réflexion ne fit pas sourire Némésis.

— Je ne suis à la tête de rien. J'ai toujours œuvré seul.

— Et vous ne croyez pas que…

Il ne laissa pas à Deborah le temps de terminer sa question. Les sens soudain en alerte, il la fit taire brusquement en lui plaquant la main sur la bouche et tendit l'oreille. Il ne voyait rien d'étrange, n'entendait aucun son suspect. Et pourtant la certitude du danger était là, imminente. Comment il le savait, il n'aurait su le dire. Il s'agissait d'un instinct aussi élémentaire que la soif ou la faim.

Comme Deborah cherchait à se débattre, il l'immobilisa en la plaquant contre lui, franchit l'angle du bâtiment voisin et la poussa au sol en la couvrant de son corps.

Les yeux écarquillés de stupeur, Deborah émit une protestation outrée :

— Je peux savoir ce que signifie cette attitude ?

Assourdissante, la déflagration se déclencha comme en réponse immédiate à sa question. Les oreilles de Deborah bourdonnèrent et sifflèrent. La lumière fut si vive qu'elle crut être frappée de cécité. Aussitôt, une pluie drue d'éclats de verre, de béton, de morceaux de bois s'abattit sur elle. Même le sol trembla sous l'impact de l'explosion. Avec un grondement rageur, les flammes s'élevèrent du magasin d'antiquités. Un énorme parpaing s'écrasa avec un bruit assourdissant à quelques centimètres de leurs têtes. Pétrifiée, Deborah se recroquevilla instinctivement contre son compagnon.

— Ça va ?

Comme elle ne répondait pas mais continuait à trembler, il prit son visage entre ses mains et le tourna vers le sien.

— Deborah ?

Il dut répéter son nom à deux reprises avant que le voile qui ternissait son regard ne se dissipe enfin.

— Oh, mon Dieu, ça va, oui, chuchota-t-elle. Et vous ?

Il ne put s'empêcher de sourire.

— Vous ne lisez donc pas la presse ? Je suis invulnérable, ne l'oubliez pas.

— C'est ça. Invulnérable, impalpable et transparent. A part que vous avez failli m'écraser sous votre poids.

Elle tenta de se redresser mais il ne se releva pas immédiatement. L'idée de rompre l'intimité de leurs deux corps enlacés suscitait en lui une résistance qu'il ne parvint pas à surmonter sur-le-champ. Leurs visages étaient très proches l'un de l'autre. Il n'aurait qu'un geste à faire et...

Il allait l'embrasser.

Deborah oublia qu'ils venaient d'échapper à la mort et que l'incendie faisait rage autour d'eux. Loin de s'indigner, elle ressentait une excitation violente, primitive qui balayait toute raison. Avec un léger murmure d'acquiescement, elle posa la main sur sa joue.

Mais ses doigts ne firent qu'effleurer le masque. Il se rejeta en arrière comme si elle l'avait frappé. Sans un mot, Némésis se releva et lui tendit la main pour l'aider à se remettre sur ses pieds. De sa vie, Deborah ne s'était jamais sentie aussi humiliée. Sans lui jeter un regard, elle s'écarta du mur qui les abritait et se dirigea à grands pas vers les lieux du sinistre.

Du magasin d'antiquités, il ne restait déjà plus grand-chose. Et le feu achevait de détruire ce que l'explosion n'avait pas réussi à entamer. Deborah tressaillit lorsque le toit s'effondra bruyamment, envoyant une énorme gerbe d'étincelles qui parut s'élever jusqu'au ciel.

— Ils vous ont battue d'une longueur, commenta la voix sarcastique de Némésis derrière elle. Après cela, vous pourrez toujours aller fouiller les décombres. Il ne restera rien : plus de documents, plus de preuves. On vient de vous faucher l'herbe sous les pieds, mon cher Maître.

— Ils ont peut-être détruit le bâtiment, mais ce magasin a un propriétaire. Et je ferai en sorte de le trouver, déclara-t-elle froidement.

A aucun moment, elle n'avait eu envie que Némésis l'embrasse, bien sûr. L'idée même frisait le ridicule. Comment aurait-elle pu aspirer à un quelconque contact physique avec un homme sans visage et sans identité ? Pendant une fraction de seconde, simplement, elle avait été désorientée, sonnée par le vacarme de l'explosion au point de ne plus savoir ce qu'elle faisait.

— Ce qui vient de se passer a valeur d'avertissement, mademoiselle O'Roarke. Je ne saurais trop vous conseiller d'en tenir compte.

Elle redressa la taille.

— Si vous croyez me faire peur, vous vous trompez de cible. Je ne me laisserai pas effrayer par une explosion. Ni par vous d'ailleurs.

Mais lorsqu'elle se retourna pour lui faire face, elle constata sans grande surprise que Némésis, une fois de plus, s'était dissipé en fumée.

3.

Il n'était pas loin de 1 heure du matin lorsque Deborah, fourbue et d'humeur exécrable, regagna enfin son immeuble. Elle venait de passer près de deux heures à répondre à un feu roulant de questions. Et lorsque, sa déposition faite, elle avait enfin pu quitter le commissariat de police, elle avait presque dû se battre pour échapper aux journalistes. Le dénommé Némésis, lui, s'était esquivé, la laissant se débrouiller seule.

Techniquement, il lui avait sauvé la vie pour la seconde fois. Si elle était restée plantée derrière le magasin au moment de l'explosion, elle aurait sûrement péri sous les décombres. Mais ce n'était pas la reconnaissance envers lui qui l'étouffait, en l'occurrence. Némésis était parti en traître en la laissant dans une position inconfortable. Malgré son statut de procureur, il lui avait fallu se justifier à plusieurs reprises pour expliquer sa présence sur les lieux de l'accident.

Avec cela, il s'était montré cassant et méprisant à son endroit. Alors qu'elle croyait en son métier, il l'avait traitée de haut, comme si elle exerçait une profession en tout point méprisable. Furieuse, Deborah sortit de l'ascenseur et pêcha les clés de son appartement au fond de son sac. C'était facile pour lui de porter des jugements condescendants. Il préférait jouer les héros incompris en se baladant la nuit tout seul. Comme si on pouvait arriver à un quelconque résultat de cette manière ! songeait-elle, outrée, en bataillant avec sa serrure.

Tôt ou tard, ce Lucky Luke urbain comprendrait qu'on ne pouvait pas s'amuser à réinventer la loi. Elle se faisait fort de lui prouver que le système judiciaire fonctionnait. Sans oublier de se prouver à elle-même que ce justicier d'opérette n'exerçait pas l'ombre d'une attirance sur elle !

— Eh bien ! Vous avez une mine drôlement sinistre pour une belle fille qui rentre chez elle à point d'heure !

Ses clés encore à la main, Deborah se retourna. Mme Greenbaum, sa voisine d'en face, se tenait sur le pas de la porte et ses yeux pétillaient gaiement derrière ses immenses lunettes cerclées de rouge.

— Madame Greenbaum ! Mais que faites-vous debout au beau milieu de la nuit ?

— Je viens juste de finir de regarder mon émission préférée. J'adore les talk-shows, que voulez-vous ? Et rien ne m'oblige à me lever à l'aube demain matin. Ce sont les joies de la retraite.

A soixante-dix ans, avec une pension confortable pour assurer ses vieux jours, Lily Greenbaum pouvait effectivement se permettre de n'en faire qu'à sa tête. Et même de déambuler dans les couloirs avec une robe de chambre qui avait connu des jours meilleurs, une paire de pantoufles en forme de lapins et un nœud rose dans ses cheveux d'un roux flamboyant.

— Vous savez ce qu'il vous faudrait, Deborah ? C'est un bon remontant. J'allais me faire un petit grog, justement.

Sur le point de refuser, Deborah songea qu'il n'existait pas de remède plus souverain contre la mauvaise humeur qu'une boisson chaude et alcoolisée. Rassérénée à cette pensée, elle fit glisser ses clés dans sa poche et traversa le palier.

— O.K. Va pour un grog. Avec une double dose de rhum, de préférence.

— J'en ai pour une seconde. J'avais déjà mis la bouilloire à chauffer. Asseyez-vous, mon petit, et faites comme chez vous.

Mme Greenbaum lui tapota la main et trottina jusqu'à la cuisine. Deborah poussa un soupir de bien être en se nichant entre les coussins brodés du canapé. Un vieux film en noir et blanc passait à la télévision. Elle reconnut Cary Grant dans ses jeunes années. Mais elle aurait été bien en peine de nommer le titre et le metteur en scène. N'importe. Mme Greenbaum saurait la renseigner. Sa voisine était un véritable puits de science.

Le deux pièces de Lily Greenbaum était à la fois surchargé et rangé à la perfection. Deborah n'avait jamais vu une telle quantité d'objets rassemblés dans un espace aussi restreint. Sur le poste de télévision, trônait une lampe dont le pied en bronze représentait le symbole célèbre « Faites l'amour et pas la guerre ». Lily était très fière d'avoir défilé dans d'innombrables manifestations au cours des années 70. Depuis, elle n'avait pas cessé d'embrasser diverses grandes causes, militant activement contre le nucléaire, la Guerre des Etoiles et la déforestation.

— Et voilà pour vous, mon petit.

Mme Greenbaum posa son plateau sur la table basse et jeta un bref coup d'œil sur l'écran.

— Mmm… *Soupçons*, avec Joan Fontaine. C'est le premier film que Cary Grant a tourné avec Hitchcock en 1941, commenta-t-elle distraitement en éteignant le poste. Mais parlons de vous, Deborah… Que vous est-il donc arrivé ?

La jeune femme ne put s'empêcher de sourire.

— Qu'est-ce qui vous fait penser qu'il s'est passé quelque chose de particulier ?

Lily Greenbaum goûta son grog avec attention et claqua des lèvres.

67

— Votre tailleur est bon pour le pressing, vous sentez la fumée et votre collant est filé. Quant à vos yeux, ils lancent des éclairs. A mon avis, il y a un homme là-dessous.

— Vous devriez vous faire embaucher par la police de Denver, madame Greenbaum ! J'avais décidé de vérifier une information qui venait de m'être fournie ce matin. Et le bâtiment que je voulais examiner m'a plus ou moins explosé au nez.

Lily Greenbaum pâlit.

— Mon Dieu... Et vous n'êtes pas blessée ?

— Non. Juste quelques égratignures, par chance. Mais je me suis trouvée en compagnie plutôt dérangeante. Votre cher Némésis rôdait sur les lieux.

Deborah s'était abstenue de mentionner sa première rencontre avec le héros du jour. Sachant que sa voisine vouait une admiration passionnée à l'homme au masque noir, elle avait craint une réaction un peu trop enthousiaste de sa part.

Derrière les verres épais de ses lunettes, le regard de Lily redoubla d'éclat.

— Non, sérieux ? Vous l'avez vu ? En personne ?

— Je l'ai vu, je l'ai entendu et il m'a plus ou moins jetée à même le bitume juste avant que la déflagration n'ébranle tout le quartier.

— Oh, Seigneur...

Lily pressa une main sur son cœur.

— C'est encore plus romantique que ma rencontre avec M. Greenbaum au Pentagone.

— Romantique ? Ce type est impossible et vraisemblablement dangereux. Sa place n'est pas dans la rue mais à l'hôpital psychiatrique.

Mme Greenbaum secoua la tête d'un air indigné.

— Némésis est un héros, mon petit. Un vrai. C'est parce qu'on n'en trouve plus que la plupart des gens sont devenus incapables de les identifier.

Sur ce jugement définitif, la vieille dame vida sa tasse. Puis elle tourna vers Deborah un regard brillant de curiosité.

— Et maintenant, dites-moi tout : à quoi ressemble-t-il, notre ami Némésis ? Les descriptions que l'on entend de lui sont complètement contradictoires. Tantôt on nous brosse le portrait d'un grand Noir bâti comme une armoire à glace, puis on nous parle d'un vampire à la face livide et aux crocs acérés. Aux dernières nouvelles, il aurait même pris les traits d'une petite femme verte aux yeux rouges !

— Némésis n'est pas une femme, en tout cas, marmonna Deborah.

Elle ne se souvenait que trop clairement du contact de son corps contre le sien.

— Il vous a fait penser à Zorro ? demanda Mme Greenbaum d'un air d'espoir.

— Non… Ou, enfin, je ne sais pas, à vrai dire. Il était masqué et il faisait nuit noire. Tout ce que je peux affirmer, c'est qu'il est grand et mince. Mais musclé et bien bâti.

— Et ses cheveux ? De quelle couleur ?

— Je ne sais pas, ils sont couverts par son espèce de cagoule. J'ai vu la ligne de sa mâchoire, en revanche : carrée, plutôt tendue. Et sa bouche…

Sa bouche qui pendant quelques secondes l'avait fascinée au point de devenir son unique horizon…

— Et alors ?

— Et alors, rien de spécial, murmura-t-elle en plongeant le nez dans sa tasse.

Une lueur amusée dansa dans le regard de Lily.

— Mmm… Et ses yeux ? On peut toujours juger les hommes sur ce critère. Même si je préfère de loin les contempler de dos.

Deborah se mit à rire.

— Ils sont sombres.

69

— Sombres comment ?

— Juste sombres. Il reste toujours dans l'obscurité.

— Il se glisse dans les ténèbres pour lutter contre le mal et pour protéger les innocents. Que peut-on imaginer de plus romantique ?

— Il est en rébellion contre le système, madame Greenbaum ! C'est un marginal.

— Et alors ? Citez-moi une mauvaise action qu'il aurait accomplie jusqu'à présent !

— Je ne dis pas que ses intentions soient mauvaises. Il a eu l'occasion de se rendre utile et de prêter assistance à plusieurs reprises aux habitants de cette ville. Mais nous avons une police pour ça. Et nos agents, eux, ont été formés pour s'acquitter de ses tâches.

Deborah fronça les sourcils en contemplant le fond de sa tasse. Il n'y avait pas eu l'ombre d'un policier dans le secteur les deux fois où elle avait eu besoin de leur aide. Mais les forces de l'ordre ne pouvaient pas être partout à la fois. Et elle aurait sans doute été capable de se tirer d'affaire toute seule. *Sans doute…*

— Il ne respecte pas la loi, objecta-t-elle, lançant son ultime argument.

— Détrompez-vous, ma petite Deborah. Je suis sûre que Némésis respecte les lois de notre pays. Simplement, il ne les interprète pas comme vous.

— Madame Greenbaum, si tout le monde se met à interpréter les lois à sa façon, c'est la porte ouverte à l'anarchie la plus totale !

Sa voisine lui tapota gentiment la main.

— Vous êtes une fille adorable, Deborah, et j'ai la plus grande affection pour vous. Mais vos conceptions sont terriblement rigides. La révolte, ma chère enfant, est au fondement même de notre existence en tant que pays indépendant. Si tout

70

le monde respectait la loi aussi strictement que vous, nous serions toujours les dignes sujets de sa majesté la reine d'Angleterre ! Nous l'oublions souvent, si bien que notre société, régulièrement, s'empâte et se sclérose. Jusqu'à ce qu'un nouveau mouvement de contestation revienne la secouer. Nous avons besoin de rebelles comme nous avons besoin de héros. Sans eux, ce serait l'asphyxie.

— Mmm, murmura Deborah qui n'était guère convaincue. Mais nous avons aussi besoin de règles.

Mme Greenbaum lui adressa un large sourire.

— Naturellement que nous avons besoin de règles ! Comment les transgresscrions-nous, sinon ?

A l'arrière de la limousine, Gage avait fermé les yeux. Laissant à son chauffeur le soin de le conduire à destination, il se débattait avec sa propre conscience. Depuis l'explosion du magasin d'antiquités la veille au soir, il s'était trouvé au moins douze bonnes raisons d'annuler son rendez-vous avec Deborah O'Roarke.

Face à ses douze raisons pratiques, logiques et sensées de ne pas la voir, il n'avait qu'un seul argument illogique, déraisonnable et insensé pour maintenir cette soirée quand même : le désir irrépressible de sa compagnie.

Déjà, elle l'empêchait de travailler, de dormir et de réfléchir correctement. Depuis le premier instant où son regard était tombé sur elle, Deborah était devenue une obsession. Gage ne comptait plus les heures qu'il avait passées à explorer son vaste réseau d'ordinateurs pour tenter d'en apprendre plus sur Deborah O'Roarke. Il savait qu'elle était née à Atlanta, il y avait de cela vingt-cinq ans. Enfant, elle avait perdu ses parents dans des conditions particulièrement tragiques. Sa sœur l'avait recueillie, avait divorcé peu après et, pendant six ans, elles avaient mené une vie quasi itinérante. La sœur était animatrice radio et dirigeait maintenant sa propre station à Denver où elle avait fini par se stabiliser et par fonder une famille.

C'était là, dans le Colorado, que Deborah avait fait ses études de droit. Après avoir été reçue première à l'examen du barreau, elle avait posé sa candidature aux services du procureur de district de Denver. Depuis un an et demi qu'elle était entrée en fonction, on la considérait comme quelqu'un d'à la fois méticuleux, exigeant et ambitieux. Gage avait eu écho d'une histoire d'amour sérieuse qui s'était nouée pendant ses années d'étude mais il n'avait pas réussi à élucider la raison de la rupture. Ici, à Denver, Deborah avait des amis avec qui elle sortait régulièrement mais il n'y avait pas d'homme fixe dans sa vie.

Le cœur de Deborah O'Roarke restait donc à prendre. Gage était d'autant plus furieux contre lui-même qu'il avait été soulagé de l'apprendre.

Cette fille était un véritable danger pour lui. Il le savait et, tout en le sachant, il ne pouvait s'empêcher de la relancer quand même. Malgré ce qui s'était passé la veille au soir, lorsqu'il avait été à deux doigts de la prendre dans ses bras et de l'embrasser éperdument, il ne parvenait à reprendre ses distances. Vivre une histoire d'amour avec une femme, quelle qu'elle soit, ne serait honnête ni envers elle ni envers lui-même.

Mais lorsque la limousine s'immobilisa au pied de l'immeuble de Deborah, Gage ne demanda pas à Frank de poursuivre son chemin. Victime d'un sortilège qui annihilait sa volonté, il descendit de voiture, monta dans l'ascenseur et se dirigea en droite ligne vers l'appartement de la jeune femme.

Elle était vêtue de bleu. Etrangement, il avait su que ce serait le cas avant même qu'elle ne lui ouvre sa porte. Peut-être parce que la couleur de son ensemble était assortie à celle de ses yeux. La jupe était droite, plutôt ajustée et pas très longue. Contrairement à ses jambes qui, elles, lui parurent vertigineuses. Sa veste de tailleur était d'un style très sobre, presque masculin. Gage ne put s'empêcher de se demander si elle portait quelque chose dessous.

Lui qui pratiquait l'art du compliment avec tant de facilité qu'il n'y pensait même pas d'ordinaire se trouva soudain sans voix.

— Déjà prête ? Vous êtes rapide, commenta-t-il simplement.

Deborah sourit.

— Toujours. C'est un vice chez moi.

Sans lui proposer d'entrer, elle prit son sac sur une console et le rejoignit dans le couloir. Il n'y avait aucune raison, après tout, pour qu'elle l'invite chez elle. Cela lui ressemblait déjà si peu de sortir, sur une impulsion, avec un quasi-inconnu ! Elle avait d'ailleurs passé les vingt dernières minutes à faire les cent pas dans son salon en se demandant si elle ne devrait pas appeler Gage pour décommander. Dieu sait pourquoi elle avait décidé de consacrer sa soirée à un homme qui passait pour un fin connaisseur en matière de femmes et que l'on disait marié à ses affaires.

Autant le reconnaître, c'était le charme de Gage qui l'avait fait craquer. Il y avait quelque chose de fascinant dans le comportement de cet homme : ce non-conformisme un peu hautain, ce mépris des convenances associé à une allure et une conversation raffinées. Peut-être aussi, paradoxalement, était-elle attirée par son côté dominateur contre lequel il lui plaisait de s'insurger.

Une fois installée à bord de la limousine, Deborah se renversa contre le dossier, poussa un soupir de pur plaisir et décida de profiter de sa soirée sans arrière-pensée. Peu importait au fond la raison pour laquelle elle avait décidé de sortir avec Gage Guthrie. Il n'y avait rien de bien menaçant dans une banale

73

invitation à dîner. Et comme elle n'était ni naïve ni stupide, elle n'attendrait de Gage que ce qu'elle pouvait accepter de lui sans danger : une nourriture de qualité et une conversation brillante.

— Vous vous déplacez toujours en limousine, Gage ?

— Pas systématiquement, non. Seulement quand ça m'arrange.

Incapable de résister à la tentation, elle ôta ses escarpins et enfonça les orteils dans l'épaisse moquette à ses pieds.

— Je crois qu'à votre place, je m'en servirais tout le temps. Plus de bousculades dans les couloirs du métro, plus d'attente pour les taxis.

— Peut-être. Mais on finirait par se couper du monde. La vraie vie est dans la rue. Et en dessous.

Deborah tourna vers lui un regard surpris. Elle contempla son profil aristocratique, son costume sur mesure, ses boutons de manchette en or ancien. Difficile d'imaginer cet homme serré dans les transports en commun aux heures de pointe !

— Ne me dites pas qu'il vous arrive de prendre le métro ?

Il se contenta de sourire.

— Pourquoi pas ? C'est de loin le moyen de transport le plus pratique qui soit. Vous ne pensez tout de même pas que l'argent doit être utilisé pour nous couper de la réalité ?

Elle non. Mais elle était surprise qu'un homme comme Gage Guthrie ait des opinions aussi démocratiques.

— Pour ma part, je n'ai jamais été suffisamment riche pour m'isoler de quoi que ce soit, donc la question ne se pose même pas, admit-elle en riant.

Gage passa un bras sur le dossier derrière elle et attrapa une mèche de ses cheveux.

— Je sais que l'argent ne vous intéresse pas, Deborah. Sinon vous ne seriez pas devenue fonctionnaire. Il n'aurait tenu qu'à

74

vous de gagner un salaire beaucoup plus intéressant en tant qu'avocate d'affaires.

Elle haussa les épaules avec une feinte indifférence.

— Oh, vous savez, il ne se passe pas un jour sans que je me demande pourquoi j'ai fait un choix aussi masochiste. Mais bon… maintenant que j'y suis !

Jugeant que le sujet de conversation devenait un peu trop personnel, Deborah tourna la tête pour regarder à travers les vitres teintées.

— Où allons-nous, au fait ?

— Dîner.

— Voilà qui est rassurant, sachant que je n'ai rien avalé depuis ce matin. Je me demandais simplement où vous m'emmeniez.

— Ici.

La limousine s'immobilisa et Gage prit sa main dans la sienne. Ils avaient roulé jusqu'aux limites résidentielles de la ville pour atteindre un quartier déjà ancien où se trouvaient concentrées la plupart des demeures imposantes appartenant aux grandes familles de Denver. Le vacarme de la circulation n'y était plus qu'un lointain écho et le parfum délicat des roses embaumait le soir tiède. Impressionnée, Deborah s'immobilisa sur le trottoir. Elle avait eu l'occasion de voir des photos de la demeure de Gage. Mais elle n'avait pas imaginé que l'édifice occuperait à lui seul la moitié d'un pâté de maisons.

Avec sa façade néogothique, la construction datait du milieu du siècle. Elle avait lu, Dieu sait où, lorsqu'elle avait fait ses recherches sur lui, que Gage l'avait achetée juste avant de sortir de l'hôpital.

Clochetons et tourelles angulaires se découpaient sur le ciel et le soleil qui était déjà bas sur l'horizon embrasait les élégantes fenêtres à meneaux. Au sommet de la construction, un dôme de verre devait offrir sur la ville une vue imprenable.

— Ce n'est pas une maison, c'est un château ! commenta-t-elle, sidérée.

— J'apprécie l'espace et la tranquillité. Mais je ne suis pas encore devenu asocial au point de creuser des douves. Cela viendra peut-être en son temps.

Avec un léger rire, Deborah gravit les marches du perron et admira l'arc brisé au-dessus des grandes portes sculptées.

— Vous aimeriez peut-être une visite guidée des lieux ?

— Quelle question ! répondit-elle en lui prenant le bras. Par où commençons-nous, monsieur le guide ?

L'immense demeure recelait un dédale de corridors dont les méandres compliqués menaient à des pièces spacieuses sous de hauts plafonds décorés. Deborah s'enthousiasma pour la bibliothèque qui occupait deux étages. Ils traversèrent quelques salons, explorèrent de jolis boudoirs avec des sofas tendus d'étoffes anciennes et des guéridons où trônaient des pièces rares : vases Ming, chevaux Tang, cristal de chez Lalique et poteries Maya. Les tableaux étaient authentiques, les boiseries précieuses. Deborah avait l'impression d'être entrée dans un autre monde, une autre époque, un univers de pure fiction.

L'aile Est offrait de nouvelles merveilles : une serre immense abritant une miniforêt tropicale, une piscine d'intérieur avec sauna et jacuzzi et un gymnase avec tout un équipement de musculation. Lorsque Gage l'entraîna dans les étages, elle renonça très vite à compter les chambres à coucher meublées de grands lits à baldaquin.

Vint ensuite un nouvel escalier de bois sculpté qui donnait accès à un vaste cabinet de travail avec un bureau en marbre noir et des consoles où s'alignaient des ordinateurs en veille. Une immense baie vitrée rosissait au soleil couchant. Et ce n'était pas fini. La visite se poursuivit par le salon de musique où luisait un grand piano blanc. Saisie de vertige, Deborah pénétra ensuite dans une salle de bal entièrement tapissée de miroirs. Au plafond, trois immenses lustres de Venise conféraient à la pièce une splendeur d'un autre âge.

— J'ai l'impression d'être entrée dans un décor de film, s'exclama-t-elle. Si vous m'aviez prévenue, j'aurais mis une perruque et une robe à crinoline.

Gage lui effleura les cheveux et secoua la tête.

— Non. C'eût été dommage. Vous êtes parfaite ainsi.

Ecartant les bras, Deborah s'avança au cœur de la pièce et, sur une impulsion, décrivit trois cercles sur la piste.

— Une salle de bal... C'est complètement extraordinaire d'avoir ça chez soi ! Il ne vous vient jamais l'envie de monter ici et de vous mettre à danser ?

— Ça ne m'était encore jamais arrivé avant ce soir.

A la grande surprise de Deborah, Gage lui saisit la taille et l'entraîna dans une valse. Elle aurait dû éclater de rire, lui lancer un regard amusé et se dégager en plaisantant. Mais il se produisit un phénomène de nature quasi magnétique. Le regard perdu dans celui de Gage, elle se laissa prendre par le rythme de la danse et tournoya avec lui dans la pièce. Mille reflets mouvants les accompagnèrent dans leur ronde éperdue.

Une de ses mains reposait sur l'épaule de Gage, l'autre était logée dans la sienne. Leurs pas s'accordaient, sans effort conscient. Elle se demanda naïvement si la musique intérieure qu'il entendait était la même que celle qui résonnait à ses oreilles.

Gage, en vérité, ne percevait rien, hormis le son léger du souffle de sa cavalière. Il ne se souvenait pas qu'une seule personne ait jamais été présente pour lui comme Deborah l'était à cet instant. Il ne voyait qu'elle, comme si le monde s'était réduit aux dimensions de ses longs cils noirs, de son regard si bleu, des formes souples de son corps qui se mouvait en phase avec le sien.

Ses cheveux volaient autour d'elle, ses yeux brillaient comme l'azur et son parfum les enveloppait, tentateur et enivrant. Il se demanda s'il pourrait en recueillir les fragrances s'il posait un instant les lèvres au creux délicat de son cou. Un cou si fin, si blanc que le simple fait de l'effleurer paraissait presque sacrilège.

Deborah vit le changement dans les yeux de Gage. Comme si le désir, peu à peu, les rendait plus fixes, plus intenses. En elle, un élan analogue montait en écho, répondant au sien. De même que leurs pas, leurs désirs s'accordaient. Deborah sentait cette force d'attraction croître en elle, telle une chose vivante, un pont ténu vibrant entre elle et lui, aimantant leurs corps qui se déplaçaient à l'unisson. Le cœur battant, elle ploya dans son étreinte.

Gage s'immobilisa. L'espace d'un instant, ils demeurèrent figés dans la même position, réfléchis à l'infini par les miroirs qui les entouraient. Un homme et une femme se tenaient face à face, comme en suspens, hésitant au seuil de l'inconnu.

Ce fut elle qui la première esquissa un geste — ou plus exactement un petit pas en arrière. C'était dans sa nature de réfléchir avant d'agir. Les doigts de Gage se resserrèrent un instant autour des siens. Pour une raison difficile à expliquer, elle interpréta ce signe comme un avertissement.

— Je... j'ai un peu le tournis, murmura-t-elle.

Il s'éclaircit la voix.

— Ce n'est pas étonnant si vous n'avez rien mangé depuis ce matin. Il serait peut-être temps que je vous nourrisse ?

— Oui, murmura-t-elle en souriant faiblement. Il serait temps.

Le repas ne leur fut pas servi dans l'immense salle à manger, mais dans un petit salon où une table pour deux avait été dressée près d'une fenêtre. Ils dégustèrent un dîner très estival composé d'un assortiment de poissons marinés, d'un succulent caviar d'aubergine et de brochettes de gambas. Deborah porta sa coupe de champagne à ses lèvres et admira les derniers rayons du couchant qui embrasaient la ville.

— Tout paraît magnifique vu d'ici, commenta-t-elle. On voit la beauté de Denver mais pas ses côtés gangrenés.

Pendant quelques instants, Gage contempla la vue en silence, puis il secoua la tête, comme pour repousser une pensée obsédante.

— Oui, c'est parfois reposant de prendre un peu de recul. Ça évite d'être submergé par les problèmes ambiants.

— Mais vous n'êtes pas indifférent aux difficultés que connaît cette ville. Je sais que vous faites des dons importants aux foyers qui recueillent les sans-abri.

— C'est facile de donner de l'argent lorsqu'on en possède plus qu'on ne peut en dépenser.

— Voilà une réflexion bien cynique, monsieur Guthrie.

Gage haussa les épaules.

— Cynique, je ne sais pas. Réaliste, en tout cas. Je suis un homme d'affaires, Deborah. Et vous savez aussi bien que moi que ces dons sont déductibles des impôts.

Sourcils froncés, elle sonda ses traits.

— Ce serait vraiment regrettable que les gens ne fassent preuve de générosité que lorsqu'ils en retirent un bénéfice.

— Ah, voilà l'idéaliste en vous qui se réveille.

Du bout du doigt, elle tapota le rebord de son verre.

— C'est déjà la seconde fois que vous m'accusez d'être idéaliste. Et je ne suis pas certaine d'aimer cela.

— Je n'avais aucune intention de vous offenser. C'était juste une constatation.

Il leva la tête lorsque son chauffeur entra pour apporter le dessert.

— Merci, Frank. C'est tout ce dont nous aurons besoin pour ce soir.

Deborah nota que le dénommé Frank se déplaçait avec la grâce et la légèreté d'un danseur. Un talent qui surprenait chez un homme aussi solidement charpenté.

— Votre chauffeur a également la casquette de majordome ? s'enquit-elle.

— Frank remplit les fonctions les plus variées. Nous sommes de vieux complices, lui et moi. On pourrait presque dire que ma relation avec lui remonte à une vie antérieure.

Intriguée, elle ne parvint pas à réfréner sa curiosité.

— Voilà qui paraît bien mystérieux...

— Oh, pas tant que ça. Frank est un ancien pickpocket. A l'époque où j'étais encore inspecteur de police, j'ai eu l'occasion de le pincer une fois ou deux en pleine action. Finalement, nous avons sympathisé et il est devenu mon mouchard attitré. Maintenant, il conduit ma voiture et il accueille mes visiteurs. Entre autres choses.

Pensive, Deborah contempla les doigts de Gage, élégamment repliés sur le pied en cristal de son verre.

— C'est difficile de vous imaginer, revolver au poing, dans les bas-fonds de la ville, admit-elle spontanément.

Il sourit.

— Oui, je suppose qu'on doit avoir du mal à concevoir que j'aie pu mener ce genre de vie, en effet.

— Vous êtes resté longtemps dans la police ?

Le visage de Gage se ferma.

— Disons que j'y suis resté un soir de trop.

Sans lui laisser le temps de poser plus de questions, il se leva et lui tendit la main.

— Je vous emmène voir la vue sur le toit ?

— Volontiers.

Gage garda sa main dans la sienne en l'entraînant jusqu'à la porte d'ascenseur. Deborah le suivit en silence en méditant sur sa réaction. Gage ne tenait manifestement pas à s'étendre sur son passé dans la police.

— Vous avez tout le confort, ici, dit-elle en montant dans la cabine de verre fumé. Plutôt que des ascenseurs, j'aurais imaginé une série de cachots, de souterrains, de passages secrets.

— Oh, mais il y en a aussi. Peut-être que je vous les montrerai… Une autre fois.

Une autre fois. Deborah se demanda s'il y en aurait une. Le souhaitait-elle, au demeurant ? A priori, elle n'avait aucune raison de fuir sa compagnie. La soirée s'était déroulée sans heurts, dans une ambiance cordiale et détendue. Sauf peut-être pendant les quelques minutes où ils avaient dansé dans la salle de bal. Mais si Gage Guthrie ne se départait jamais de ses manières courtoises, elle pressentait chez lui une puissance redoutable. Et cette puissance cachée était à la fois ce qui l'attirait et ce qui l'effrayait chez lui.

— A quoi pensez-vous, Deborah ?

— A vous, admit-elle, décidée à se montrer parfaitement franche. Je me demandais qui vous étiez réellement. Et si j'avais envie de m'attarder suffisamment longtemps en votre compagnie pour obtenir la réponse à cette question.

Les portes de l'ascenseur s'écartèrent sans bruit mais Gage ne sortit pas de la cabine.

— Et alors ? s'enquit-il lentement. Le verdict ?

— Je ne sais pas encore.

Elle sortit sous la coupole de verre qui couronnait l'édifice. Avec une exclamation de surprise, elle s'approcha de la cloison parfaitement transparente. La nuit avait envahi la ville qui n'était plus qu'ombres et lumières.

— C'est spectaculaire ! s'exclama-t-elle en se tournant vers Gage.

— Vous n'avez pas encore tout vu.

Il actionna un bouton sur un panneau et, silencieusement, la coupole de verre s'ouvrit. Gage lui prit la main et la guida jusqu'à la terrasse en pierre qui dominait de vastes horizons.

Prenant appui sur la rampe, Deborah offrit son visage au vent brûlant qui soufflait par cette nuit de canicule.

— On voit les arbres du parc de la Cité. Et le fleuve !

Elle repoussa avec impatience les cheveux que le vent rabattait sur ses yeux.

— C'est si beau de découvrir Denver éclairée.

— A l'aube, quand la visibilité est bonne, toute la ville est gris perle et rose, commenta Gage en s'accoudant à côté d'elle.

Deborah se tourna vers lui.

— C'est pour ça que vous avez acheté cette maison ? Pour la vue ?

— J'ai été élevé tout près d'ici. Et chaque fois que nous nous promenions dans le parc, ma tante me désignait cette vieille demeure. Elle l'adorait, cette maison. Ma mère et elle y avaient été invitées fréquemment lorsqu'elles étaient enfants. Quand je suis sorti du coma et que j'ai appris que mon oncle et ma tante étaient décédés, je suis longtemps resté sans désir, sans projets véritables. Et puis, en apprenant que cette maison était en vente, j'ai eu comme un déclic. Très vite, le fait que je devais l'habiter s'est imposé comme une évidence. C'est une façon de réaliser un rêve par procuration, je suppose.

Deborah posa sa main sur la sienne.

— C'est douloureux de perdre les deux personnes au monde qui sont là pour vous aimer, vous prémunir de tous les dangers.

— C'est une blessure à jamais béante, en effet. Surtout lorsqu'elle se répète.

Lorsque Gage tourna la tête vers Deborah, il vit dans ses yeux une douleur jumelle de la sienne. Il repoussa doucement les cheveux que le vent balayait sur son front, puis sa main s'attarda sur le satin de sa joue. Il sentit ses doigts se poser sur son poignet, légers, caressants et agités d'un tremblement qui se répercuta dans sa voix :

— Je devrais rentrer maintenant, Gage.

— Oui, vous devriez rentrer, acquiesça-t-il.

Mais il garda la main sur son visage et son regard prisonnier du sien. Ils se murent presque d'un commun accord. Lorsque Deborah se retrouva le dos plaqué contre la rampe, il cueillit doucement ses joues entre ses paumes.

— Cela vous est déjà arrivé de sentir une force en vous qui vous poussait à commettre une action dont vous saviez d'avance qu'elle serait une erreur ? s'enquit-il d'une voix rauque.

Une étrange torpeur ralentissait le cours des pensées de Deborah. Elle secoua la tête pour tenter de chasser les brumes qui menaçaient d'obscurcir son cerveau.

— Je ne crois pas, non, chuchota-t-elle. Je n'aime pas les erreurs.

Mais elle savait déjà qu'elle était sur le point d'en commettre une ce soir. Les paumes de Gage brûlaient sur son visage. Et son regard n'avait jamais été aussi intense. Un brusque vertige la saisit et elle cligna des yeux, assaillie par une sensation de déjà-vu particulièrement déconcertante. Elle était pourtant certaine de n'avoir jamais mis les pieds dans cette maison auparavant.

Les pouces de Gage suivirent le tracé de ses mâchoires.

— Moi non plus, je n'aime pas les erreurs, chuchota-t-il.

Elle gémit et ferma les paupières, mais il se contenta de poser ses lèvres sur son front. Malgré la chaleur de la nuit, elle frissonna. La bouche de Gage glissa sur sa tempe.

— Je te désire, murmura-t-il.

Sa voix était rauque, tendue, étonnamment tendre. Elle ouvrit les yeux et vit que les siens étaient incandescents.

— Tu es mon erreur, Deborah. Celle que je pensais ne jamais commettre.

Sa bouche, cette fois, vint cueillir la sienne. Non pas joueuse et séductrice, comme le personnage de Gage l'aurait laissé présager, mais impérieuse et passionnée. A la séduction, elle aurait peut-être été en mesure de résister. Mais le baiser de Gage ne rappelait en rien l'homme suave et sophistiqué qu'elle avait eu en face d'elle pendant le dîner. C'était un autre Gage qui l'embrassait en cet instant avec une soif éperdue : elle découvrait l'homme d'action, puissant et redoutable, dont elle n'avait jusqu'ici qu'entrevu l'existence.

Ce Gage-là lui faisait peur mais il l'attirait aussi jusqu'au vertige.

Sans hésitation, elle lui rendit son baiser avec la même fougue, la même ardeur, la même puissance. Elle ne sentait pas la rampe en pierre dans son dos. Seulement le contact du corps de Gage, la pression de ses cuisses contre les siennes. Sa bouche avait le goût fruité du champagne mais ce fut un fluide plus sombre et plus ardent qu'elle but à ses lèvres. Très vite, l'ivresse fut là, oblitérant toute pensée. Avec un gémissement de plaisir, elle se serra plus étroitement contre lui et sentit son cœur battre à grands coups contre le sien.

Gage en perdait le souffle. Entre ses bras, Deborah ployait comme un roseau, fragile, passionnée, exigeante. Alors qu'il l'avait imaginée farouche, réservée, hésitante à se livrer, elle n'était que délice et abandon. Sa peau, telle une soie vivante, s'enfiévrait au moindre effleurement. Sa bouche était comme du feu, cédant et exigeant tour à tour. Elle le tenait étroitement enlacé, ses mains glissant déjà sous son veston, possessives et caressantes, tandis qu'elle renversait la tête pour mieux se prêter à ses baisers.

Il pressa les lèvres sur la petite veine qui battait follement à son cou et explora la texture fragile de sa peau, huma jusqu'à l'ivresse son parfum tentateur avant de retourner prendre sa bouche. Il mordillait, léchait, poussait ses explorations tactiles au plus loin, les amenant l'un et l'autre au bord de la déraison. Ses mains glissèrent plus bas pour prendre, lisser, malaxer son corps souple, déjà secoué de frissons.

Un spasme le parcourut à son tour. Se sentant partir trop loin, Gage se raccrocha in extremis à une ultime parcelle de raison. Avec prudence, comme un homme qui aurait vacillé un instant à l'extrême bord de l'abîme, il se détacha, millimètre après millimètre.

Deborah fut plus lente à revenir sur terre. Portant ses mains à ses tempes, elle chercha en vain son souffle tout en fixant Gage sans comprendre. Quel était donc le pouvoir secret de cet homme pour l'avoir réduite ainsi à un être de pur désir, tremblante, éperdue et à deux doigts de se donner tout entière ?

Elle se détourna pour prendre appui sur la rampe et aspira goulûment l'air nocturne où flottait le parfum des roses du parc.

— Eh bien…, finit-elle par murmurer d'une voix mal assurée. Je n'étais pas du tout préparée à cela.

— Je n'étais pas plus préparé que toi. Mais il ne nous sera plus possible de revenir en arrière.

La main de Deborah se crispa si convulsivement sur la rampe qu'elle sentit la morsure de la pierre sous ses doigts.

— Je n'en suis pas si sûre, Gage. Il me faudra un temps de réflexion, en tout cas.

— Nous avons franchi un point de non-retour. Une fois passé un certain cap, il ne reste plus qu'à aller de l'avant.

Rassurée d'avoir recouvré un rythme respiratoire à peu près régulier, Deborah se tourna pour lui faire face. Il était grand temps de poser quelques règles de base entre eux.

— Gage, même si je viens de te donner l'impression contraire, je ne suis pas le genre de fille qui vit des aventures avec des hommes qu'elle connaît à peine.

Gage passa la main dans ses courts cheveux noirs. Il paraissait plus calme, mais également beaucoup plus déterminé, tout à coup.

— Tant mieux, je suis ravi de l'apprendre. Lorsque nous vivrons une histoire ensemble, j'aimerais autant être le seul dans ton cœur et dans ta vie.

Deborah fronça les sourcils.

— Je ne me suis peut-être pas bien fait comprendre. Je n'ai pas encore décidé si j'avais *envie* de te revoir ou non. Et même à supposer que ce soit le cas, rien ne dit que je souhaiterais que cette relation se noue dans un lit !

— Tu as envie de me revoir, Deborah. Et quelque chose s'est déjà noué entre nous…

Elle voulut battre en retraite mais Gage la retint.

— Je disais donc que quelque chose déjà s'était noué, reprit-il doucement. Et je sais qu'inéluctablement cela finira dans un lit.

D'un geste lent et délibéré, elle retira sa main.

— O.K., Gage : tu es habitué à voir les femmes tomber à tes pieds mais je n'ai pas l'intention de me mêler à la cohue de tes admiratrices. Et c'est à moi et à personne d'autre de décider de ce que je veux ou non vivre avec un homme.

L'ombre d'un sourire flotta sur les lèvres de Gage.

— Tu veux que je t'embrasse encore une fois pour illustrer mon point de vue ?

— Non, se récria-t-elle en plaquant la main sur son torse pour le maintenir à distance.

Pendant une fraction de seconde, elle se revit dans la même position face à l'homme que l'on appelait Némésis. La comparaison l'ébranla et elle prit une longue inspiration.

— J'ai passé une très bonne soirée, Gage. Et je le dis en toute sincérité. J'ai apprécié ta compagnie, le dîner… et la vue. Ce serait dommage que tu gâches tout maintenant.

— Je ne cherche pas à t'imposer mon point de vue. Je me contente d'accepter l'inévitable. Ce qui ne veut pas dire pour autant que la situation me réjouisse plus que toi.

Elle voulut protester mais un éclair sombre passa dans les yeux de Gage, la réduisant au silence.

— Il existe quelque chose comme un destin, Deborah. J'ai traversé certaines épreuves qui m'en ont apporté la confirmation. Et j'ai appris — à mon corps défendant — à m'incliner et à faire avec.

Sourcils froncés, il tourna les yeux vers la ville illuminée.

— Ce qui vient de se passer entre nous a été suffisamment parlant. Puisqu'il apparaît que nos destinées sont liées, rien ne sert de nous boucher les yeux et les oreilles. S'aveugler n'a jamais permis de résoudre quelque problème que ce soit.

Il s'écarta d'un pas et lui tendit la main.

— Cela dit, je te raccompagne chez toi. Tu conserves ton libre arbitre.

4.

La sonnerie du téléphone finit par tirer Deborah des profondeurs d'un sommeil comateux. Avec un gémissement de contrariété, elle sortit un bras de sous la couette et tâtonna en aveugle pour saisir le combiné.

— Allô ? marmonna-t-elle.

— O'Roarke ?

Encore à demi assommée, elle toussota pour s'éclaircir la voix.

— Mmm... Oui, peut-être. C'est à quel sujet ?

— Tâche d'émerger, O'Roarke. C'est Mitch. Nous avons un problème.

— Un problème ? Quel problème ? s'enquit-elle en consentant à ouvrir un œil pour lire l'heure à son réveil électrique.

Deborah cligna des paupières et fit la grimace. Elle ne voyait qu'un seul vrai problème, en l'occurrence : le procureur de district s'amusait à l'appeler à 6 heures du matin !

— Le procès Slagerman a été reporté ? demanda-t-elle en étouffant un bâillement. Il était prévu que je passe au tribunal à 9 heures.

— Non, ça n'a rien à voir avec Slagerman. Il s'agit de Parino.

— Parino ?

Tout en se frottant les paupières de sa main libre, Deborah se mit tant bien que mal en position assise.

— Qu'est-ce qu'il a encore fait, Parino ?

— Il est mort.

— Mort !

— Mort assassiné. Un maton l'a trouvé il y a environ une heure.

Tout à fait réveillée, cette fois, Deborah porta une main tremblante à ses lèvres.

— Mais comment ?

— Apparemment, il a dû se rapprocher des barreaux pour parler à quelqu'un. Et ce quelqu'un en a profité pour lui enfoncer un couteau dans le cœur.

— Mon Dieu…

— Et comme par hasard, personne n'a rien vu, personne n'a rien entendu, commenta Mitchell en soupirant avec impatience. Il y avait un petit mot scotché sur la porte de la cellule : « Les oiseaux morts ne chantent pas. » Eloquent, non ?

Deborah se frotta le front.

— Il y a eu une fuite, ce n'est pas possible. Quelqu'un a dû transmettre qu'il nous avait communiqué certaines informations.

— Je vais tâcher de savoir ce qui s'est passé exactement. Inutile, en revanche, d'essayer de tenir les médias en dehors du coup. La nouvelle s'est répandue comme une traînée de poudre. J'ai pensé que tu préférerais l'apprendre directement de ma bouche plutôt qu'aux infos en prenant ton café ce matin.

— En effet, oui, murmura Deborah. Et pour Santiago ? On a des nouvelles ?

— Rien. Nous avons mis du monde sur le coup mais, s'il se planque, ça risque de prendre un certain temps avant qu'on ne finisse par le débusquer dans un trou à rats quelconque.

— S'ils ont tué Parino, Santiago est en danger de mort, lui aussi, dit Deborah. Ils n'auront de cesse que lorsqu'ils auront éliminé ce second témoin.

— Alors, c'est à nous de faire en sorte de le retrouver avant.

— Et le dénommé « Mouse » que Parino a mentionné ? On a du nouveau sur lui ?

— Rien du tout. Il faudra continuer à chercher. Mais laisse cette histoire de côté pour le moment, O.K. ? Je sais que ça ne va pas être facile pour toi, mais c'est sur Slagerman qu'il faut que tu te concentres ce matin. Il s'est trouvé un excellent avocat qui va te donner du fil à retordre.

— Ne t'inquiète pas, Mitch. Slagerman est une brute et je ne le louperai pas.

— Je savais qu'on pouvait compter sur toi. Fais-lui-en voir de toutes les couleurs, fillette.

— Telle est bien mon intention.

Deborah reposa le combiné et resta allongée immobile, le regard rivé au plafond, jusqu'à ce que la sonnerie de son réveil se déclenche, à 6 h 30.

— Ho hé, beauté !

Deborah se retourna à contrecœur. Derrière elle, Jerry Bower gravissait l'escalier du tribunal au pas de course.

— Eh bien ! s'exclama-t-il hors d'haleine en l'attrapant par le bras. Ça fait bien cinq minutes que je cours derrière toi en t'appelant à tue-tête.

— Désolée, mais je suis pressée, Jerry. Mon procès débute dans un quart d'heure.

Avec un large sourire, le premier adjoint du maire recula pour l'examiner.

90

— Tu es superbe dans cet ensemble rouge. A la place du jury, je condamnerais l'accusé à perpétuité avant même que tu aies conclu ton exposé préliminaire. Tu es époustouflante.

— Je suis la représentante de la partie civile, répliqua-t-elle sèchement. Pas Miss Monde.

— Hé ! Ne te vexe pas ! protesta Jerry en s'élançant derrière elle lorsqu'elle repartit à l'assaut des marches. J'ai été maladroit en formulant mon compliment. Tu sais bien que je prends ton travail très au sérieux.

Deborah prit une profonde inspiration et réussit — tant bien que mal — à maîtriser son mouvement d'humeur.

— Non, c'est à moi de m'excuser, Jerry. Je suis sur les nerfs, ce matin.

— On le serait à moins. Je suis désolé. J'ai appris la nouvelle, pour Parino.

— Eh bien… Tout se sait vraiment très vite, dans cette fichue ville.

— Tu n'as rien à te reprocher, Deb. Ce type n'avait plus grand-chose à attendre de la vie, de toute façon.

— Il aurait au moins mérité d'être jugé équitablement, répliqua-t-elle en foulant le marbre du hall d'entrée pour se diriger vers les ascenseurs du fond. C'est un droit élémentaire auquel même les Parino de ce monde peuvent prétendre. Je savais qu'il était terrifié, mais je ne pensais pas qu'il courait un danger immédiat.

— Honnêtement… Tu crois vraiment que ça lui aurait sauvé la vie si tu avais pris ses craintes plus au sérieux ?

— Bonne question, Jerry. Le problème, c'est que personne ne connaîtra jamais la réponse…

D'un geste las, Deborah se passa la main sur le front. Ses incertitudes au sujet de Parino n'avaient pas fini de la tenir éveillée la nuit.

— Ecoute, je n'aime pas te voir démoralisée comme ça. J'ai un dîner prévu pour ce soir mais a priori je devrais pouvoir m'esquiver avant le café et le cigare. Allons voir un film à la dernière séance, ça te changera les idées.

— Je serais d'une compagnie exécrable, Jerry.

— Tu sais bien que ça n'a aucune importance.

— Pour moi si, protesta-t-elle en souriant faiblement. Je suis capable de me montrer parfaitement détestable. Et après je suis bourrelée de remords pour m'être comportée comme une teigne.

Elle pénétra dans l'ascenseur et lui fit un petit signe d'adieu. Jerry sourit et leva le pouce en signe de victoire.

— Bonne chance, Maître !

Au quatrième étage, une horde de journalistes l'attendait de pied ferme. Deborah qui s'était préparée à leur présence fendit la foule d'un pas vif, en lâchant quelques réponses brèves aux questions qui fusaient de toutes parts.

— Vous pensez vraiment convaincre le jury qu'un proxénète qui corrige deux de ses prostituées mérite une sanction pénale ? s'enquit un reporter.

— Bien sûr. Je ne pars jamais perdante.

— Et vous avez l'intention d'appeler les prostituées à la barre ? demanda une autre.

— *Anciennes* prostituées, rectifia-t-elle sèchement.

— Est-il exact que Mitchell vous ait attribué cette affaire parce que vous êtes une femme ?

— On ne choisit pas un procureur en fonction de son sexe, répondit-elle d'un ton rogue.

— Vous sentez-vous responsable du décès brutal du jeune Carl Parino ?

Figée net par cette dernière question, Deborah s'immobilisa à l'entrée de la salle de tribunal. Balayant les journalistes du regard, elle repéra Chuck Wisner, avec sa masse de cheveux bouclés, son sourire sarcastique et ses yeux inquisiteurs. Elle avait déjà eu l'occasion de l'affronter verbalement à plusieurs reprises. Dans sa rubrique quotidienne du *World*, Wisner se souciait plus de faire sensation que d'accomplir un travail d'information véritable.

— Les services du procureur de district regrettent que Carl Parino ait été assassiné avant même d'avoir été jugé, rétorqua-t-elle d'une voix neutre.

Petit et vif, Chuck Wisner se jeta en avant pour lui barrer le passage.

— Mais vous ? Ne vous sentez-vous pas coupable ? C'est vous qui vous êtes livrée à un marchandage judiciaire le concernant.

Luttant contre la tentation de se défendre, elle soutint calmement son regard.

— Nous regrettons tous ce qui s'est passé, monsieur Wisner. Et maintenant, écartez-vous, s'il vous plaît. On m'attend.

Mais Wisner n'en avait pas fini avec elle.

— Venons-en à Némésis, maintenant. L'avez-vous revu depuis la dernière fois ? Que consentez-vous à partager avec nous de votre rencontre en tête à tête avec le nouveau héros de Denver ?

Deborah fit un réel effort sur elle-même pour garder son calme. Si elle sortait de ses gonds, Wisner s'en frotterait les mains. Et elle ne voulait surtout pas lui accorder cette victoire.

— Rien de ce que je pourrais vous apprendre ne saurait rivaliser avec vos propres fictions, monsieur Wisner. Laissez-moi faire mon travail maintenant, s'il vous plaît. Je suis pressée.

— Pressée peut-être. Mais lorsqu'il s'agit de retrouver Gage Guthrie, vous n'avez plus aucun mal à trouver du temps libre, semble-t-il. Une histoire d'amour serait-elle en train de naître entre vous ? Vous avouerez que vous formez un triangle intéressant : Guthrie, Némésis et Madame la Substitut du Procureur de District...

— Mêlez-vous de ce qui vous regarde, Chuck, suggéra Deborah froidement en l'écartant de son passage.

Elle eut à peine le temps de s'installer à la table réservée à l'accusation et d'ouvrir son porte-documents avant l'entrée des jurés. L'avocat de la défense et elle avaient mis deux jours entiers à procéder à leur sélection. Mais elle était satisfaite du résultat. Les hommes et les femmes rassemblés là formaient un échantillon tout à fait représentatif de la société de Denver. Restait maintenant à convaincre ces douze personnes que le respect de la personne humaine était un droit fondamental pour tous et non pas un privilège réservé aux seuls « honnêtes gens ».

Deborah tourna la tête vers les deux jeunes femmes assises au premier rang. Suivant les conseils qu'elle leur avait prodigués, Marjorie et Suzanne avaient adopté une coiffure sobre, un maquillage léger et une tenue discrète. Deborah savait que les deux ex-prostituées allaient être jugées aujourd'hui au même titre que le prévenu, accusé de violences sexuelles et de voies de fait. Légèrement tassées sur leur chaise, Marjorie et Suzanne avaient l'air de deux enfants perdues dans un univers hostile. Deborah leur adressa un sourire rassurant avant de tourner les yeux vers James P. Slagerman, assis à côté de son avocat. Le défendeur était un homme de trente-deux ans, vêtu avec recherche. Blond, mince et hâlé, il ressemblait à s'y méprendre au jeune chef d'entreprise dynamique et bien sous tous rapports qu'il prétendait être. L'agence de rencontres qu'il dirigeait était parfaitement légale. Il payait ses impôts rubis sur ongle, versait des dons conséquents à diverses organisations caritatives et était membre de la Jeune Chambre Internationale.

Le premier objectif de Deborah était de convaincre le jury que cet homme élégant ne différait en rien du proxénète de base qui mettait des jeunes filles sur le trottoir en usant des pires stratagèmes. Tant qu'elle n'aurait pas prouvé que le beau James Slagerman employait des méthodes aussi brutales et inhumaines que ses congénères de la rue, elle n'avait aucun espoir d'obtenir un verdict de culpabilité.

L'huissier annonça la cour et toute la salle se leva. Deborah resta très sobre dans son exposé préliminaire. Elle se contenta d'énoncer clairement les faits, sans essayer d'éblouir le jury par de quelconques procédés oratoires. Elle s'était renseignée sur les méthodes de l'avocat de la défense et savait qu'il excellait dans la rhétorique et les effets de manche. Afin de souligner le contraste, elle joua à dessein la carte de la simplicité. Les faits, après tout, parlaient d'eux-mêmes.

Lorsque l'avocat de la défense se fut exprimé à son tour, Deborah procéda à l'audition des témoins à charge. Elle commença par appeler à la barre le médecin qui avait examiné les deux jeunes femmes. A l'aide de quelques questions simples, elle l'amena à décrire dans quel piteux état il avait trouvé Marjorie Lovitz et Suzanne McRoy le soir où les deux jeunes femmes étaient arrivées aux urgences. Elle voulait que le jury entende parler de la mâchoire brisée, des yeux pochés, des côtes cassées avant qu'elle ne fasse passer les photographies qui attesteraient les dires du médecin.

Deborah resta très calme pendant toute la durée de son exposé. Elle avançait pas à pas, sans omettre de détail, à l'aise avec les chiffres, incollable sur le déroulement précis des faits. Lorsque le juge ordonna une suspension temporaire d'audience, à midi, elle constata avec satisfaction qu'elle avait déjà posé quelques solides jalons.

Fourrant Marjorie et Suzanne dans un taxi, elle les emmena déjeuner dans un petit restaurant peu fréquenté, situé à l'extrémité opposée de la ville.

— Vous croyez vraiment qu'il faut que je passe à la barre, mademoiselle O'Roarke ?

Depuis le début du repas, Marjorie montrait des signes de nervosité croissante. Même si ses bleus s'étaient estompés, sa mâchoire était restée douloureuse et elle semblait avoir beaucoup de mal à manger.

— Peut-être que la description du médecin suffira, poursuivit la jeune femme d'un air d'espoir. Il y a l'ambulancier qui a témoigné aussi pour nous. Et l'assistante sociale nous a bien défendues, elle aussi, vous ne trouvez pas ?

Deborah prit la main de la jeune femme dans la sienne et constata qu'elle était glacée.

— Ecoutez-moi bien, Marjorie… Les jurés s'inclineront devant ces témoignages, bien sûr. Mais si ces dépositions attestent que vous avez bel et bien été battues, elles n'apportent aucun élément de preuve contre Slagerman. Ni le médecin, ni l'ambulancier, ni l'assistante sociale ne peuvent fournir la moindre indication quant à l'auteur des coups pour la bonne raison qu'ils n'ont pas été témoins de la scène. Il n'y a que vous deux qui puissiez raconter votre histoire et convaincre le jury que c'est bien James Slagerman qui vous a frappées. Si vous vous taisez, en revanche, Slagerman sortira du tribunal sans être inquiété et il recommencera de plus belle.

Suzanne se mordit nerveusement la lèvre.

— Jimmy Slagerman ne se fait aucun souci, vous savez. Il dit qu'il n'a rien à craindre parce que les gens nous considéreront toujours comme des putes, même si vous nous avez trouvé un nouveau travail. Il dit aussi qu'on a été vraiment stupides de lui coller ce procès et que, lorsqu'il remettra la main sur nous, on s'en prendra plein la figure.

Deborah fronça les sourcils.

— Quand vous a-t-il menacées ainsi ?

96

— Hier soir, au téléphone, admit Marjorie, les larmes aux yeux. Je ne sais pas comment il s'est débrouillé pour avoir notre numéro. Mais c'est sûr qu'avec ça, il ne va pas avoir de mal à trouver notre adresse. Et s'il n'est pas condamné, la première chose qu'il fera en sortant, c'est de venir nous tabasser.

Du revers de la main, la jeune femme s'essuya les joues.

— Je n'ai pas envie de me prendre une nouvelle raclée comme l'autre fois, dit-elle dans un souffle.

— Il ne vous touchera plus si nous parvenons à convaincre les jurés de sa culpabilité. Mais pour cela, il faudra me faire confiance et accepter de parler, Marjorie. Sinon, je ne pourrai pas vous aider.

Pendant l'heure qui suivit, Deborah s'efforça de regonfler le moral défaillant de ses troupes. A 14 heures, elles étaient de retour au tribunal et les deux jeunes femmes terrifiées reprenaient leur place.

— L'accusation appelle Marjorie Lovitz à la barre, annonça Deborah en jetant un regard glacial à Slagerman.

Gage se glissa dans la salle juste au moment où elle procédait à l'audition de la première victime. Pour assister à l'audience, il avait dû annuler deux rendez-vous importants. Mais le besoin de voir Deborah avait été plus fort que celui d'entendre des rapports d'activité trimestriels. En vérité, il avait rarement été poussé par un sentiment d'urgence aussi implacable.

Pendant trois jours entiers, il avait réussi à garder ses distances. Un laps de temps interminable durant lequel il avait appliqué toutes les méthodes possibles et imaginables pour essayer d'extirper Deborah O'Roarke de ses pensées.

Toutes avaient échoué.

Gage songea qu'on menait souvent sa vie comme on joue une partie d'échecs. Il fallait parfois un temps de réflexion assez long avant de bouger un pion. Mais à présent que son choix était fait, il ne reviendrait pas en arrière. Se glissant au fond de la salle, il s'installa pour voir Deborah à l'œuvre.

— Quel âge avez-vous, Marjorie ? demandait la jeune femme à la victime.

— Vingt et un ans.

— Vous avez toujours vécu à Denver ?

— Non, je viens de Pennsylvanie.

Deborah continua à poser ainsi quelques questions simples qui permettraient au jury de situer le milieu d'où était issue la jeune femme.

— Quand êtes-vous venue vivre en ville ?

— Il y a environ quatre ans.

— Quand vous aviez dix-sept ans, donc. Pour quelle raison aviez-vous décidé de vivre à Denver ?

La jeune femme rougit à la barre.

— Je voulais devenir actrice. Maintenant, je me rends compte que c'était stupide mais j'avais joué deux ou trois petits rôles au lycée et je croyais que j'étais douée et que ça irait tout seul.

— Et vous avez effectivement réussi à vous faire connaître ?

Marjorie secoua la tête.

— Non, j'ai galéré. La plupart du temps, on ne voulait même pas me faire passer une audition. J'avais pris un job de serveuse à mi-temps pour survivre en attendant, mais mon salaire ne suffisait pas à couvrir mes frais. Alors on m'a coupé l'eau et l'électricité. Je ne savais plus trop quoi faire.

— Vous n'avez jamais songé à rentrer chez vous, en Pennsylvanie ?

— Je n'aurais pas pu, répondit la jeune femme en baissant la voix. Ma mère m'avait prévenue que si je partais, elle ne me laisserait plus jamais mettre les pieds à la maison. Et puis je n'avais pas encore tout à fait perdu espoir. Je pensais que si seulement on me donnait ma chance, mes talents éclateraient à la scène ou sur l'écran.

— Et cette chance, vous l'avez eue ? demanda Deborah en jetant un bref regard du côté du banc des jurés.

Marjorie soupira.

— J'ai *cru* qu'on me la donnait. Un soir, un monsieur bien habillé est entré dans le snack-bar où je travaillais. Il était sympa et on s'est mis à discuter, lui et moi. J'ai fini par lui dire que j'étais actrice. Et lui, il m'a répondu qu'il l'avait deviné tout de suite et qu'il se demandait bien ce que je faisais dans ce bar minable alors que j'étais si jolie et si douée. Il m'a expliqué qu'il avait de nombreuses relations dans le monde du spectacle et que si j'acceptais de travailler pour lui, il me présenterait à des producteurs. Il m'a donné sa carte de visite...

— L'homme que vous venez de mentionner se trouve-t-il dans la salle, mademoiselle Lovitz ?

La jeune femme à la barre baissa les yeux.

— Oui... oui, il est ici. C'est Jimmy Slagerman, admit-elle en articulant lentement.

— Et vous avez décidé de travailler pour lui ?

— En effet... Le lendemain, je suis passée à son bureau et j'ai été très impressionnée. Il y avait des fauteuils en cuir, des moquettes en laine, des téléphones partout. Je n'avais encore jamais rien vu d'aussi élégant. Jimmy m'a expliqué que je pourrais gagner cent dollars par soirée simplement en accompagnant des hommes d'affaires à des dîners ou des réceptions. Pour m'aider, il m'a même acheté des jolis vêtements et il m'a emmenée chez le coiffeur.

— Et pour cent dollars par soirée, vous n'aviez rien d'autre à faire que de tenir compagnie à ses clients ?

— C'est ce qu'il me disait au début.

— Et ensuite ?

— Eh bien, Jimmy s'intéressait à moi. Enfin... c'est l'impression que j'avais. Il m'emmenait au restaurant et à des défilés de mode. Il m'offrait des fleurs...

— Vous avez eu des relations sexuelles avec lui ?

L'avocat de la défense bondit.

— Objection, Votre Honneur. C'est sans rapport avec le sujet qui nous occupe.

— Votre Honneur, j'estime que les relations tant physiques qu'affectives qui existaient entre la plaignante et l'accusé sont déterminantes, au contraire, rétorqua Deborah sans se laisser démonter.

— Objection rejetée, trancha le juge. Répondez à la question, mademoiselle Lovitz.

— Oui, j'ai accepté de coucher avec Jimmy. Il était si gentil avec moi. Après, il m'a donné de l'argent. Pour m'aider à payer mes factures, disait-il.

— Et vous avez accepté cette somme ?

Marjorie soupira.

— Ben oui... Je me doutais plus ou moins de ce qui était en train de m'arriver. Mais j'avais déjà pris des habitudes de confort, vous comprenez ? C'est bête à dire, mais je ne me sentais plus la force de revenir en arrière, de retourner vivre sans un sou dans mon meublé. Quelques jours plus tard, Jimmy m'a annoncé qu'il avait un client important, de Washington, et que je devrais me faire jolie pour aller dîner avec lui.

— Et quelles étaient les instructions de M. Slagerman ?

— Il m'a dit : « Marjorie, il faudra que tu fasses en sorte de les mériter vraiment, tes cent dollars. » Je lui ai dit que je le savais. Et là, il a ajouté qu'il voulait que je sois très, très gentille avec notre client.

Deborah hocha la tête et se tourna vers les jurés.

— Et M. Slagerman a-t-il précisé ce qu'il entendait par « être très, très gentille » ?

100

Marjorie hésita puis regarda de nouveau ses mains.

— Disons qu'il voulait que je fasse tout ce que le client me demanderait. Et que si le monsieur avait envie que je revienne à l'hôtel avec lui après le dîner, ce serait bien d'y aller, sinon je ne serais pas payée. « Il suffit d'imaginer que tu joues un rôle puisque tu es actrice, m'a expliqué Jimmy. C'est comme au cinéma, on fait semblant d'avoir du plaisir et d'être attirée. Ce n'est pas très compliqué. »

— M. Slagerman a exigé explicitement que vous ayez des relations sexuelles avec votre client ?

— Pour lui, cela faisait partie de mon travail, comme le fait de sourire quand les gens racontent des blagues pas drôles. Et il m'a promis que si je me débrouillais bien et que les clients étaient contents, il me présenterait à un metteur en scène.

— Et vous étiez d'accord avec ce qu'il vous proposait ?

Marjorie se mordilla la lèvre.

— Vu comme il me présentait les choses, ça m'a paru correct. Alors j'ai dit oui.

— Et il y a eu d'autres occasions, par la suite, où vous avez été amenée à échanger votre corps contre de l'argent, en votre qualité d'hôtesse ?

L'avocat de la défense se leva.

— Objection !

Deborah hocha la tête.

— Je vais reformuler ma question : êtes-vous restée au service de M. Slagerman ?

— Oui.

— Pendant combien de temps ?

— Trois ans.

— Et vous étiez satisfaite de l'arrangement ?

— Je ne sais pas.

— Vous ne savez pas si vous étiez contente ou non ?

— Je m'étais habituée à avoir de l'argent, admit Marjorie avec une petite grimace contrite. Et c'est vrai qu'avec l'habitude, on arrive à oublier ce qu'on fait en pensant à autre chose.

— Et M. Slagerman était content de vous ?

Marjorie jeta un regard effrayé au juge.

— Parfois, oui. Mais il lui arrivait de prendre de grosses colères. Dans ces cas-là, il s'en prenait très violemment à moi. Ou à une des autres filles.

— Vous étiez donc plusieurs à faire ce type de travail ?

— Une douzaine, à peu près. Parfois plus que cela.

— Et que faisait M. Slagerman lorsqu'il prenait ses colères ?

— Il nous tabassait. Dans ces cas-là, il devenait à moitié fou et il…

— Objection, Votre Honneur ! protesta l'avocat.

— Accordée.

Imperturbable, Deborah poursuivit :

— Vous a-t-il jamais frappée, mademoiselle Lovitz ?

— Oui.

Deborah prit soin de laisser planer un instant de silence pour que le jury puisse méditer sur cette réponse.

— Voulez-vous maintenant nous faire part des événements qui se sont déroulés au cours de la soirée du 25 février dernier ?

Deborah nota que Marjorie respectait ses instructions. La jeune femme gardait les yeux fixés sur elle et, pas un instant, son regard n'était allé se poser sur Slagerman.

— Je devais escorter un client ce soir-là mais je suis tombée malade dans l'après-midi. Une grippe intestinale ou un truc comme ça. J'avais la fièvre, je vomissais et je ne pouvais rien avaler. Suzanne est venue me soigner.

— Suzanne ?

— Suzanne McRoy. Elle travaillait pour Jimmy, elle aussi, et nous sommes devenues amies. Ce soir-là, je lui ai demandé de venir car je ne tenais pas debout. Alors Suzanne a appelé Jimmy pour le prévenir. Ils ont discuté un peu au téléphone et, au bout d'un moment, je l'ai entendue dire à Jimmy que s'il ne la croyait pas, il n'avait qu'à venir voir lui-même et que comme ça, il comprendrait.

— Et M. Slagerman est venu ?

Des larmes silencieuses se formèrent dans les yeux de Marjorie.

— Oui. Et il était furieux. Il s'est mis à hurler après Suzanne et elle a commencé à crier aussi que j'étais vraiment malade et que j'avais au moins quarante de fièvre. Alors il a dit…

Les joues inondées de larmes, Marjorie s'interrompit pour s'humecter les lèvres.

— Jimmy a crié qu'on était des menteuses et des paresseuses. Puis j'ai entendu un grand bruit et Suzanne qui criait et qui pleurait. Je me suis levée pour voir, mais j'avais le vertige et…

Marjorie s'interrompit pour se frotter les yeux, se maculant les joues de mascara.

— Alors il est entré dans ma chambre. Et il m'a giflée très fort, du revers de la main. Je suis tombée par terre.

— Continuez, Marjorie.

La jeune femme hocha la tête et poursuivit d'une voix mal assurée :

— Ensuite, il m'a ordonné de me bouger les fesses et de partir bosser. Le client avait demandé après moi, disait-il, et l'agence ne pouvait pas se permettre de décevoir quelqu'un d'aussi important. De toute façon, ce que j'avais à faire, n'était pas bien compliqué : je n'avais qu'à m'allonger sur le dos et à fermer les yeux…

D'une main tremblante, Marjorie sortit un mouchoir de sa poche et le porta à son visage.

— Quand je lui ai répondu que ce n'était vraiment pas possible, que je me sentais trop faible, il s'est mis à hurler et à prendre tous les objets qui lui tombaient sous la main pour les jeter contre les murs. Puis il a crié qu'il allait me montrer ce que c'était que de se sentir *réellement* malade. Et c'est là qu'il a commencé à cogner.

— Où vous a-t-il frappée, Marjorie ?

— Partout. Au visage, au ventre. J'avais l'impression que ça n'allait plus jamais s'arrêter.

— Avez-vous appelé à l'aide ?

— Je ne pouvais pas. J'avais le souffle coupé, c'est tout juste si j'arrivais encore à respirer.

— Avez-vous tenté de vous défendre ?

— J'ai essayé de m'éloigner en rampant mais il ne me lâchait pas. Il s'énervait de plus en plus, en fait. J'ai fini par m'évanouir et, quand je me suis réveillée, Suzanne était à côté de moi. Elle avait le visage tuméfié et en sang. C'est elle qui a réussi à appeler une ambulance.

Deborah regagna sa place à la table de l'accusation et pria pour que Marjorie ne s'effondre pas pendant le contre-interrogatoire. Mais la jeune femme tint bon. Au bout de trois heures passées à la barre des témoins, elle était livide et sa voix tremblait de fatigue. Mais les tentatives répétées de la défense pour la montrer sous un jour accablant échouèrent. Lorsque Marjorie redescendit pour retourner s'asseoir, elle avait l'air jeune, douce et vulnérable.

Satisfaite, Deborah songea que c'était cette image que les jurés conserveraient d'elle après la suspension de séance.

— Excellente démonstration, mon cher Maître. Tu as été brillante.

Avec un mélange de plaisir et d'irritation, Deborah leva la tête vers Gage.

— Que fais-tu ici ?

— Je voulais t'entendre plaider. Et je n'ai qu'une chose à te dire : chapeau. Si jamais j'ai besoin d'un avocat pour me défendre…

— N'oublie pas que je suis procureur.

Gage sourit.

— C'est vrai. Je veillerai donc à ne pas me faire surprendre en train de contrevenir à la loi.

Lorsqu'elle se leva, il posa un instant sa main sur la sienne. Le geste était simple et banalement amical en apparence. Deborah ne parvint pas à s'expliquer pourquoi il lui parut si possessif.

— Je peux te déposer quelque part ? T'offrir un dîner ? Un dessert ? Une soirée de calme et de détente ?

Deborah retint son souffle. Et dire qu'elle s'était promis de ne plus jamais se laisser tenter par une proposition de Gage ! Comme si elle était capable de rester de marbre lorsque cet homme la regardait droit dans les yeux…

— Je regrette. J'ai un détail important à régler ce soir.

Gage étudia ses traits quelques instants et un sourire se dessina sur ses lèvres.

— Je crois que tu es sincère.

— J'ai bel et bien du travail qui m'attend, en effet.

— C'est aux regrets que je pensais.

Ce qu'elle lut dans le regard de Gage la fit soupirer.

— C'est vrai. Contre toute logique, j'ai été tentée d'accepter, admit-elle en se détournant pour quitter la salle d'audience.

— Laisse-moi au moins te raccompagner chez toi, suggéra Gage en lui emboîtant le pas.

Elle lui jeta un bref coup d'œil exaspéré.

— Tu ne te souviens pas de ce que je t'ai dit au sujet des hommes trop insistants ?

— Si. Mais, finalement, tu as quand même accepté de venir dîner, non ?

Deborah ne put s'empêcher de rire. Après la tension de ces dernières heures passées à plaider, ce fut un véritable soulagement.

— Bon, pourquoi pas ? Comme ma voiture est chez le garagiste, cela me fera gagner du temps.

Gage la suivit dans l'ascenseur.

— Ce n'est pas un cas facile que tu as choisi de défendre. Mais le jugement risque de faire date et d'asseoir solidement ta réputation.

— Ah oui ? répondit-elle froidement.

— Ce procès est couvert par la presse nationale.

Deborah se hérissa, comme chaque fois qu'on laissait planer ce genre de sous-entendus devant elle.

— Je ne plaide pas une affaire pour obtenir la reconnaissance des médias.

— Susceptible, madame la Procureur ?

— Je préfère affirmer clairement mes positions, c'est tout.

Gage s'adossa à la paroi de la cabine.

— Quiconque te connaît un tant soit peu sait que tu te moques de la presse. Ce que tu as voulu prouver aujourd'hui, c'est que la loi existe pour protéger tous les membres d'une société, y compris ceux qui se trouvent relégués à la marge. J'espère que tu gagneras.

Ainsi Gage avait compris le dessein qui l'animait. Elle se sentit étrangement déconcertée qu'il ait perçu ses motivations avec autant d'intuition et de justesse.

— Je *vais* gagner, lui assura-t-elle, faussement désinvolte, en traversant le hall d'entrée.

Gage sourit et changea de sujet.

— J'aime beaucoup la façon dont tu as relevé tes cheveux, au fait. Tu as l'air très compétente et sûre de toi avec cette coiffure. Combien d'épingles faudrait-il que je retire pour la défaire ?

106

— Je ne crois pas que cette question soit…

— Pertinente ? acheva-t-il à sa place. Elle l'est pour moi, en tout cas. Tout ce qui te concerne a de l'importance puisque tu ne quittes pas mes pensées.

Se sentant en danger de rougir, Deborah allongea le pas. C'était bien de Gage de faire une telle déclaration à une femme dans un endroit noir de monde et de réussir à lui donner l'impression qu'elle et lui étaient seuls au monde !

— Allons, allons, Gage, tu es beaucoup trop occupé par ta vie mondaine pour avoir le temps de penser à qui que ce soit, objecta-t-elle d'un ton léger. Je suis tombée sur une photo de toi dans le journal de ce matin avec une jolie blonde accrochée à ton bras. Tu assistais à un dîner organisé par l'opposant au maire.

Gage continua à afficher un sourire imperturbable ce qui fit monter son degré d'irritation d'un cran.

— En politique non plus, tu ne te montres pas très fidèle. Un jour on te voit à un cocktail rassemblant les partisans de Tucker Fields et le lendemain tu apparais chez son adversaire.

— Je ne me réclame ni d'un camp ni de l'autre. Mais je suis curieux de nature. Je voulais entendre les propositions de l'opposition. Et je dois dire que j'ai été favorablement impressionné.

Deborah songea à la jeune femme blonde sur la photo.

— On le serait à moins, commenta-t-elle d'un ton glacial.

Gage se mit à rire.

— J'aurais préféré que ce soit toi.

— Je t'ai déjà dit que je n'avais pas envie de me mêler à la cohue, trancha Deborah en s'immobilisant devant les portes de verre. Parlant de cohue, d'ailleurs…

La tête haute, elle fendit la foule compacte des journalistes qui l'attendaient sur les marches du tribunal. Sous l'habituel feu roulant de questions, elle réagit par les habituelles réponses

107

laconiques. Ce fut un véritable soulagement lorsqu'elle vit la limousine de Gage garée juste devant le bâtiment.

— Monsieur Guthrie, en quoi vous sentez-vous concerné par ce procès ?

— J'aime voir fonctionner la machine judiciaire.

— Vous aimez voir fonctionner les procureurs en jupe moulante, commenta Wisner en s'avançant, micro en main. Dites-nous tout, Guthrie : que se passe-t-il exactement entre Deborah et vous ?

Sentant Deborah se crisper à son côté, Gage posa une main apaisante sur son bras et regarda Wisner droit dans les yeux.

— Je vous connais, je crois ?

Wisner ricana.

— Bien sûr. On se croisait régulièrement à l'époque où vous étiez un simple flic et où vous ne possédiez pas encore la moitié de cette ville.

Gage étudia les traits du journaliste avec désinvolture.

— Ah oui, je vous remets. Chuck Wisner… J'ai peut-être une mauvaise mémoire mais il ne me semble pas que vous étiez aussi détestable dans le temps que vous l'êtes devenu maintenant.

Il poussa Deborah, souriante, à l'arrière de la limousine.

— Bravo, déclara-t-elle. J'ai bien aimé la façon dont tu as remis Wisner à sa place.

— J'envisage de racheter le *World* rien que pour le plaisir de le jeter à la porte. Qu'en dis-tu ?

— C'est une façon intéressante d'aborder le problème. J'avoue que je n'y aurais jamais songé.

Avec un soupir de bien-être, Deborah retira les escarpins rouges qui lui martyrisaient les pieds et allongea les jambes. Elle était en danger de prendre goût à ces déplacements en limousine. S'enfoncer dans des sièges confortables et se détendre en écoutant un quatuor de Beethoven après une lourde journée de travail était autrement plus réconfortant que de piquer un sprint dans les couloirs du métro.

— J'ai les pieds en compote, murmura-t-elle en fermant les yeux. Je me demande combien de kilomètres je parcours en moyenne au cours d'une journée au tribunal.

— Tu accepterais de venir chez moi si je m'engage à te masser les pieds ?

Deborah ouvrit un œil et regarda les mains de Gage. Des mains souples et longues ; des mains confiantes en elles-mêmes. Qu'il ait tous les talents voulus pour satisfaire une femme physiquement apparaissait d'ores et déjà comme une évidence.

Elle referma résolument les deux yeux et secoua la tête.

— Non, merci. Je suis persuadée que tu trouveras quantités d'autres voûtes plantaires à frictionner.

Gage se pencha pour indiquer leur destination à Frank.

— C'est ça qui te pose problème, Deborah ? Les autres... voûtes plantaires dans ma vie ?

A priori, elle aurait dû s'en moquer éperdument. Mais il n'était, hélas, pas loin de la vérité.

— Tu es libre de mener ton existence comme cela te chante, marmonna-t-elle.

— Ce sont *tes* pieds que j'aime. Et *ton* visage. Et tout ce qui se trouve entre les deux.

Deborah s'efforça de faire abstraction du trouble qu'éveillaient ces quelques mots chuchotés.

— C'est une habitude, chez toi, de séduire les femmes à l'arrière des limousines ? protesta-t-elle en soupirant.

— Tu préférerais que je choisisse un autre endroit ?

Pour le coup, elle se résigna à rouvrir les yeux. Certaines situations demandaient à être réglées en face à face.

— J'ai réfléchi au problème, Gage.

Il eut un sourire absolument désarmant.

— Au problème ?

— Oui, enfin, appelle cela comme tu voudras. Toujours est-il que je ne nie pas ressentir une certaine attirance pour toi. Je suis flattée d'autre part de l'intérêt que tu sembles me porter.

— Mais ?

Gage lui prit la main et la porta à ses lèvres.

— Arrête, chuchota-t-elle lorsqu'il pressa un baiser dans sa paume. Tu triches, Gage.

— J'adore quand tu décides d'affronter une situation avec calme et logique, Deborah. C'est un véritable plaisir pour moi de te voir perdre ta maîtrise et t'échauffer peu à peu.

Sa bouche glissa plus haut, sur la veine délicate qui battait à son poignet.

— Tu disais, donc ?

Bonne question. Qu'avait-elle voulu dire, au juste ? Aucune femme au monde ne pouvait garder la tête froide lorsque Gage Guthrie la regardait de cette façon. Songeant que là, précisément, était la vraie nature du « problème », Deborah dégagea ses doigts des siens.

— Je ne veux pas que ça aille plus loin entre nous pour plusieurs raisons.

— Mmm…

Comme il commençait à jouer avec une perle qu'elle portait en boucle d'oreille, elle repoussa fermement sa main.

— Je pense sérieusement ce que je viens de dire, Gage. Je suis consciente que tu es habitué à prendre et à rejeter les femmes comme tu ramasses tes jetons sur une table de poker. Mais je n'ai pas l'intention de me mettre sur les rangs. Alors mise plutôt sur quelqu'un d'autre.

— Intéressant, comme comparaison. Pour filer la métaphore, disons qu'il y a certains gains auxquels je préfère me raccrocher plutôt que de prendre le risque de les remettre en jeu.

Le feu aux joues, Deborah s'insurgea de plus belle.

— Comprenons-nous bien, Gage, et ceci une bonne fois pour toutes : je refuse d'être considérée comme le gros lot de la semaine. Quant à être la brune du mercredi, qui suit la blonde du mardi, très peu pour moi, merci.

— Nous voici revenus à notre problème de voûtes plantaires, je crois ?

— Tu trouves peut-être cela très amusant, Gage. Mais j'ai la mauvaise habitude de prendre ma vie très au sérieux. Tant sur le plan professionnel qu'affectif.

— Les mauvaises habitudes, ça se change.

Elle se raidit.

— Ça, c'est mon problème, d'accord ? Et de toute façon, le chapitre est clos, car nous voici arrivés devant chez moi. Adieu, monsieur Guthrie, et bon vent.

Gage réagit avec une rapidité si déconcertante qu'elle se retrouva sur ses genoux avant même de comprendre ce qui lui arrivait.

Sans hésiter ni faillir, sa bouche vint à la rencontre de la sienne. Deborah n'opposa aucune résistance. Pendant toute la durée du trajet, elle avait senti monter une tension à laquelle maintenant seulement elle osait donner son vrai nom : désir. Ses doigts allèrent se perdre dans les cheveux de Gage pendant qu'elle attirait son visage contre le sien. Ses lèvres s'ouvrirent sous les siennes. Leurs langues se mêlèrent, avides, se conjuguant intimement, se quittant pour plonger de nouveau l'une vers l'autre.

Deborah désirait comme jamais encore elle n'avait désiré. C'était un besoin primitif, élémentaire, si impérieux qu'elle ne cherchait même pas à s'y soustraire. Le moment présent avait pris un éclat si intense qu'elle était aveuglée par sa lumière.

Gage l'embrassait avec une sorte d'ardeur désespérée qui lui arracha un léger gémissement. Il ne quitta sa bouche que pour couvrir son visage d'une pluie drue de baisers, possessifs, impatients, furieusement excitants. Lorsque ses lèvres glissèrent le long de son cou, elle protesta d'un murmure et ramena d'autorité son visage contre le sien.

Luttant pour ne pas perdre tout contrôle de lui-même, Gage but de nouveau le pur nectar de sa bouche offerte. Avec aucune femme, jamais, il n'avait eu cette sensation de complétude, comme si chaque caresse, chaque effleurement répondait à son attente avec une précision quasi millimétrique. Sous ses dehors réservés, Deborah cachait un feu ardent dont les flammes se déchaînaient au moindre effleurement. Il avait déjà désiré intensément une femme mais pas une fois il n'avait ressenti cet embrasement qui faisait exploser les limites entre plaisir et souffrance. Il n'avait plus qu'un but, qu'une obsession : la coucher sous lui, à l'arrière de la limousine, la déshabiller presque sauvagement et se perdre dans les profondeurs de ce corps souple qui vibrait déjà en accord avec le sien.

Mais il avait d'autres projets encore, concernant Deborah O'Roarke. Il ne voulait pas seulement la mettre dans son lit mais lui offrir soutien, compassion et amour. Il lui faudrait donc prendre son mal en patience en attendant qu'elle soit disposée à accepter l'intégralité de ce qu'il avait à lui offrir.

Se faisant violence, il ralentit ses caresses, adoucit la pression de ses mains, prit congé de ses lèvres.

— Je te veux pour moi, Deborah. Entièrement. Et je n'ai pas l'habitude de renoncer à mes désirs avant de les avoir satisfaits.

Elle fixa sur lui des yeux qui paraissaient immenses. Mais très vite l'émoi physique qu'ils reflétaient fit place à une anxiété proche de la panique.

— Ce n'est pas normal, murmura-t-elle, au bord des larmes. Pas normal que tu puisses avoir un tel effet sur moi.

— Je ne sais pas si c'est normal ou anormal, juste ou injuste, bien ou mal. Mais je ne retiens qu'une chose : ça existe. Et on ne peut rien contre ce qui est, chuchota-t-il en lui caressant doucement les cheveux.

— Je refuse d'être le jouet de forces qui me dépassent !

— Nous le sommes tous, Deborah.

— Pas moi, protesta-t-elle d'une voix tremblante en se penchant pour récupérer ses chaussures. Il faut que j'y aille.

Il tendit la main pour lui ouvrir la portière.

— Un jour, tu m'appartiendras.

— Encore faudrait-il que je commence par m'appartenir à moi-même. Adieu, Gage.

Rejetant ses cheveux en arrière, elle descendit de voiture et s'éloigna presque au pas de course. Gage la suivit des yeux avant d'ouvrir sa main repliée. Un sourire se dessina sur ses lèvres lorsqu'il eut compté six épingles au creux de sa paume.

Deborah passa la soirée chez Suzanne et Marjorie, dans le petit deux pièces qu'elles occupaient dans l'East Side. Tout en grignotant le repas chinois qu'elle avait apporté, elles refirent le point ensemble, commentant les différentes phases du procès et préparant leur stratégie pour le lendemain. Peu à peu, à mesure que la soirée avançait, Deborah recouvrait une certaine sérénité. Le travail, comme toujours, calmait son anxiété.

Mais elle savait que le répit serait de courte durée. Qu'elle perde la tête chaque fois que Gage l'embrassait, passe encore. Mais ressentir en parallèle une attirance physique en tout point similaire pour un autre homme, voilà qui ne pouvait que la déstabiliser en profondeur.

Pour des raisons éthiques évidentes, il était hors de question de se rapprocher de l'un alors qu'elle continuait à désirer l'autre. Ce ne serait juste ni envers Gage ni envers elle-même. Mais jamais elle ne s'était sentie aussi peu en mesure de contrôler ses émotions. Ni même, hélas, d'établir une préférence...

113

Raison de plus pour tenir Gage à distance et se raccrocher aux éléments stables de sa vie. Comme son métier, par exemple. Ses ambitions. Ses choix d'existence.

En sachant que, ce soir, elle avait bon espoir de frapper un grand coup.

Chaque fois que le téléphone sonnait, elle répondait elle-même pendant que Marjorie et Suzanne blêmissaient sur le canapé. Le cinquième appel fut le bon.

— Marjorie ?

Décidée à jouer le tout pour le tout, elle éloigna légèrement le combiné de sa bouche pour étouffer le son de sa voix.

— Non.

— Ah, c'est toi, Suzanne. Espèce de petite garce !

Avec un léger sourire de triomphe, Deborah prit soin de répondre d'un ton craintif :

— Qui est à l'appareil ?

— Arrête de faire l'idiote, O.K. ? Tu sais très bien que c'est moi, Jimmy.

— On m'a interdit de vous parler.

— Parfait. Alors contente-toi d'écouter. Tu imagines peut-être avoir ramassé une méchante raclée l'autre fois, mais ce n'est rien à côté de ce que tu vas te prendre si tu persistes à vouloir témoigner contre moi demain. A ta place je ne serais pas fière de moi, Suzanne. Quand je pense à tout ce que j'ai fait pour toi alors que tu croupissais dans le caniveau ! Les clients que je t'ai fait rencontrer, c'était quand même autre chose que la racaille que tu te farcissais. Alors n'oublie pas que tu as une sacrée dette envers moi. Il te reste une dernière chance de te montrer raisonnable, ma belle : dis à ton avocate générale coincée que tu as changé d'avis et que Marjorie et toi avez inventé toute cette histoire. Sinon, je viens te voir chez toi et je te réduis en purée. Et là, je te promets que tu vas avoir du mal à t'en relever. Compris ?

— Oui, répondit Deborah avec un large sourire en reposant le combiné.

Elle se tourna vers Marjorie et Suzanne et leva le pouce en signe de victoire. Son plan avait réussi au-delà de toute espérance.

— Gardez bien votre porte verrouillée cette nuit et n'ouvrez à personne, d'accord ? Jimmy Slagerman ne le sait pas encore mais il vient de prononcer sa propre condamnation ! Cette fois-ci nous le tenons, les filles !

Satisfaite de sa soirée, Deborah quitta les deux jeunes femmes en leur recommandant de se coucher tôt et de s'accorder une bonne nuit de sommeil. Elle avait dû faire des pieds et des mains en rentrant du tribunal pour obtenir que le téléphone de Suzanne et Marjorie soit mis sur écoute. Et ce n'était pas fini. Elle allait maintenant devoir user de son influence pour qu'on lui remette la liste détaillée des communications téléphoniques passées par Slagerman. Mais le jeu en valait la chandelle. Le fringant Jimmy et son avocat allaient tomber des nues lorsqu'elle dévoilerait sa petite surprise dans quelques jours. Deborah décida de marcher un peu avant de héler un taxi. La canicule continuait à sévir et la chaleur restait oppressante en dépit de l'heure tardive. La ville entière était en nage. Même la pierre des bâtiments suintait. Mais elle n'était pas pressée de retrouver son appartement climatisé. Dès qu'elle serait seule, douchée avec une boisson fraîche à la main, ses pensées obsédantes reviendraient la hanter.

A deux reprises, Gage l'avait embrassée. Et chaque fois, elle avait perdu le contact avec la réalité. Ce qu'elle ressentait dans les bras de cet homme défiait toute description : c'était comme si une force primitive la soulevait pour la jeter vers lui.

Ce qui, à la rigueur, aurait pu être acceptable… si elle n'avait pas ressenti le même élan primitif en présence du héros masqué si cher à Lily Greenbaum, sa voisine.

Avec un frisson de malaise, Deborah allongea le pas. Perdre la tête pour deux hommes en même temps lui ressemblait si peu ! La fidélité, chez elle, était presque une seconde nature. Mais aussi surprenant que cela puisse paraître, elle éprouvait pour ces deux êtres si différents une attirance égale.

Qui sait si la touffeur du mois de juin n'éveillait pas en elle une sensualité torride dont elle avait jusqu'alors ignoré l'existence ? Désirer, après tout, ne voulait pas dire être amoureuse. Avec un peu de chance, il s'agissait d'un simple dérèglement hormonal passager. Deborah pria pour que sa libido cesse rapidement de lui jouer ces tours pendables. Elle ne se sentait pas prête à vivre une histoire forte avec un homme. Et encore moins avec deux !

Tournant à l'angle de la Vingtième Avenue, elle continua à marcher d'un bon pas tout en poursuivant ses réflexions. Avant de s'engager sur le plan affectif, elle voulait commencer par jeter les bases d'une solide carrière. Et mettre de la stabilité dans sa vie, surtout. Enfant, elle avait été ballottée entre deux parents pris dans un conflit permanent, incapables de vivre ensemble comme de se séparer. Lorsqu'ils étaient morts l'un et l'autre dans des circonstances tragiques, sa sœur Cilla l'avait prise avec elle. Et pendant les six premières années, leur vie commune n'avait été qu'une longue série de déménagements et d'errances.

A présent qu'elle était libre de faire ses propres choix, Deborah n'aspirait plus qu'à une chose : s'installer dans la durée. Plutôt que de se laisser porter passivement sur les vagues de l'existence, elle voulait creuser son trou de manière à ne plus jamais être victime des circonstances. Elle passa devant le siège social du *World* et entendit murmurer son nom dans l'obscurité. Deborah frissonna. Cette voix… elle l'aurait reconnue n'importe où, tant elle avait résonné souvent dans ses rêves.

Il émergea comme une ombre et sa silhouette se détacha, à peine visible, sur le fond de ténèbres dont il semblait émaner. Elle vit l'éclat de son regard derrière le masque et ses jambes se dérobèrent sous elle. Le désir était là, de nouveau, immédiat et si implacable qu'elle faillit gémir tout haut.

Elle ne résista pas lorsqu'il lui prit la main pour l'attirer au pied de l'immeuble.

— Décidément, c'est une véritable manie chez vous de déambuler dans les rues désertes en pleine nuit.

— J'avais besoin de marcher un peu, murmura-t-elle, adoptant automatiquement le chuchotement à son tour. Vous me suiviez ?

Il ne répondit pas mais ses doigts se resserrèrent sur les siens de façon indiscutablement possessive.

— Que me voulez-vous ? s'enquit-elle dans un souffle.

Il réprima un sourire en constatant qu'elle avait gardé ses cheveux défaits.

— Ce que je veux ? Vous mettre en garde. C'est d'autant plus dangereux pour vous de vous promener non accompagnée que les assassins de Parino vous ont repérée.

Le pouls de Deborah battit plus vite sous ses doigts. Il sut aussitôt que c'était une réaction de désir et non de peur.

Deborah s'immobilisa pour lui faire face.

— Que savez-vous au juste au sujet de Parino ?

— Ne croyez pas qu'ils vous épargneront parce que vous êtes femme, jeune et belle. Si vous vous mettez en travers de leur chemin, ils vous élimineront sans hésiter. Et je n'aimerais pas qu'il vous arrive quelque chose.

Le souffle coupé, elle fit un pas vers lui.

— Et pourquoi ? demanda-t-elle à voix basse.

Némésis lui prit les deux mains et les porta à ses lèvres. Il les serra si fort qu'elle réprima un cri.

— Vous savez pourquoi.

Médusée, le regard perdu dans le sien, elle secoua la tête.

— Je ne sais même pas qui vous êtes ni à quoi vous ressemblez, chuchota-t-elle. Et je ne comprends pas grand-chose au sens de votre action.

— Je ne me comprends pas toujours moi-même.

Eût-elle écouté son instinct, Deborah se serait glissée dans ses bras pour nouer les mains derrière sa nuque et chercher ses lèvres. Elle voulait la chaleur de ses baisers, la force de son étreinte. Mais c'était le moment ou jamais de garder la tête froide. L'homme qui se tenait devant elle semblait singulièrement bien informé sur tout ce qui se passait dans cette ville. Il s'agissait non seulement de lutter contre son attirance absurde mais de profiter de sa présence pour lui tirer les vers du nez. Si Némésis connaissait les assassins de Parino, il pouvait la mettre sur la bonne voie.

— Parlez-moi de cette affaire. Que savez-vous, au juste ?

— Je n'ai qu'une chose à vous dire : cessez de vous mêler de cette histoire. Tenez-vous aussi loin de ces gens que possible.

— Autrement dit, vous savez quelque chose, insista-t-elle en reculant d'un pas.

Elle avait besoin de reprendre un peu de distance pour se souvenir qu'elle était censée réagir en tant que procureur et non en tant que femme.

— C'est votre devoir de me communiquer les informations que vous détenez, déclara-t-elle, péremptoire.

— Mon devoir, je le connais. Je sais ce que j'ai à faire.

Exaspérée, Deborah rejeta ses cheveux en arrière. Comment avait-elle pu se croire attirée par cet individu qui ne respectait rien ? ce justicier imaginaire ?

— Et qu'estimez-vous avoir à faire, au juste ? Traîner dans les arrière-cours les plus sombres en frappant ici et là, au gré de vos caprices ? Ce n'est pas accomplir votre devoir, ça,

118

Zorro ! Ça s'appelle faire mousser son ego ! C'est du narcissisme pur et dur !

Comme il ne réagissait pas, elle soupira avec impatience et s'avança de nouveau d'un pas.

— Je pourrais vous faire arrêter, vous savez. Vous n'avez pas le droit de garder ce type d'informations pour vous. Cette affaire concerne les services du procureur de district et la police. Ce n'est pas un jeu.

— Non, ce n'est pas un jeu, répliqua-t-il.

Il parlait toujours dans un murmure mais elle crut discerner une nuance d'amusement dans sa voix.

— Mais à ce jeu qui n'en est pas un, certains peuvent se laisser prendre. Et je n'aimerais pas vous voir utilisée comme appât, Deborah.

— Rassurez-vous, je suis parfaitement capable de me défendre.

— C'est votre leitmotiv, je crois ? Mais méfiez-vous, mon cher maître. Car c'est du gros gibier auquel vous avez affaire. Des gens qui ne reculent devant rien et à côté desquels vous ne faites pas le poids. Alors, au risque de me répéter : laissez tomber ce dossier. Il vous dépasse.

Némésis n'eut même pas la correction d'attendre sa réponse. Fidèle à ses détestables habitudes, il s'évanouit en fumée sans se donner la peine d'entendre ce qu'elle avait à lui répliquer.

— Fuis donc, espèce de lâche ! lança-t-elle, furieuse, en donnant un grand coup de pied dans le mur. Si tu crois que je vais laisser tomber quoi que ce soit, tu te trompes. Quant à être dépassée… nous verrons bien qui de nous deux sera le premier à démêler cette histoire !

5.

— Et merde !

Rejetant ses cheveux trempés dans son dos, Deborah noua hâtivement la ceinture de son peignoir et courut ouvrir sa porte. Tout comme les appels téléphoniques en pleine nuit, les visites imprévues à 6 h 45 du matin étaient généralement signes avant-coureurs de mauvaises nouvelles. Lorsqu'elle tira le battant et trouva Gage sur le seuil, elle songea que son instinct ne l'avait pas trompée. La présence de cet homme à sa porte était déjà, en elle-même, un désastre.

— Je t'ai fait sortir de la douche ? s'enquit-il d'un air de regret poli.

Elle passa une main impatiente dans ses cheveux mouillés.

— Comme tu peux le constater... Qu'est-ce que tu veux ?

— Un petit déjeuner.

Sans attendre d'y être invité, il déambula jusque dans le séjour.

— C'est charmant, chez toi, commenta-t-il d'un ton d'appréciation sincère.

Elle avait choisi un décor ivoire émaillé de quelque touches de couleurs contrastées : du vert émeraude, du rouge écarlate, du bleu saphir. Gage examina la trace humide qu'elle avait laissée dans son sillage.

— Apparemment, j'ai mal calculé mon heure arrivée. J'aurais dû attendre cinq minutes de plus.

Deborah leva les yeux au plafond.

— Tu n'aurais pas dû arriver du tout, Gage. Je ne comprends pas comment tu peux t'autoriser à débarquer chez les gens comme ça, sans crier gare, avant 7 heures du matin. Et en plus, tu…

Gage ne la laissa pas finir. Il la prit dans ses bras et lui assena un baiser qui la laissa sans voix pendant bien dix secondes.

— Mmm… Tu es encore toute mouillée.

Elle dut lutter contre la tentation d'abandonner sa tête contre son épaule. Avec un profond soupir, elle tenta de reprendre les armes :

— Ecoute, Gage, je n'ai pas de temps à perdre. Je suis attendue au tribunal.

— Dans deux heures. Cela nous laisse amplement le temps de prendre le petit déjeuner en toute tranquillité.

— Si tu crois que je vais me mettre en cuisine pour toi, tu cours au-devant d'une amère déception, Gage Guthrie !

— Oh, mais loin de moi, cette idée.

Gage recula d'un pas et l'examina d'un regard charmé.

— J'aime te voir en bleu. Tu devrais toujours porter cette couleur.

— Gage, je te remercie pour ce conseil vestimentaire éclairé mais…

Elle fut interrompue par une nouvelle série de coups frappés à sa porte.

— Tu veux que j'aille ouvrir ? proposa Gage poliment.

— Je suis encore capable d'accueillir mes visiteurs moi-même, maugréa-t-elle en se dirigeant vers l'entrée. Vous vous êtes tous donné le mot, ce matin, ou quoi ? Je ne me souviens pas d'avoir mis un panneau annonçant que j'organisais une journée portes ouvertes.

Sur le seuil, elle trouva cette fois un serveur en livrée blanche poussant une table roulante.

— Ah, voici notre petit déjeuner, commenta Gage en faisant signe à l'arrivant d'entrer. Parfait. Avancez-le par ici, près de la fenêtre. Cette jeune dame apprécie d'avoir de la vue en mangeant.

Pendant que l'employé stylé s'exécutait selon les règles de l'art, Deborah posa les mains sur les hanches. Prendre des positions fermes avant 7 heures du matin demandait un effort quasi surhumain. Mais elle n'avait pas le choix, en l'occurrence.

— Ecoute, Gage, je ne sais pas quelle stratégie tu déploies ni dans quel but, mais je préfère te dire tout de suite que ça ne marchera pas. Je pensais avoir été suffisamment claire, mais s'il faut le répéter encore une fois, voici : je n'ai ni le temps ni l'envie en ce moment de… C'est du café que je vois là ?

— Tout à fait. Tu en veux ?

Elle fit la moue.

— Juste une petite goutte, alors.

Avec un large sourire, Gage souleva la cafetière en argent et remplit la moitié d'une tasse. L'arôme subtil lui chatouilla agréablement les narines.

— Alors ? demanda-t-elle. Pourquoi ce débarquement en force avec petit déjeuner à l'appui ?

Gage leur versa à chacun un jus d'orange.

— Je voulais voir à quoi tu ressemblais le matin. Et j'ai pensé que ce serait la méthode idéale… Jusqu'à nouvel ordre, en tout cas.

Il leva son verre à sa santé et elle sentit son regard s'attarder sur son visage.

— Tu as les yeux cernés. As-tu mal dormi cette nuit ?

— J'ai eu du mal à trouver le sommeil, admit-elle.

— C'est le procès Slagerman qui t'inquiète ?

Deborah se contenta de hausser les épaules. Son insomnie, en vérité, était entièrement due à sa rencontre avec l'homme masqué, la veille. Comment pouvait-elle se retrouver face à Gage quelques heures plus tard, et ressentir une fascination analogue mêlée d'une même irritation ?

— Tu aimerais me parler de ce qui t'a préoccupée cette nuit, Deborah ?

Elle secoua la tête.

— Je préfère ne pas aborder ce sujet pour le moment.

— Tu ne crois pas que tu vas droit au surmenage ?

— Je fais ce que j'ai à faire. Mais toi ? Je ne sais même pas en quoi consiste exactement ton activité.

— J'achète, je vends. J'assiste à des réunions, je lis des rapports...

— Je suis sûre que c'est beaucoup plus compliqué que cela.

— Et souvent beaucoup plus ennuyeux. Je suis aussi dans la construction, révéla Gage en beurrant un croissant.

— Tu construis quoi par exemple ?

Il sourit.

— Cet immeuble, entre autres.

— Cet immeuble est la propriété de la société Trojan, protesta Deborah.

— C'est exact. Et Trojan m'appartient.

— Evidemment, dans ce cas..., murmura-t-elle, vaguement déconcertée.

Sa réaction parut ravir Gage.

— L'essentiel de la fortune des Guthrie vient de l'immobilier qui reste d'ailleurs la colonne vertébrale de la Guthrie Corporation. Au cours des dix dernières années, les activités du groupe se sont diversifiées. Une des branches est spécialisée dans le transport maritime, une autre dans l'exploitation minière, la troisième dans la production industrielle.

Deborah en avait le tournis. Gage assurément n'était pas quelqu'un d'ordinaire. Mais elle semblait être attirée par des hommes plutôt hors du commun, depuis quelque temps.

— Ça change du commissariat du XXVe, commenta-t-elle pensivement.

Elle vit comme une ombre passer dans le regard de Gage.

— On peut le dire, oui.

— Ton ancienne existence ne te manque jamais ? ne put-elle s'empêcher de demander.

— Disons que je refuse de succomber à la nostalgie.

— Je comprends.

Elle comprenait d'autant mieux qu'elle avait adopté une stratégie similaire en s'interdisait de vivre dans le regret. Regret de ceux qui avaient disparu pour toujours et regrets de ceux qui vivaient au loin.

— Tu es très émouvante lorsque tu es triste, Deborah. Irrésistible même, murmura Gage en lui caressant le dos de la main avec une douceur qui ressemblait presque à de la tendresse.

— Je ne suis pas triste.

— Peut-être. Mais tu *es* irrésistible.

— Ne commence pas.

Décidée à alléger l'atmosphère, Deborah s'affaira à leur verser du café.

— Je peux te poser une question professionnelle, Gage ?

— Pose toujours.

— Si le propriétaire d'un commerce souhaite garder l'anonymat, peut-il le faire ?

— Facilement, oui. Il suffit de créer un labyrinthe de noms de sociétés qui n'existent que sur le papier. C'est le genre d'imbroglio financier qui se monte assez fréquemment. Pourquoi ?

D'un geste de la main, elle balaya sa question.

— Mais tu crois qu'à force de recherches, on peut malgré tout identifier le propriétaire ?

124

— Ça dépend. A la longue, oui. Avec beaucoup de détermination et si on finit par trouver le fil conducteur, le dénominateur commun.

— Comment cela, le dénominateur commun ?

— Je ne sais pas, moi : un nom, un numéro d'immatriculation, un lieu. Un élément récurrent quelconque qui resurgit ici et là, répondit Gage prudemment.

Les questions de la jeune femme l'auraient inquiété sérieusement s'il n'avait pas déjà eu une longueur d'avance sur elle dans ses recherches.

— Que veux-tu savoir exactement, Deborah ?

— J'ai besoin de trouver des éléments de preuve, dans le cadre d'un des dossiers que je traite.

Posément, Gage replaça sa tasse sur sa soucoupe en porcelaine.

— Cela aurait-il par hasard un rapport avec Parino ?

Deborah lui jeta un regard suspicieux.

— Pourquoi cette question ? Que sais-tu au sujet de Parino ?

— J'ai encore quelques contacts avec mes anciens collègues du XXVᵉ. Tu ne crois pas que tu as déjà suffisamment à faire avec le procès Slagerman ?

— Je ne peux pas m'offrir le luxe de ne travailler que sur un dossier à la fois.

— Ce dossier-là, tu devrais le laisser à quelqu'un d'autre, en l'occurrence.

— Je te demande pardon ? rétorqua Deborah d'une voix soudain glaciale.

— Les hommes qui ont éliminé Parino sont redoutables. Tu n'as aucune idée du danger auquel tu t'exposes. On ne joue pas impunément à ce jeu-là, Deborah.

— Je ne joue pas.

— Sans doute. Mais eux non plus. Ils sont parfaitement organisés et ils ont des informateurs partout. Tes investigations, ils les suivent pas à pas, sois-en certaine. Et s'ils estiment que tu deviens gênante, ils n'auront aucun scrupule à te balayer de la carte.

— C'est étonnant comme tout le monde a l'air d'être bien informé au sujet des meurtriers de Parino !

Gage qui était retombé un instant dans ses souvenirs les plus noirs s'arracha à leur étreinte morbide.

— J'ai été flic, souviens-toi. Et je sais à quel genre de beau monde tu as affaire. Sérieusement, Deborah, je souhaiterais qu'un de tes confrères prenne la relève.

— Ne sois pas ridicule !

Comme elle se levait d'un bond, il la retint par la main.

— Je n'aimerais pas qu'il t'arrive quelque chose.

— Je suis très touchée de ta sollicitude, Gage, s'exclama-t-elle en se libérant, mais je vais toujours au bout de ce que j'entreprends.

Le regard de Gage s'assombrit.

— Méfie-toi, Deborah. L'ambition est une belle qualité mais elle peut rendre aveugle, objecta-t-il calmement.

Furieuse, elle se croisa les bras sur la poitrine.

— O.K., c'est vrai, je suis ambitieuse, je le reconnais. Mais je ne cours pas seulement après la réussite. Je crois aussi à ce que je fais, aux buts que je poursuis et à mes capacités à atteindre. Tout a commencé avec un adolescent nommé Rico Mendez. D'accord, ce garçon n'était pas un ange. Il vivait de petits larcins, de braquages minables. Mais il a été tué froidement alors que son seul tort était de se tenir tranquillement à un carrefour.

Sur sa lancée, elle se mit à faire les cent pas.

— Là-dessus, c'est son assassin que l'on retrouve poignardé, en représailles à des révélations qu'il m'a faites. Alors jusqu'où peut-on laisser aller les choses ainsi, à ton avis ? Tu ne crois pas qu'un jour, il faut que quelqu'un dise stop, prenne ses responsabilités et s'efforce de remettre la loi des hommes à la place de celle de la jungle ?

Gage se leva et vint poser les deux mains sur ses épaules.

— Je ne mets pas ton intégrité en cause, Deborah.

— Alors que récuses-tu, au juste ? Mes capacités de jugement ?

— Oui. Et les miennes avec, admit-il. Je tiens à toi, tu sais.

— Je ne pense pas que…

— Ne pense plus.

Il couvrit sa bouche de la sienne et ses mains se resserrèrent sur ses bras. Aussitôt, elle sentit monter la vague habituelle. Comme un raz de marée. *Chaleur. Puissance. Désir.* Pas plus qu'aux forces de la nature, elle n'aurait pu s'opposer à l'élan qui la poussait vers Gage. Entre eux, passaient des ondes qui n'étaient pas seulement de désir. Quelque chose de plus fort et de plus authentique émanait de lui et la pénétrait, comme si, d'une certaine façon, il était déjà en elle.

Entre ciel et terre, Gage exultait et tremblait. Lorsqu'il tenait Deborah dans ses bras, il se sentait à la fois infiniment fort et plus faible qu'un enfant. Avec elle, petit à petit, il recommençait presque à croire à la possibilité du miracle.

Lorsqu'il recula d'un pas, Deborah dut lutter pour ne pas perdre l'équilibre.

— Je ne sais plus où j'en suis, Gage.

— Moi non plus, mais je ne crois pas cela ait beaucoup d'importance. Je veux te revoir ce soir, murmura-t-il d'un ton pressant en l'attirant de nouveau contre lui. Passe la nuit avec moi, Deborah. Je t'en prie.

— Je ne peux pas, protesta-t-elle dans un souffle. Il y a le procès.

Il réprima un juron.

— D'accord. Après le procès alors. Nous ne pouvons pas continuer à fuir indéfiniment ce qui nous arrive.

Deborah acquiesça d'un signe de tête.

— C'est vrai. Mais il me faut encore un peu de temps. S'il te plaît, Gage, ne me bouscule pas. J'ai besoin de... de réfléchir encore un peu.

Il soupira, fit trois pas et s'immobilisa, la main sur la poignée de la porte.

— Il y a quelqu'un d'autre, Deborah ?

— Non... Enfin, je ne sais pas, admit-elle en pâlissant. Peut-être.

Brusquement, Gage comprit. Sans un mot, il sortit et referma la porte. L'ironie du sort voulait qu'il n'eût qu'un seul rival : lui-même.

Deborah travailla tard ce soir-là, planchant sur des articles et des livres de droit. En sortant du tribunal, elle avait passé deux heures à nettoyer son appartement de fond en comble. Mais même le ménage — technique habituellement infaillible — n'avait pas réussi à lui rendre sa sérénité. En désespoir de cause, elle avait fini par s'immerger dans le dernier refuge possible : le travail.

Le téléphone sonna alors qu'elle se versait une énième tasse de café.

— O'Roarke ? Deborah O'Roarke ? s'éleva une voix légèrement haletante à l'autre bout du fil.

— Oui. C'est moi.

— Je suis Santiago. Ray Santiago, chuchota son interlocuteur. Santiago ! Le complice disparu de Parino !

Aussitôt sur le qui-vive, Deborah prit un stylo et un papier.

128

— Monsieur Santiago ! Nous étions justement à votre recherche.

— Ah ouais ? Super.

— Nous souhaiterions vous parler le plus rapidement possible. Les services du procureur de district s'engagent à vous protéger et à collaborer avec vous.

— Très drôle. Vous croyez que j'ai envie de finir comme Parino ?

Deborah eut un sursaut.

— Vous seriez plus en sécurité avec nous que seul.

— Possible, répondit Santiago d'une voix tendue.

— Je suis prête à vous recevoir quand vous le voudrez.

— C'est ça, ouais. Si je sors d'ici, je me fais buter avant d'avoir fait vingt mètres. Si vous voulez me voir, vous n'avez qu'à vous ramener par ici. J'ai des infos qui pourraient vous intéresser. J'en sais plus que Parino — beaucoup plus, même. Si ça vous branche, arrangez-vous pour rappliquer.

— Entendu. La police va…

— Ah non, pas les flics, surtout !

Sous l'emprise de la terreur, la voix de Santiago monta dans les aigus.

— Si vous prévenez la police, vous n'obtiendrez rien. Pas un mot. Venez seule ou pas du tout.

— Très bien. Quand ?

— Tout de suite. Je suis à l'hôtel Darcy, au 38 de la 167ème Rue. Chambre 27.

Deborah jeta un coup d'œil à sa montre.

— Donnez-moi vingt minutes. J'arrive.

— Vous êtes bien sûre de vouloir descendre ici, ma jolie ? demanda le chauffeur de taxi d'un air perplexe en s'arrêtant devant le Darcy. On ne peut pas dire que ce soit le Ritz, votre hôtel.

Deborah contempla la façade décrépite à travers l'épais rideau de pluie. La rue était déserte, toutes les fenêtres obscures. Elle frissonna.

— Oui, je suis sûre, déclara-t-elle stoïquement en lui glissant un billet. Vous pouvez garder la monnaie.

Elle piqua un sprint jusqu'à l'hôtel et s'immobilisa dans l'entrée pour essuyer son visage dégoulinant de pluie. La réception fermée était protégée par des barreaux métalliques. Une ampoule nue pendait au plafond, éclairant faiblement le lino poisseux. Une odeur de sueur, de détritus mêlée à un je-ne-sais-quoi de pire encore empestait les lieux.

Deborah s'arma de courage et se dirigea vers l'escalier. Elle entendit un bébé hurler au premier étage. Sur le palier, un rat fila sous ses pieds et elle retint un cri. Au second, un homme et une femme s'apostrophaient haineusement. Elle se fraya un chemin presque à tâtons en marchant sur les débris de verre de ce qui avait été un plafonnier et trouva la chambre 27. A l'intérieur, la télévision braillait si fort que les coups qu'elle frappa à plusieurs reprises restèrent sans réponse.

— Monsieur Santiago ?

Après plusieurs tentatives infructueuses, Deborah se résigna à actionner la poignée. La porte s'ouvrit sans difficulté. Seul l'écran de la télévision éclairait de sa lumière tremblante la pièce minuscule. Des vêtements gisaient en tas entre des boîtes de conserve vides. Un tiroir manquait dans l'unique commode. Les relents de bière tournée et de nourriture avariée se conjuguaient pour former une puanteur épaisse qui prenait à la gorge.

Deborah pesta tout bas lorsqu'elle distingua la silhouette étalée sur le lit. Non seulement elle aurait le plaisir de recueillir une déposition dans ce trou puant, mais il lui faudrait commencer par dessoûler son témoin.

Réprimant un soupir, elle éteignit la télévision et se dirigea vers le lit.

— Monsieur Santiago ? Ray ?

Comme il ne réagissait toujours pas, elle lui effleura l'épaule et vit avec étonnement qu'il avait les yeux grands ouverts.

— Bonjour, je suis Deborah O'Roarke et, je…

Elle s'interrompit net en s'apercevant qu'il ne la regardait pas. Qu'il ne regardait rien du tout, même. Du sang coula sur sa main qui reposait toujours sur l'épaule de Santiago.

— Oh, mon Dieu…

Le cœur au bord des lèvres, elle recula d'un pas. Elle voulut s'enfuir mais se heurta à un moustachu de petite taille, vêtu avec une élégance recherchée.

— *Señorita*, fit-il d'un ton paisible.

— La police, balbutia-t-elle. Il faut appeler la police. Il est mort.

— Je sais.

L'homme eut un sourire d'une douceur terrifiante. Simultanément, elle vit étinceler l'or de ses dents et l'argent du poignard qu'il tenait à la main.

— Je n'attendais plus que vous, mademoiselle O'Roarke.

Deborah s'élança vers la porte mais il la rattrapa par les cheveux. Elle poussa un hurlement de douleur puis se figea dans un silence et une immobilité complets. La pointe de la lame reposait à la base de son cou.

— Vous pouvez crier tant que vous voudrez. Personne ne réagira dans un endroit comme celui-ci.

Suave, légèrement chantante, sa voix donnait la chair de poule.

— Vous êtes très belle, *señorita*. Ce serait dommage d'avoir à entailler cette peau d'ange. Vous allez me communiquer, s'il vous plaît, le contenu exact de votre conversation avec Parino juste avant son… accident. Je veux chaque nom, chaque détail.

Luttant contre l'emprise de la terreur, Deborah soutint son regard et comprit quel destin l'attendait.

— Vous allez me tuer de toute façon, déclara-t-elle.

Une pointe de respect transparut dans le sourire du meurtrier de Santiago.

— Je vois que vous êtes intelligente en plus d'être belle. Mais il y a tuer et tuer. Certaines façons de mourir sont infiniment moins éprouvantes que d'autres. Vous avez donc tout intérêt à me dire ce que vous savez.

Elle n'avait rien à lui dire. Pas même un nom à négocier avec cet homme. Tentant un ultime coup de poker, elle résolut de bluffer.

— J'ai tout consigné sur le papier. Les informations sont en sécurité dans un coffre.

— Et à qui les avez-vous communiquées ?

Deborah déglutit avec difficulté.

— A personne. Absolument personne.

L'homme la dévisagea un instant.

— Je crois que vous mentez, *señorita*. Peut-être serez-vous plus coopérative lorsque je vous aurai montré à quels savants découpages je peux me livrer avec ce petit outil. Ah, cette joue… plus lisse qu'un satin précieux. Quel gâchis d'avoir à entamer une texture aussi parfaite.

Consciente qu'elle n'avait aucune chance, Deborah allait hurler lorsqu'un éclair déchira le ciel suivi d'un fracas de verre brisé. Tournant les yeux vers la fenêtre, elle vit qu'il était là, vêtu de noir, illuminé par les feux du ciel qui se déchaînaient dans son dos. Avant qu'elle puisse ouvrir la bouche, son agresseur passa un bras autour de sa taille et positionna de nouveau sa lame.

— Faites un pas de plus et je lui tranche la gorge d'une oreille à l'autre, déclara l'homme à la moustache de sa voix toujours paisible.

Némésis était figé dans une immobilité de pierre. Il ne tourna même pas les yeux vers elle de crainte de perdre ce qui lui restait de maîtrise de lui-même. Etait-ce sa peur à elle ou la sienne qui l'avait empêché de se concentrer et de disparaître ? Il n'avait eu d'autre recours que de faire irruption dans la chambre sous sa forme humaine. S'il parvenait à se rendre invisible maintenant, la tâche serait-elle plus facile ou l'ennemi, affolé, frapperait-il avant qu'il puisse agir ?

Il chercha à gagner du temps.

— Si vous la tuez, vous perdrez votre bouclier.

— C'est un risque que nous prenons ensemble. N'avancez pas.

La lame du couteau entailla légèrement la peau de Deborah et elle gémit faiblement.

— Ne la touchez plus, intima-t-il avec violence. S'il lui arrive quoi que ce soit, je vous massacre.

Comme ses yeux s'habituaient à l'obscurité, il put discerner les traits de l'ennemi : la moustache longue et fournie, l'éclat des dents en or. L'espace d'une seconde, il fut transporté quatre années en arrière. Tout lui revint en bloc : l'odeur de poisson et d'algues sèches, le clapotis de l'eau battant contre le quai. Il sentit la balle exploser dans sa poitrine et faillit chanceler sous le choc.

— Je vous connais, Montega, lâcha-t-il dans un murmure. Il y a longtemps que je suis à votre recherche.

— Eh bien, vous voyez, vous m'avez trouvé. Reposez votre arme, Zorro.

Deborah se tenait parfaitement immobile. C'était comme si chaque seconde passée ainsi entre la mort et la vie s'étirait à l'infini. La voix du dénommé Montega avait conservé sa calme assurance mais l'odeur âcre de sa transpiration lui envahit soudain les narines. L'homme suait littéralement la peur.

— Je ne me sers pas d'armes, répondit posément Némésis. Je n'en ai pas besoin.

— Si c'est le cas, vous n'êtes qu'un imbécile.

Deborah sentit que Montega lui lâchait la taille pour plonger la main dans sa poche. Au moment même où le coup de feu partit, Némésis plongea sur le côté. La balle alla s'enfoncer dans le mur au papier peint taché et l'homme masqué s'effondra à terre. Deborah poussa un cri. Avec une force dont elle ne se serait pas crue capable, elle enfonça le coude dans le ventre de Montega qui, plus préoccupé par Némésis que par elle, la projeta sans ménagement sur le côté. Elle trébucha et alla donner de la tête contre le lavabo. Un nouvel éclair jaillit dans le ciel. Puis ce fut le noir complet.

— Deborah… ma Deborah… Je veux que tu ouvres les yeux… S'il te plaît.

Elle aurait préféré les garder fermés tant étaient douloureux les élancements qui lui vrillaient le crâne. Mais la voix était si tendre, si suppliante qu'elle se força à soulever les paupières.

Némésis la tenait dans ses bras et la berçait contre lui. Tout d'abord, elle ne vit que ses yeux. Des yeux magnifiques, en l'occurrence. Dans son état de semi-conscience, elle se souvint qu'elle en était tombée amoureuse avant même de savoir qui il était. Elle avait croisé son regard dans la foule et il y avait eu comme un déclic, un échange muet.

Avec un gémissement de contrariété, Deborah porta la main à la bosse qui se formait déjà sur sa tempe et tenta de remettre de l'ordre dans ses pensées. Le coup qu'elle avait pris sur la tête avait dû provoquer un léger état confusionnel. La première fois qu'elle avait vu Némésis, il n'y avait pas eu de foule du tout puisqu'ils s'étaient rencontrés dans une impasse obscure.

— J'ai eu tellement peur… J'ai cru qu'ils t'avaient tué, chuchota-t-elle en levant la main pour lui caresser le visage.

— Il a tiré un quart de seconde trop tard.

— Et qu'est-il devenu maintenant ? s'enquit-elle avec un léger frisson d'angoisse rétrospective.

Un éclair de fureur passa dans le regard de Némésis.

— Il s'est enfui sans demander son reste.

Il serra les poings. Montega n'avait eu aucun mal à s'esquiver. En voyant le corps sans vie de Deborah recroquevillé sur le sol crasseux, il s'était précipité d'instinct. Et l'autre en avait profité pour filer. Mais s'il lui avait échappé cette fois-ci encore, l'homme qui avait tué Jack n'avait gagné qu'un répit tout au plus. Bientôt — très bientôt — il aurait sa revanche et justice serait faite. *Enfin.*

— Tu le connaissais, chuchota-t-elle d'une voix faible. Tu l'as appelé par son nom.

— Oui, je le connaissais.

— Et il avait un revolver... Le coup est parti si brusquement.

— Il le tenait dans sa poche. C'est une habitude chez Montega, de trouer ses meilleurs costumes.

Deborah hocha la tête. Elle réfléchirait à ces détails plus tard. Le plus urgent pour l'instant était de prévenir la police. Posant la main sur le bras de Némésis pour se redresser, elle sentit une matière gluante sous ses doigts.

— Tu saignes !

Il haussa les épaules.

— Un peu. La balle m'a éraflé, ce n'est rien.

Inquiète, Deborah s'accroupit, malgré la douleur qui lui martelait les tempes et déchira la manche de Némésis pour dégager la plaie. La coupure était longue, irrégulière et lui fit de drôles d'effets au niveau de l'estomac.

— Il faut contenir l'hémorragie, déclara-t-elle, sourcils froncés.

— Mmm… Le mieux serait que tu ôtes ton T-shirt pour en faire un garrot, suggéra-t-il avec une pointe d'amusement dans la voix.

— Tu peux rêver !

Elle embrassa la chambre crasseuse d'un bref regard circulaire en évitant la forme immobile étalée sur le lit.

— Pas le moindre centimètre carré de tissu propre à dix lieues à la ronde, marmonna-t-elle. Si j'utilise le torchon que je vois là, c'est la septicémie assurée.

— Tiens, essaye avec ça, fit-il en lui tendant un carré de tissu noir.

Elle se pencha, s'efforçant de nouer ce bandage de fortune.

— Je ne suis pas spécialiste des blessures par balle, mais il faudrait désinfecter, non ?

— Ne t'inquiète pas pour ça. Je m'en occuperai plus tard.

Il lui plaisait de la voir penchée sur lui, sérieuse, appliquée, attentive. De sentir la pression légère de ses doigts sur son bras. Deborah avait trouvé un homme assassiné et elle venait d'échapper à la mort de justesse. Et pourtant, calmement, posément, elle affrontait la réalité et faisait ce qu'elle estimait avoir à faire.

S'il l'interrogeait à ce sujet, elle invoquerait sans doute une fois de plus son « esprit pratique ». Il réprima un sourire. Quoi de plus attirant qu'un tel pragmatisme ? Comme elle se penchait plus près, il sentit la soyeuse caresse de ses cheveux glissant sur sa joue. Au-dehors, la pluie s'était apaisée et son calme chuchotis couvrait à peine le son régulier de la respiration de Deborah.

La jeune femme finit de fixer son pansement de fortune.

— Et voilà, commenta-t-elle avec l'ombre d'un sourire. Ainsi le justicier invulnérable est bien un homme de chair et de sang, tout compte fait ?

— Mmm... Je compte sur toi pour tenir ta langue. Sinon, adieu ma réputation.

Deborah ne répondit pas. Ils étaient agenouillés face à face sur le sol poisseux d'une chambre innommable. Mais elle ne voyait rien que les yeux de Némésis et sa bouche sous le masque, sensuelle et tentante.

Il retint son souffle lorsqu'elle releva les yeux pour chercher de nouveau son regard. Dans le sien, il lut un désir voilé et une acceptation si totale qu'il sentit comme un éclair lui transpercer les reins. La main de Deborah reposait toujours sur son bras blessé et ses doigts allaient et venaient sur sa peau en une lente caresse.

Lorsqu'il l'attira dans ses bras, elle ploya contre lui sans offrir l'ombre d'une résistance.

— Je rêve de toi. La nuit, mais le jour aussi, murmura-t-il en prenant ses seins ronds et fermes au creux de ses paumes. Je rêve que je te touche ainsi... là... partout.

Il enfouit son visage au creux de son cou si blanc où le couteau s'était posé quelques minutes plus tôt. Elle soupira et se blottit contre lui, effrayée que ces gestes, étonnamment familiers, s'imposent comme une évidence. Sa peau était comme marquée au fer rouge par la brûlure de ses lèvres. Et ses mains... Avec un gémissement sourd, elle renversa la tête dans la nuque. A cet instant précis, l'image de Gage se forma devant ses yeux.

— Non ! protesta-t-elle dans un cri. Non, ce n'est pas bien.

Il jura intérieurement. Maudissant la situation. La maudissant elle. Se maudissant lui.

Il se leva.

— Tu as raison. Il faut sortir d'ici. Tu n'as pas ta place ici.

Au bord des larmes, elle répliqua sèchement :

— Et toi ?

— Moi, c'est différent. Que faisais-tu là, au fait ?

— Mon travail. Santiago m'a appelée.

— Santiago ? Il est tout ce qu'il y a de plus mort.

— Il était bien vivant quand je l'ai eu au bout du fil, rectifia-t-elle d'une voix lasse. C'est lui qui m'a demandé de venir ici.

— Mais Montega est arrivé avant toi.

Deborah prit une profonde inspiration, puisa dans ses dernières réserves de courage et soutint son regard.

— Comment cet homme a-t-il retrouvé la trace de Santiago ? Et comment a-t-il su que je viendrais ici ce soir ? Il m'attendait, Némésis ! Il m'a même appelée par mon nom !

Il lui jeta un regard scrutateur.

— Qui as-tu informé de ta présence ici ce soir ?

— Personne.

— *Personne ?* Je me demande parfois si tu as toute ta tête ! protesta-t-il avec colère. Qu'est-ce qui te prouve que Santiago n'avait pas l'intention de te prendre en otage ? Ou de te tuer pour venger son copain Parino ?

— Santiago ne m'aurait fait aucun mal. Il était terrifié et prêt à parler. Je sais ce que je fais.

Némésis soupira avec impatience.

— Justement non et c'est ce que je me tue à te dire. Tu n'as pas même idée du nid de serpents dans lequel tu es venue te fourrer.

— Alors que toi, tu maîtrises parfaitement la situation, c'est ça ? se récria-t-elle, exaspérée. Bon, très bien, tu es le meilleur et le plus fort mais maintenant, fiche-moi la paix, O.K. ? J'ai du travail et j'en ai assez de m'entendre dire que je ne suis pas à la hauteur.

— Tu ne vois pas que tu es à bout ? Il faut que tu rentres chez toi, que tu te reposes et que tu laisses à d'autres le soin de continuer.

138

— Santiago n'a pas appelé les autres, il m'a appelée moi. Et si j'avais réussi à le voir avant l'arrivée de ce Montega, j'en saurais un peu plus maintenant. Je ne comprends pas que…

Une brusque pensée la frappa et sa voix se perdit dans un murmure :

— Mais, naturellement, comment n'y ai-je pas pensé plus tôt ? Ils ont mis mon téléphone sur écoute. A la fois chez moi et au bureau. C'est comme ça qu'ils ont eu l'adresse de Santiago. Et qu'ils ont su que j'avais obtenu une commission rogatoire pour ordonner une perquisition du magasin d'antiquités… Bon, je vais prendre des mesures immédiates.

Les yeux étincelants, elle se leva d'un bond… et serait retombée de tout son long sur le lino crasseux si Némésis ne l'avait pas rattrapée à temps. Il glissa un bras sous ses genoux et la souleva.

— Tu as eu un choc à la tête, ne l'oublie pas. Essaye d'éviter les mouvements trop brusques pendant un jour ou deux.

Deborah éprouva un tel bien-être à être portée ainsi qu'il lui parut urgent de protester.

— Je suis entrée dans cette pièce sur mes deux pieds. Et j'ai la ferme intention d'en ressortir de même.

— Tu es toujours aussi têtue ?

— Oui. Je n'ai besoin de personne.

— En effet. J'ai vu que tu t'en sortais comme un chef, toute seule.

Mais son ironie la laissa de marbre.

— Je reconnais que j'ai eu quelques problèmes jusqu'à présent mais mon enquête progresse. J'ai le nom de cet homme, sa taille approximative, je peux le décrire par le menu et je sais qu'il a deux incisives en or. Cela ne devrait pas être trop difficile de lancer des recherches.

Némésis s'immobilisa net.

— Montega est à moi, dit-il d'un ton glacial.

— Ce n'est pas à toi de te venger personnellement. La justice doit faire son travail.

— La justice ? Il y a eu un temps où j'ai cru en elle, moi aussi, fit-il en recommençant à dévaler l'escalier.

Elle sentit un tel désespoir dans sa voix qu'elle ne put s'empêcher de caresser sa joue sous le masque.

— Ça a été très dur, n'est-ce pas ?

— Inacceptable est sans doute le mot.

S'il avait pu s'arrêter là, la serrer contre lui et enfouir son visage contre sa poitrine, sentir la consolation de ses bras...

— Laisse-moi t'aider, le supplia-t-elle. Dis-moi ce que tu sais et je te jure que je ferai tout ce qui est en mon pouvoir pour mettre un terme aux agissements de ce Montega.

Il comprit qu'elle était sincère et qu'elle tiendrait parole. Et cette certitude l'émut plus qu'il ne l'aurait pensé.

— Merci. Mais j'ai mes comptes à régler. En solo.

Deborah fit la grimace lorsqu'ils sortirent sous la pluie battante. Elle se tourna légèrement dans ses bras pour voir son visage et ne distingua que ses yeux sous le masque.

— Et c'est moi que tu traites de tête de mule ? Dire que je suis prête à faire abstraction de mes propres principes pour te proposer une collaboration, et toi, tu...

— Le travail en équipe, c'est terminé pour moi. Définitivement.

Contre sa joue, Deborah sentit la tension de ses muscles, contractés par la souffrance. Mais elle refusa cette fois de se laisser attendrir.

— O.K., fais comme tu voudras. Et pose-moi maintenant. Tu ne peux pas continuer à me porter comme ça indéfiniment.

Il en aurait été capable, pourtant. Capable de traverser la ville entière ainsi et de la monter jusque dans son appartement. Jusque dans son lit. Et de lui faire l'amour une nuit entière. Mais il s'immobilisa sur le bord du trottoir.

140

— Appelle un taxi, ordonna-t-il.

— Appeler un taxi ? Dans cette position ?

— Tu peux encore lever ton bras, non ?

Elle lui jeta un regard noir et fit ce qu'il lui disait. Cinq minutes plus tard, un taxi s'arrêta enfin. Le chauffeur demeura un instant bouche bée.

— Nom d'un chien, je ne rêve pas ! C'est vraiment vous, n'est-ce pas ? Le Némésis dont on parle dans les journaux ? Je peux vous conduire quelque part ?

— Moi non, mais cette demoiselle, si.

Il installa Deborah à l'arrière du véhicule et lui effleura la joue.

— Prends soin de toi.

— Merci. Merci infiniment… Si tu as encore une seconde, j'aimerais…

Mais déjà il avait reculé d'un pas. Sa silhouette s'estompa, parut se diluer sous l'épais rideau de pluie. Le chauffeur tourna vers elle des yeux exorbités.

— Bon sang, c'était vraiment lui, hein ? Incroyable. Il était là et pff… il a disparu. Qu'est-ce qu'il a fait ? Il vous a sauvé la vie ou un truc comme ça ?

— Un truc comme ça, oui, marmonna-t-elle.

— Ah, nom d'un chien, quelle aventure ! Je vois d'ici la tête de ma femme, quand je vais lui raconter ça !

Avec un sourire jusqu'aux oreilles, il coupa le compteur.

— Bon, allez. Pour vous, le trajet, ce sera cadeau. Où est-ce que je vous emmène ?

6

Grognant, soufflant, suant à grosses gouttes, Gage souleva encore une fois ses haltères. Ses muscles tétanisés par l'effort protestèrent énergiquement mais il était déterminé à battre son dernier record. Il cligna des yeux et se concentra sur un minuscule point au plafond. Même dans la douleur physique, on pouvait trouver une forme de satisfaction. C'est ce qu'il avait découvert au fil des interminables séances de rééducation qu'il avait endurées suite à sa sortie du coma.

Il lui arrivait de mesurer le chemin parcouru depuis l'époque où soulever un magazine constituait encore un exploit. Au début, il avait offert une résistance farouche à ses kinésithérapeutes. Pourquoi se battre pour guérir alors que l'idée même de la vie lui était intolérable ? Il n'aspirait qu'à rester cloué au lit en compagnie de ses idées noires, aussi muet et figé que Jack au fond de sa tombe.

Un jour, pourtant, il s'était jeté hargneusement dans la bataille. Parce que chaque geste qu'on exigeait de lui avait été une torture, tant physique que mentale. Et quel meilleur moyen de se punir d'être encore en vie que de s'infliger ces souffrances quotidiennes ?

Et puis un matin, à l'hôpital, alors qu'il était au fin fond de la dépression, écœuré par la vie, son horrible faiblesse et la douleur qui n'en finissait pas, il avait souhaité disparaître de toutes ses forces.

Et le « phénomène » s'était produit.

Au début, il avait cru à une hallucination. A un soudain accès de folie. Puis, à la fois terrifié et fasciné, il avait tenté de reproduire l'expérience, allant même jusqu'à se traîner devant un miroir en pied. Sidéré, il avait vu sa propre silhouette se fondre peu à peu dans le bleu pastel du mur derrière lui.

Jamais, Gage n'oublierait le jour où une infirmière était entrée dans sa chambre avec le plateau du petit déjeuner. Elle était passée juste à côté de lui sans le voir en ronchonnant au sujet de « ces patients qui se débrouillent toujours pour disparaître à l'heure où ils sont censés prendre leur repas ». Il avait compris alors que sa sortie du coma n'avait pas été un hasard et qu'il était revenu à la vie dans une intention bien particulière.

Sa rééducation, alors, était devenue comme une religion quotidienne. Et il n'avait jamais cessé de s'entraîner depuis, forgeant son corps comme un outil. Il s'était initié aux arts martiaux et avait lu tout ce qui lui tombait sous la main pour affiner son intelligence et exercer sa mémoire.

Non seulement il avait récupéré toutes ses facultés mais il les avait développées. Il était devenu plus fort, plus rapide et plus alerte qu'aux temps où il était officier de la police judiciaire. Mais plus jamais il ne porterait un badge. Plus jamais il ne fonctionnerait en duo avec un coéquipier qui pouvait mourir sous ses yeux.

Plus jamais, il ne se trouverait réduit à l'impuissance.

Il souffla profondément et recommença à soulever ses haltères. Frank entra avec un grand verre de jus d'orange.

— Attention à l'overdose, commenta l'ex-pickpocket en secouant la tête. C'est étonnant comme certaines femmes peuvent amener un homme à multiplier les performances physiques. Et tout ça avec une hargne…

— Va te faire voir, Frank, grogna Gage en haletant de plus belle.

— Il faut dire qu'elle est vraiment très belle, poursuivit le chauffeur, imperturbable. Et en plus, elle ne doit pas être bête, avec le boulot qu'elle fait… N'empêche que ça doit être difficile de se concentrer quand elle vous regarde avec ses grands yeux bleus.

Gage jura et renonça temporairement à poursuivre sa séance de torture.

— Laisse-moi vivre, Frank. Tiens, retourne plutôt délester les badauds de leur portefeuille. Tu m'épuises.

Son chauffeur qui le tutoyait lorsqu'ils étaient seuls eut un large sourire.

— Allons, allons, tu sais bien que j'ai renoncé à ma vocation depuis longtemps. Imagine un peu que Némésis me mette la main au collet.

Il prit une serviette propre sur une pile et l'apporta à Gage qui, sans un mot, s'essuya le visage et le torse.

— Et cette blessure ? demanda Frank en croisant les bras sur son torse massif.

Gage haussa les épaules.

— Je la sens à peine. Ça tiraille un peu de temps en temps, mais ce n'est pas bien méchant.

— En attendant, c'est la première fois que Némésis se trouve sur la trajectoire d'une balle. Méfie-toi. Jusqu'ici tu passais toujours à travers.

— Dispense-moi de tes commentaires, O.K. ? marmonna Gage en attachant des poids à ses jambes.

— Hé, mais c'est que j'aspire à la sécurité de l'emploi, moi. Si tu perds tes capacités de concentration, je ne donne pas cher de ta peau. Et je n'aurai plus qu'à recoiffer mon ancienne casquette et à recommencer à dévaliser les touristes.

— O.K., ça va, inutile de recourir à la menace, je resterai en vie. Les touristes ont déjà suffisamment de problèmes comme ça, à Denver.

— En attendant, tout cela ne serait pas arrivé si tu avais accepté que je vienne avec toi.

Gage jeta un bref coup d'œil en direction de son chauffeur, majordome et ami.

— Tu connais mes positions, Frank. Je ne travaille plus en équipe. Même si je le voulais, je ne le pourrais pas.

— Tu n'étais pas seul, en l'occurrence. Elle était avec toi.

— Justement. C'est bien là le problème. Elle n'avait rien à faire dans cet hôtel sordide. Sa place est dans une salle de tribunal.

— Une salle de tribunal ou ta chambre à coucher ?

Les poids retombèrent brutalement.

— Frank…

Mais ce dernier le connaissait trop bien pour se laisser intimider.

— Ecoute, Gage, tu es fou d'elle et tu ne sais plus ce que tu fais. Cela m'inquiète de te voir te torturer ainsi.

— Tu ne comprends donc pas ? Je suis en train de la rendre à moitié folle. Quand elle est avec moi, elle ressent une attirance. Mais elle découvre que la même chose se produit chaque fois qu'elle se trouve en présence de Némésis.

— La solution est simple : dis-lui qu'elle est amoureuse d'une seule et même personne. Cela devrait la rassurer.

Gage prit son jus d'orange et le vida d'un trait. Les mâchoires crispées, il résista à la tentation de fracasser le verre vide contre le mur.

— Honnêtement, Frank, comment veux-tu que je lui annonce un truc pareil ? « Ah tiens, à propos, Deborah, je ne suis pas seulement un homme d'affaires et un pilier de cette fichue communauté. J'ai également une seconde personnalité. Les médias l'appellent Némésis. Et nous sommes complètement fous de toi l'un et l'autre. Alors si on couche ensemble, tu préférerais que ce soit avec ou sans masque ? »

Frank médita sur la question quelques instants et finit par hausser les épaules.

— Pourquoi pas ?

Avec un rire amer, Gage reposa son verre.

— Deborah est procureur, Frank. Et elle croit dur comme fer aux vertus de notre système pénal. Je suis d'autant mieux placé pour savoir ce qu'elle pense que j'ai partagé ses convictions pendant des années. Pour elle, la lutte contre le crime doit nécessairement passer par les structures en place : la police, les juges, les avocats. Comment comprendrait-elle le sens de mon action ?

— Elle n'est peut-être pas aussi crispée sur ses positions que tu le penses. Pourquoi ne pas lui laisser une chance ? Ce n'est pas sans raison que tu agis comme tu le fais. Si elle tient à toi, elle fera preuve de tolérance.

— Bon, admettons qu'elle écoute jusqu'au bout ce que j'ai à lui dire. Imaginons même qu'elle aille jusqu'à accepter ce que je fais et à me pardonner mes mensonges. Mais le reste ?

Gage posa sa main sur le siège en cuir et la regarda disparaître.

— Je ne peux quand même pas lui demander de partager sa vie avec un monstre ?

Les yeux de Frank étincelèrent d'indignation.

— Un monstre ? Tu n'as rien d'un monstre ! Tu as un don, c'est tout.

Gage fit resurgir sa main et plia pensivement les doigts.

— Mmm, oui… Appelle ça comme tu voudras. Mais tu connais beaucoup de gens qui se sentiraient à l'aise avec un « don » comme ça, toi ?

A midi et quart précis, Deborah, convoquée en urgence par le maire, se hâtait dans les couloirs de l'hôtel de ville. Elle traversa un vaste salon où s'alignaient d'austères portraits de gouverneurs, de présidents et autres politiciens américains célèbres. Plus loin, une série de bustes en marbre représentaient les pères fondateurs de la nation.

Malgré le côté un peu pompeux du décor, ces symboles n'étaient pas faits pour déplaire à Deborah. Elle avait toujours été attachée aux traditions et à l'histoire de son pays. La secrétaire personnelle du maire la salua d'un sourire.

— Ah, mademoiselle O'Roarke. Vous êtes attendue. Je préviens M. le maire.

Moins d'une minute plus tard, elle était admise auprès de Tucker Fields. C'était un homme d'un certain âge, avec une belle couronne de cheveux d'un blanc neigeux et un visage buriné qui trahissait ses origines paysannes. A côté de lui, Jerry avait l'air d'un jeune cadre bon chic bon genre à peine sorti de sa grande école.

Fields avait la réputation d'être un homme d'action qui ne craignait pas de se salir les mains pour tenter de garder sa ville propre. Lorsque Deborah entra, il était en bras de chemise et sa cravate pendait de travers. Il la rectifia machinalement et lui indiqua un siège.

— Asseyez-vous, mon petit. Alors, ce procès Slagerman ? Vous tenez le bon bout, paraît-il ?

Deborah sourit, non sans satisfaction.

— Je crois que nous avons de bonnes chances de l'emporter, en effet.

— Parfait.

D'un geste, le maire invita sa secrétaire à entrer avec son plateau.

— Comme je vous fais manquer votre repas de midi, Deborah, j'ai pensé que je pouvais au moins vous offrir un café et un sandwich.

— Ce ne sera pas de refus, merci. Les réquisitoires, ça creuse !

Jerry se joignit à eux et ils échangèrent quelques propos polis en prenant le café. Fields entra rapidement dans le vif du sujet.

— J'ai appris que vous aviez eu des ennuis, hier soir ?

— Nous avons perdu Ray Santiago, oui, admit-elle en s'assombrissant.

— La presse ne parle que de ça, bien sûr. Il s'agit vraiment d'une affaire très épineuse où les témoins disparaissent les uns après les autres. Et j'ai lu que cet individu — Némésis — se trouvait une fois de plus sur les lieux ?

Deborah acquiesça d'un signe de tête.

— Il était là également le jour où le magasin d'antiquités a explosé, observa Fields d'un ton soupçonneux en se renversant contre son dossier. J'en arrive à me demander s'il n'est pas lui-même impliqué dans cette organisation criminelle.

Envers et contre tout, elle se sentit tenue de défendre l'homme qui lui avait sauvé la vie à trois reprises.

— Némésis n'est pas un criminel, monsieur Fields. Ces méthodes sont critiquables mais son honnêteté ne fait aucun doute.

Le maire fronça les sourcils.

— Je préférerais que le soin de maintenir l'ordre dans cette ville soit laissé aux policiers qui sont payés pour cela, déclara-t-il sèchement.

— Moi aussi.

— Parfait. Je suis soulagé que vos positions là-dessus soient claires. Et maintenant, parlez-moi de l'assassin de Santiago, le dénommé Montega.

148

— Enrico Montega, compléta Deborah. Connu également sous les noms de Ricardo Sanchez et de Enrico Toya. Il s'agit d'un citoyen colombien, entré sur le territoire américain il y a environ six ans. Il est suspecté du meurtre de deux trafiquants de drogue en Colombie. Pendant quelques années, il est resté basé à Miami. Interpol a un dossier sur lui, gros comme un annuaire. Il y a quatre ans, il a assassiné un officier de police et en a brièvement blessé un second.

Songeant à Gage, elle marqua une pause.

— Vous êtes parfaitement documentée, on dirait, commenta le maire.

— Je fais mon travail.

— Mmm… Vous savez, Deborah, que Mitchell vous considère comme son meilleur substitut ? Il ne le crie pas sur les toits, remarquez. Mitch n'a jamais eu le compliment facile. Mais il n'en pense pas moins. Nous sommes tous très satisfaits du travail que vous avez accompli depuis votre arrivée ici. Et vu la tournure extrêmement positive que prend le procès Slagerman, nous avons pensé, Mitch et moi, qu'il serait préférable de vous décharger de vos autres obligations. Nous avons donc décidé de vous soulager du dossier Rico Mendez.

Deborah demeura un instant interdite.

— Pardon ?

— Nous pensons que vous serez plus tranquille si un de vos collègues prend la relève.

— Vous… vous plaisantez, n'est-ce pas ?

Le maire leva la main d'un geste apaisant.

— Vous êtes surchargée de travail, mon petit.

— Ah non, protesta-t-elle en reposant sa tasse. Ne me tenez pas ce discours-là. C'est avec moi, et moi seule, que Parino a négocié !

— Parino est mort, Deborah.

Elle jeta un bref regard interrogateur à Jerry qui se contenta de hausser les épaules en signe d'impuissance. Furieuse, elle se leva.

— J'instruis ce dossier depuis le début ! Cela m'a pris des heures et des heures de recherche.

— Et vous vous êtes mise en danger à deux reprises. Quant à vos témoins, ils ont tous été assassinés.

— C'est regrettable, en effet. Mais j'estime n'avoir commis aucune faute professionnelle, monsieur Fields.

Le maire soupira.

— Deborah, je vous en prie… Il ne s'agit pas d'une sanction. Juste d'un transfert de responsabilités.

Elle prit son porte-documents d'un mouvement brusque.

— Je trouve votre décision inacceptable. Et je ferai part de mon mécontentement à Mitchell.

Hors d'elle, Deborah sortit du bureau en trombe en se retenant de claquer la porte derrière elle. Jerry la rattrapa alors qu'elle appelait l'ascenseur.

— Deb, attends.

— Ce n'est même pas la peine d'essayer !

— D'essayer quoi ?

— De me calmer ! explosa-t-elle en se tournant vers lui. Que signifie cette décision, Jerry ?

— Comme vient de le dire le maire…

— Ah non ! Si c'est pour me ressortir texto les propos de ton seigneur et maître, je préfère encore que tu te taises ! Ce que je ne te pardonne pas, en revanche, c'est que tu n'aies même pas pris la peine de m'avertir !

Jerry tenta de lui poser la main sur l'épaule.

— Ecoute, Deb, je n'étais pas au courant avant ce matin 10 heures ! Et je t'aurais prévenue si j'en avais eu la possibilité.

Deborah cessa de taper du poing contre le bouton d'appel de l'ascenseur.

— Désolée, Jerry. Je m'en suis encore prise à toi injustement. Mais la nouvelle m'est tombée dessus comme la foudre. Honnêtement, je ne comprends pas pourquoi on me fait ce coup tordu...

Jerry secoua la tête.

— Tu as quand même été à deux doigts de te faire assassiner, dans l'histoire. Lorsque Guthrie est venu voir le maire ce matin...

— Gage ? l'interrompit-elle. Gage était ici ?

— Le rendez-vous de 10 heures.

Deborah serra les poings.

— Je vois. C'est donc lui qui est à l'origine de cette basse manœuvre, commenta-t-elle entre ses dents serrées en se tournant de nouveau vers les portes d'ascenseur.

— Il se faisait du souci pour toi, c'est tout. Il a suggéré que...

— Ne te fatigue pas à le défendre, Jerry, lança-t-elle en s'engouffrant dans la cabine. J'imagine très bien la scène. Mais je ne me laisserai pas faire. Et tu peux l'annoncer de ma part à ton ami le maire.

Deborah réussit à se calmer juste au moment où elle pénétra dans la salle d'audience. Ici, ni les problèmes ni les revendications personnelles n'avaient leur place. Marjorie et Suzanne comptaient sur elle. Et c'était toute une conception de la justice qu'elle avait à défendre en ce lieu.

Elle prit consciencieusement des notes pendant que l'avocat de la défense questionnait Slagerman. Lorsque la Cour la pria de procéder au contre-interrogatoire, elle ne se leva pas tout de suite, mais demeura assise un instant, à examiner calmement le défendeur.

— Vous vous considérez comme un homme d'affaires, je crois, monsieur Slagerman ?

— Je le suis.

— Et le but de votre société de services est de fournir une « escorte », tant masculine que féminine, à vos clients de passage ?

— C'est exact. Elegant Escorts s'engage à trouver une compagnie adéquate à des hommes ou des femmes d'affaires qui sont amenés à séjourner dans notre ville.

Elle le laissa poursuivre ainsi quelques minutes pendant qu'il décrivait sa profession. Puis elle se leva pour déambuler devant le jury.

— Et le… comment dire ? le « profil de poste » de certains de vos employés spécifie-t-il qu'ils doivent avoir des rapports sexuels payés avec vos clients ?

— A l'évidence, non. C'est tout à fait contraire à l'éthique qui règne chez Elegant Escorts.

Jouant à fond sur l'image policée qu'il donnait de lui depuis le début, James Slagerman se tourna vers le public.

— Mes employés sont triés sur le volet et formés selon des critères très stricts. Il a toujours été entendu dès le départ que de tels écarts de comportement avec nos clients entraîneraient un licenciement pour faute grave.

— Et vous étiez au courant que les pratiques que je viens de mentionner avaient cours, malgré tout, parmi vos employées ?

— Je le sais, hélas, maintenant.

Slagerman jeta un bref regard peiné du côté de Suzanne et de Marjorie.

— Avez-vous exigé de Marjorie Lovitz et de Suzanne McRoy qu'elles se plient contre rémunération aux demandes de nature sexuelle émanant de vos clients ?

— Certainement pas, non.

— Mais vous êtes néanmoins informé de leurs activités dans ce domaine ?

Si Slagerman était surpris par l'orientation que prenaient ses questions, il n'en laissa rien paraître.

— Oui, bien sûr, puisqu'elles l'ont admis sous serment.

Deborah hocha la tête.

— En effet. Vous aussi, vous avez juré devant ce tribunal de dire la vérité, toute la vérité et rien que la vérité, monsieur Slagerman. Avez-vous déjà frappé une de vos employées ?

— Jamais de la vie.

— Et pourtant, si vous avez été cité à comparaître, c'est parce que Marjorie Lovitz et Suzanne McRoy ont affirmé sous serment qu'elles avaient été victimes de sévices graves dont vous seriez l'auteur.

Jimmy Slagerman leva les yeux au plafond, comme un homme qui prend son mal en patience.

— Elles mentent dans un but évident : obtenir des dommages et intérêts.

— Monsieur Slagerman, vous niez vous être rendu la nuit du 25 février dernier au domicile de Mlle Lovitz en apprenant que votre employée n'était pas en état de travailler ce soir-là ? N'avez-vous pas, dans un mouvement de colère, exercé des violences physiques sur cette jeune femme ainsi que sur son amie, Mlle McRoy ici présente ?

— Cette histoire est un tissu d'absurdités !

— Vous l'affirmez sous serment ?

— Objection ! lança l'avocat. La question a déjà été posée et mon client a répondu.

Deborah ne se laissa pas démonter.

— Je retire ma question… Monsieur Slagerman, avez-vous repris contact avec Mlle Lovitz ou Mlle McRoy depuis le début de ce procès ?

— Non.

— Vous n'avez téléphoné ni à l'une ni à l'autre ?

— Bien sûr que non. Quelle raison aurais-je eue de le faire ?

Sur un nouveau hochement de tête, Deborah retourna prendre une feuille de papier sur son bureau. Elle lut un numéro de téléphone et demanda à Jimmy Slagerman s'il lui était familier. Le P-.D.G de Elegant Escorts hésita.

— Non, dit-il enfin.

— C'est étonnant. Il s'agit pourtant de votre ligne privée.

— Rien ne me force à le connaître par cœur, répondit Slagerman, sur la défensive.

— Avez-vous passé un appel sur ce poste le soir du 18 juin dernier à Marjorie Lovitz ou Suzanne McRoy qui partagent une même ligne et un même appartement ?

Slagerman continuait à arborer un sourire affable mais elle vit une lueur de haine briller dans ses yeux bleus.

— Non.

Le regard étincelant, l'avocat de la défense se leva.

— Objection, Votre Honneur. Les questions de l'accusation ne mènent nulle part.

Deborah recula d'un pas pour se tourner vers le président.

— Votre Honneur, vous saurez où je veux en venir dans quelques minutes à peine.

— Objection rejetée, trancha le juge.

— Monsieur Slagerman, vous pourrez peut-être m'expliquer pourquoi, d'après ce relevé, une communication a été établie à partir de votre poste privé, à 22 h 45, le 18 juin avec le 445-34213 qui se trouve être le numéro de téléphone de Mlle Lovitz et Mlle McRoy ?

— N'importe qui aurait pu appeler à partir de ce poste !

Deborah haussa les sourcils.

— Il s'agit pourtant de votre ligne personnelle, monsieur Slagerman. Cela ne vaut guère la peine d'avoir une ligne privée

154

si tout le monde y a accès. La personne qui était au bout du fil s'est présentée comme étant « Jimmy ». C'est bien ainsi qu'on vous appelle, je crois ?

— Les Jimmy, ce n'est pas ce qui manque.

— Vous affirmez ne pas vous être entretenu téléphoniquement avec moi le soir du 18 juin dernier ?

— Je ne vous ai jamais eue au téléphone, protesta-t-il, l'air cette fois indubitablement sincère.

Deborah lui sourit avec froideur.

— Avez-vous remarqué, monsieur Slagerman, comment, pour certains hommes, toutes les femmes ont la même voix ? Comment pour ces mêmes hommes, toutes les femmes se ressemblent ? Comment à leurs yeux, tous les corps de femmes n'existent que pour un seul usage ?

— Votre Honneur ! fulmina l'avocat de la défense.

— Je retire ma question, annonça froidement Deborah sans quitter l'accusé des yeux. Pouvez-vous nous expliquer, monsieur Slagerman, comment il se fait qu'une personne utilisant votre ligne privée sous votre nom se soit adressée à moi le 18 juin dernier, en me prenant pour Mlle McRoy et en émettant des menaces à son encontre ?

Elle marqua une pause avant d'enchaîner.

— Et souhaiteriez-vous entendre ce que cette personne qui se fait appeler Jimmy avait à dire ?

Quelques gouttes de sueur perlèrent sur la lèvre supérieure de Slagerman.

— Vous pouvez inventer n'importe quoi.

— C'est exact, monsieur Slagerman. Heureusement que le téléphone était sur écoute et que je dispose de la transcription exacte de vos paroles. Je vais maintenant rafraîchir votre mémoire, annonça-t-elle triomphante en brandissant sa feuille de papier.

Elle avait gagné. Même si les débats n'étaient pas entièrement terminés, Deborah savait qu'elle avait emporté la conviction des jurés. Le cas Slagerman étant réglé et bien réglé, elle pouvait désormais se consacrer à quelques affaires personnelles urgentes. Sa fureur toujours intacte, Deborah traversa le palais de justice au pas de charge.

Elle trouva Mitchell dans son bureau, son téléphone collé à l'oreille. Il lui fit signe de s'asseoir mais elle resta campée debout devant lui en attendant la fin de la communication. Le procureur de district était un homme massif, bâti comme le joueur de rugby qu'il avait longtemps été. Ses cheveux roux étaient coupés court et même les taches de rousseur sur son nez ne suffisaient pas à adoucir son physique de lutteur.

— Alors ? fit-il en reposant le combiné. Slagerman ?

— Ça y est. Je l'ai démasqué. Il peut dire adieu à sa glorieuse carrière.

Croisant les bras sur la poitrine, elle passa directement à l'attaque.

— Tu m'as lâchement laissée tomber, Mitch.

— Ne dis pas d'idioties.

— Des idioties ? J'apprends à midi que je suis convoquée chez le maire à midi et quart. Et Fields, plus paternaliste que jamais, me met devant le fait accompli. On me retire mon dossier sans me demander mon avis.

— Ce n'est pas *ton* dossier, mais celui du ministère public, rectifia Mitch en mâchonnant le bout de son cigare éteint. Tu n'es pas la seule à pouvoir l'instruire.

Deborah posa les deux mains à plat sur le bureau et lui fit face.

— Je ne suis peut-être pas la seule mais je me suis tapé tout le boulot d'approche. J'ai bossé comme une malade, Mitch.

— C'est peut-être ce qui explique que tu aies outrepassé les limites de ta fonction.

— Ah oui ? Vraiment ? Je n'ai pourtant fait qu'appliquer les principes que tu m'as inculqués, Mitch. C'est toi qui m'as expliqué que la tâche d'un procureur ne consistait pas seulement à faire des effets de manche devant un juré. C'est toi qui m'as dit qu'il fallait d'abord et avant tout enquêter sur le terrain !

— Tu as commis une erreur en allant voir Santiago seule. C'était suicidaire.

— Arrête, O.K. ? Qu'aurais-tu fait à ma place s'il t'avait appelé ?

Le procureur de district se rembrunit.

— C'est différent.

— Non, ce n'est pas différent. C'est exactement la même chose, au contraire. Si j'avais commis une faute, j'aurais accepté d'être dessaisie. Mais j'ai sué sang et eau sur cette affaire ! Et il suffit que Guthrie prononce trois mots pour que le maire et toi, vous vous incliniez bien bas en me laissant sur le carreau. Elle est belle, la solidarité masculine, n'est-ce pas, Mitch ?

Le procureur brandit le cigare dans sa direction.

— Laisse tomber les discours féministes, d'accord ? Je me fiche que mes collaborateurs soient homme ou femme.

— La preuve ! Je suis désolée, mais si tu me retires ce dossier, je te remets ma démission tout de suite. Il est hors de question que je travaille avec toi si je ne peux pas compter sur un minimum de respect et de soutien. Je n'aurai aucun problème à gagner ma vie en plaidant dans des affaires de divorce à trois cents dollars de l'heure.

— Je n'aime pas les ultimatums, O'Roarke.

— Moi non plus.

Mitch se renversa contre son dossier.

— Assieds-toi.

— Je n'ai pas l'intention de…

— Assieds-toi, O'Roarke, merde ! tonna-t-il.

Les lèvres serrées, elle s'exécuta. Mitchell fit rouler son cigare entre ses doigts.

— O.K. Si Santiago m'avait appelé, j'y serais allé, moi aussi. Mais ce n'est pas la seule raison pour laquelle j'ai envisagé de te retirer le dossier.

Le mot « envisager » la rasséréna quelque peu.

— Et quels sont tes autres motifs ?

Le procureur prit le *World* du jour sur son bureau et le brandit sous son nez.

— Tu as lu les gros titres ?

Deborah fit la grimace. « Emportée dans les bras de Némésis, Deborah échappe à une mort certaine. »

— Oui, bon… Apparemment, le chauffeur de taxi brûlait de voir son nom apparaître dans le journal, commenta-t-elle en haussant les épaules. Quel rapport avec le problème qui nous occupe ?

— Si le nom de mes substituts se trouve régulièrement mêlé à celui du rôdeur masqué, j'estime qu'il y a problème. Je n'aime pas la façon dont tu tombes sur ce type à chaque étape de tes investigations.

Elle non plus, d'ailleurs. Mais sans doute pour de tout autres raisons que Mitchell.

— Et moi, tu crois que ça m'amuse, peut-être ? Mais si la police n'est pas fichue d'arrêter le dénommé Némésis, je peux difficilement être tenue pour responsable de ses apparitions surprises. Et je n'arrive pas à imaginer que tu puisses te résoudre à me retirer ce cas à cause d'un imbécile de reporter prêt à raconter n'importe quoi pour remplir ses deux colonnes quotidiennes.

Mitchell soupira.

— Je n'apprécie pas ce Wisner plus que toi. Je te donne deux semaines.

— Cela ne me laissera guère le temps de...

— Deux semaines, Deb. Tu m'apportes un dossier complet que nous pouvons porter devant un jury ou je passe la balle à quelqu'un d'autre. C'est clair ?

Elle se leva.

— Très clair.

Comme une tornade, elle quitta le bureau, saluée par les rires étouffés de ses collègues. Une feuille de papier était scotchée sur la porte de son bureau. Deborah se reconnut dans les bras d'un Batman masqué. « Les aventures de Deborah se suivent et ne se ressemblent pas », annonçait la légende. Arrachant le dessin, elle le froissa en boule et fit demi-tour.

Elle avait encore une visite à faire.

Deborah maintint le doigt appuyé sur la sonnette de Gage jusqu'au moment où Frank, visiblement surpris, vint lui ouvrir la porte.

— Il est là ?

— Dans son bureau, mademoiselle. Je vais lui annoncer que…

— Je trouverai mon chemin, l'interrompit-elle en l'écartant d'autorité.

Sous le regard médusé du majordome, elle traversa le vestibule comme un ouragan et grimpa à l'étage. Sans même frapper, elle poussa la porte du bureau et fit irruption dans le vaste espace de travail d'où Gage Guthrie dirigeait son empire. Vêtu d'un costume gris clair, il était assis à son bureau et s'entretenait au téléphone. En face de lui, une femme d'une quarantaine d'années, en tailleur strict, griffonnait sur un carnet de sténo ouvert sur ses genoux. Des écrans d'ordinateur clignotaient un peu partout.

La secrétaire se leva à l'entrée de Deborah et interrogea Gage du regard.

— Je vous rappelle dans une heure, promit ce dernier à son interlocuteur téléphonique avant de reposer le combiné. Bonjour, Deborah.

Elle jeta son porte-documents sur une chaise.

— J'ai quelques mots à te dire en privé, annonça-t-elle d'une voix glaciale.

Il hocha la tête et sourit à la femme en tailleur.

— Vous pourrez transcrire ces notes demain, madame Brickman. Il est tard. Pourquoi ne pas rentrer chez vous tout de suite ?

— Comme vous voudrez, monsieur Guthrie.

La secrétaire rassembla hâtivement ses affaires et opéra une sortie discrète. Gage fit face, curieux d'entendre ce que Deborah avait à lui dire. La jeune femme glissa les pouces dans sa ceinture en une attitude que n'eût pas désavoué un desperado de l'Ouest attaquant une banque.

Sans hausser la voix, elle se lança dans une diatribe grinçante :

— Ce doit être merveilleux d'habiter dans une tour d'ivoire et de compter ses millions en regardant la foule d'en haut, Gage. J'imagine qu'une telle situation procure des satisfactions incomparables. Ce privilège reste toutefois réservé à une petite minorité et nous sommes nombreux, ici bas, à ne pas avoir les moyens d'acheter des châteaux, des jets privés et des costumes à quelques milliers de dollars. Nous travaillons modestement dans nos bureaux et dans la rue. Mais pour la plupart, nous exerçons nos professions avec relativement de sérieux et de compétence et cela suffit à notre bonheur.

Tout en parlant, Deborah se rapprochait lentement de lui.

— Mais tu sais ce qui nous met *vraiment* hors de nous, Gage ? C'est lorsqu'un habitant d'une de ces nobles tours fourre

160

son nez distingué dans nos affaires et décide de faire jouer ses influences et ses appuis. Ça nous plonge dans une fureur telle que la tentation devient grande d'envoyer notre poing dans le nez distingué en question.

— Faut-il sortir les gants de boxe ?

— Je préfère mes mains nues, rétorqua Deborah en prenant appui sur sa table de travail. De quel droit as-tu osé aller voir le maire pour exiger de lui qu'il me retire mon dossier ?

— Je suis allé voir le maire, en effet, et je lui ai fait part de mon opinion.

Les doigts de Deborah se refermèrent sur un presse-papiers en onyx. La tentation était grande de le projeter de toutes ses forces contre la vitre, mais elle se contenta de le garder serré dans sa main crispée.

— Ton opinion, oui. J'imagine qu'elle n'a pas laissé Fields indifférent. Lorsqu'on pèse trente millions de dollars, on n'a généralement pas beaucoup de difficultés à se faire entendre.

Gage resta de marbre sous l'attaque.

— Tucker Fields partageait en effet mon avis : il estime que tu es plus à ta place dans un tribunal que sur les lieux d'un meurtre.

— Qui es-tu pour décider de ce qui est ou non *ma* place, Gage Guthrie ? lança-t-elle, furieuse en reposant le presse-papiers avec force. Je me suis formée pendant des années en vue d'exercer ce métier. Et personne n'a à juger de mes compétences à ma place. De quel droit t'attribues-tu ainsi un rôle dans ma vie ? Tu n'es rien pour moi alors fiche-moi la paix une fois pour toutes, tu m'entends ?

Gage ne bronchait toujours pas.

— Tu as fini ? demanda-t-il calmement.

— Non ! Je tiens encore à préciser avant de partir que ta manœuvre a échoué. La charge d'instruire ce dossier m'incombe toujours et je ne le lâcherai pas. Tu as donc perdu à la fois ton

161

temps et le mien. Et pour conclure, voici *mon* opinion, Gage :
tu es l'être le plus foncièrement arrogant et dominateur que
j'aie jamais connu !

Il blêmit légèrement.

— Tu as fini ? répéta-t-il, toujours d'une voix égale.

— Définitivement, oui ! Et maintenant, adieu.

Elle récupéra son porte-documents et se prépara à sortir
comme elle était entrée : en coup de vent.

— *Moi*, je n'ai pas terminé, observa Gage en actionnant une
commande qui verrouilla automatiquement la porte.

Deborah sentit la moutarde lui monter au nez.

— Laisse-moi sortir immédiatement ou je porte plainte
pour séquestration.

— Je vous ai laissé prononcer votre réquisitoire jusqu'au
bout, maître. Mais la défense n'a pas encore plaidé.

— Je ne suis pas intéressée par ses arguments.

Gage alla se placer devant elle.

— Tu as soigneusement établi les faits et aligné tes preuves,
n'est-ce pas ? Alors, je vais nous faire gagner du temps à l'un
comme à l'autre : je plaide coupable.

— Parfait. Puisque le jugement est prononcé, levons la
séance.

— L'accusation ne souhaite pas connaître les motifs ?

Elle le toisa.

— Les motifs sont sans importance, en l'occurrence. Le
résultat parle pour lui-même.

— Tu as tort. Je suis en effet allé voir le maire, mais ce n'est
pas tout. Tu peux me mettre en examen pour un autre chef d'accusation encore : je suis coupable d'être amoureux de toi.

Soudain privée de forces, Deborah lâcha son porte-documents. Elle ouvrit la bouche pour répondre mais ne parvint à
prononcer aucune syllabe. Les yeux de Gage étincelèrent de
colère.

— Et en plus, tu tombes des nues ! Alors que tu aurais dû le lire dans mes yeux chaque fois que je te regardais, sentir le message sur ta peau à chacune de mes caresses, le goûter sur mes lèvres quand je t'embrassais !

La saisissant aux épaules, il la poussa sans ménagement contre la porte et l'embrassa avec toute la passion qui faisait rage en lui. Les jambes faibles, Deborah se mit à trembler si fort qu'elle dut se raccrocher à Gage pour ne pas tomber. Mais même ainsi agrippée, sa bouche dévorant la sienne, elle restait submergée par une peur panique. Car elle avait lu, senti, goûté l'amour de Gage. Mais l'entendre prononcer les mots la mettait au pied du mur, la contraignait à faire un choix aussi déchirant que définitif.

Lorsqu'il releva la tête, elle vit l'amour et le désir dans ses yeux. Et autre chose, aussi, comme un conflit secret qui se déchaînait en lui.

— J'ai passé des nuits interminables sans dormir, lui confia-t-il d'une voix rauque. Des nuits à me tordre de souffrance et d'angoisse dans l'attente improbable du jour. Je me demandais alors si je rencontrerais un jour la compagne de vie à laquelle j'aspirais de tout mon être. Mais même les fantasmes les plus idéalisés dont je me consolais alors me paraissent fades à côté de ce que j'éprouve pour toi maintenant.

— Gage…

Elle lui prit le visage entre les mains, consciente que son cœur lui appartenait déjà. Mais comment oublier qu'elle avait tremblé aussi d'amour dans les bras de Némésis la veille ?

— Je ne sais pas ce que je ressens pour toi, admit-elle dans un souffle.

— C'est faux. Tu le sais.

— Oui, c'est vrai, je sais. Mais je suis terrifiée, admit-elle dans un sanglot. Je suis consciente que je t'en demande beaucoup, Gage, mais peux-tu me laisser encore un temps de réflexion ?

Son regard étincela.

— C'est beaucoup demander, en effet.

— Encore quelques jours seulement. Je t'en prie. Ouvre cette porte. J'ai besoin de... de me ressaisir.

— La porte n'est pas fermée, Deborah.

Il s'écarta pour la laisser sortir mais lorsqu'elle voulut s'élancer, il s'interposa une dernière fois :

— La prochaine fois, je ne te laisserai pas partir. Tu le sais ?

Elle leva les yeux et lui offrit son regard.

— Je le sais.

7.

Le procès Slagerman touchait à sa fin. Lorsque les jurés se levèrent pour quitter la salle, Deborah mit le temps des délibérations à profit pour se retirer dans son bureau et allumer son ordinateur. Tenace, elle repartit sur la piste d'*Eternel*, le magasin d'antiquités, propriété d'*Imports Incorporated*, une société dont l'adresse correspondait à un terrain vague du centre-ville. Le gérant avait disparu et aucune réclamation n'avait été adressée à la compagnie d'assurances suite à l'explosion.

Au bout de deux heures passées à éplucher des noms et des numéros d'immatriculation, Deborah se retrouva avec une liste conséquente de sociétés bidons et un sérieux mal de tête. Elle s'apprêtait à passer un énième coup de fil lorsque le téléphone sonna.

— Ici Deborah O'Roarke, des services du procureur de district.

— La célèbre Deborah O'Roarke dont le nom apparaît tous les jours dans les journaux ?

— Cilla ! s'exclama-t-elle, ravie d'entendre la voix de sa sœur. Que deviens-tu ?

— Je me fais du souci pour toi.

— Le contraire m'aurait étonnée. Tu t'es fait du souci pour moi toute ma vie, Cilla.

Deborah massa d'une main les muscles ankylosés de ses épaules et se renversa contre son dossier. En bruit de fond, elle percevait un rythme de rock. Cilla devait l'appeler de son studio, à radio KHIP.

— Comment va Boyd ? s'enquit-elle, sans laisser à Cilla le temps de s'étendre sur les « soucis » en question.

— Tu peux désormais l'appeler commissaire Fletcher, ma chère.

— Commissaire ! s'exclama Deborah en se redressant. Mais c'est génial ! Depuis quand ?

— Hier, annonça fièrement Cilla. Si on m'avait prédit que je coucherais un jour avec un commissaire de police… J'ai intérêt à me tenir, non ? Mais parlons de toi, maintenant.

— Je vais bien. Et à radio KHIP, comment ça se passe ?

— C'est le chaos habituel. Mais c'est pour prendre de *tes* nouvelles que je t'appelle, Deb. Dans quelle aventure t'es-tu lancée, au juste ?

— Je me prépare à gagner un procès, en l'occurrence. Pas mal, non ?

A l'autre bout du fil, Cilla, rodée à ses manœuvres dilatoires, opta pour une approche directe.

— Et depuis quand files-tu le parfait amour avec des hommes masqués ?

— Cilla ! Ne me dis pas qu'une spécialiste des médias comme toi croit à tout ce qui est écrit dans les journaux !

— Pas seulement dans les journaux. N'oublie pas que nous passons des bulletins d'infos ici. Et cela me fait un drôle d'effet d'entendre ton nom toutes les heures sur les ondes.

Deborah estima qu'à ce stade, la meilleure méthode pour distraire Cilla sans trop en dire consistait à introduire quelques éléments de réalité.

— Ce Némésis est un drôle de personnage, tu sais. Et le malheur, c'est qu'il est devenu l'objet d'un engouement généralisé. Figure-toi que j'ai même vu des T-shirts à son effigie dans une vitrine.

— Mmm… Intéressant. Mais cela ne me dit pas ce qu'il y a entre vous.

Deborah réprima un soupir.

— Oh, rien du tout. Je suis tombée sur lui à quelques reprises dans le cadre d'une enquête que je mène. Et la presse, évidemment, a monté ces rencontres en épingle.

— C'est ce que j'ai remarqué, Deborah.

— Cilla…

— Bon, je te lâche au sujet du mystérieux Némésis, même si je brûle de curiosité. Mais explique-moi au moins comment il se fait que tu sois impliquée dans une affaire aussi dangereuse. J'ai même appris qu'un fou avait failli t'assassiner à coups de couteau ?

— Cilla… Comme je me tue à te le répéter, la presse exagère toujours.

— Il n'empêche que tu as été sérieusement menacée. Et qu'un immeuble t'a quasiment explosé au nez il y a quelques jours.

— Cilla, s'il te plaît... Toi, au moins, essaie de me comprendre. Je suis fatiguée d'avoir à répéter à longueur de journée que je suis capable de prendre soin de moi et de faire mon boulot sans que tout le monde s'en mêle.

A l'autre bout du fil, sa sœur poussa un profond soupir.

— Je sais que tu es majeure, vaccinée et terriblement compétente. Mais je me ferais moins de souci si tu ne passais pas ton temps à courir seule de nuit dans les quartiers louches. Après ce qui est arrivé à nos parents, je ne pourrais pas supporter de te perdre, Deb.

— Ecoute, Cilla : je suis en parfaite santé et je n'ai aucune envie de mourir. Le seul ennemi dangereux auquel je fais face en ce moment, c'est ce fichu ordinateur.

Cette affirmation lui valut un second soupir de la part de sa sœur.

— O.K., fillette, j'ai compris : j'arrête de te cuisiner. D'ailleurs, à quoi bon ? De toute façon, je continuerai à me faire du souci et toi à n'en faire qu'à ta tête. Mais dis-moi au moins deux mots sur le séduisant milliardaire avec lequel on te voit régulièrement en photo.

— Eh bien… Pour être franche, c'est une histoire un peu compliquée. Et je n'ai pas encore eu le temps de réfléchir à fond à la question.

— Mmm… mais il y a matière à réflexion sérieuse ?

Deborah se sentit rougir toute seule dans son bureau.

— Oui. Il y a matière à réflexion.

Elle songea à Némésis et à Gage, mais même Cilla ne serait pas en mesure de l'aider à résoudre ce dilemme.

— Dis-moi, Cilla, maintenant que tu es femme de commissaire, tu accepterais d'user de ton influence pour que ton mari me rende un petit service ?

— Sans problème. Je le menacerai de faire la cuisine. C'est un truc qui marche à tous les coups.

Riant de bon cœur, Deborah fourragea sur son bureau.

— Voilà. J'ai ici un George P. Drummond et un Charles R. Meyers, membres l'un et l'autre du conseil d'administration d'une société baptisée Solar dont le siège social se trouve vers chez vous. Tu pourrais demander à Boyd de vérifier tout ça ? Cela me ferait gagner un temps fou de prendre ce raccourci bureaucratique.

— Pas de souci. Si Boyd se fait tirer l'oreille, je lui infligerai un de mes sandwichs au beurre de cacahuètes.

Deborah sourit.

— Parfait. La stratégie me paraît imparable.

— Deb… Tu es prudente, n'est-ce pas ?

— Absolument. Embrasse tout le monde pour moi, d'accord ?

Mitchell passa dans le couloir et lui fit signe.

— Il faut que je te laisse, Cilla. Le jury est de retour.

A l'abri des regards, dans une vaste salle souterraine située dans les profondeurs de sa demeure, Gage menait ses recherches ultra-secrètes. Les mains enfoncées dans les poches de son jean, il regardait les noms défiler sur les écrans alignés devant lui. Sur l'un, apparaissaient au fur et au mesure les données que Deborah, à l'autre bout de la ville, entrait dans ses propres fichiers. Patiente, obstinée, revenant inlassablement à la charge, elle finissait par progresser dans son enquête. Lentement, bien sûr. Mais Gage n'en ressentait pas moins une profonde inquiétude. S'il était à même de suivre son travail, étape par étape, des gens moins bien intentionnés que lui pouvaient procéder de même…

Sourcils froncés, Gage pianota sur le clavier. Il était pris à la gorge, désormais. Pour protéger Deborah, il devait gagner une course folle contre la montre et trouver avant elle ce qu'il recherchait sans relâche depuis des années : l'identité de l'homme de l'ombre, du « Big Boss ». De l'homme — ou de la femme — qui avait donné l'ordre de tuer Jack. Délaissant son parc d'ordinateurs, il actionna un bouton et un immense plan de la ville se déploya sur le mur du fond. Le système qu'il avait mis en place lui permettait d'étudier chaque quartier de Denver, à différentes échelles. Un clavier relié à l'image lui servait à éclairer tout un réseau de minuscules ampoules de couleur qui clignotaient à des endroits précis de la ville. Chacune de ces lumières représentait un point de trafic de drogue, dont la plupart étaient inconnus des services de police de Denver.

Comme il étudiait le plan de la ville, son regard se fixa malgré lui sur un immeuble bien particulier. Deborah était-elle en sécurité chez elle, à cette heure ? Avait-elle enfilé le peignoir bleu qui avait la couleur de ses yeux ? Gage secoua la tête et se passa la main sur les paupières. Frank avait raison. Deborah était tellement présente dans ses pensées qu'elle rendait toute concentration impossible. Mais comment ne pas s'inquiéter à son sujet alors que toutes ses tentatives pour la faire renoncer à son enquête avaient échoué ?

L'ombre d'un sourire passa sur les traits de Gage. Pour une fois qu'il tombait amoureux, il fallait que ce soit d'une femme encore plus têtue que lui, d'une fonctionnaire qui vivait le service public comme un sacerdoce, d'une passionaria de la légalité. Il savait d'ores et déjà qu'ils resteraient campés sur leurs positions l'un et l'autre. Et que ni elle ni lui ne lâcherait d'un pouce.

Gage soupira. Il y avait des années qu'il s'entraînait pour parvenir à une maîtrise totale de ses fonctions mentales et physiques. Mais s'il exerçait sur son corps et sur son esprit une discipline implacable, son cœur, lui, semblait avoir gardé un degré certain d'autonomie. En voyant Deborah, il avait été comme aspiré par un pouvoir d'attraction qui dépassait sa volonté. Il aimait sa beauté et respectait son intelligence. Mais la fascination qu'elle exerçait sur lui n'était pas seulement intellectuelle ou esthétique. Il y avait un je-ne-sais-quoi chez elle qui l'avait touché jusqu'aux racines de son être. Pas plus que Némésis, son alter ego, il ne pouvait échapper à son amour. Tout en se voyant incapable de concilier ces deux exigences contradictoires.

Gage se passa nerveusement la main dans les cheveux. Dans une situation sans issue, une seule attitude possible : sérier les problèmes et les résoudre en ordre de priorité. Pour commencer, il s'agissait de trouver la clé de l'énigme avant elle. Ce serait

170

déjà un obstacle de levé. Il serait toujours temps alors de se demander si une solution pouvait se dessiner pour eux deux.

Chassant toutes ses idées parasites, Gage releva les manches, étudia longuement le canevas erratique que formaient les lumières sur la carte, puis s'attela résolument à son clavier d'ordinateur.

Tenant un carton à pizza, une bouteille de vin rouge et son porte-documents en équilibre précaire, Deborah sortit de la cabine d'ascenseur. Tout en pestant contre la chaleur d'étuve qui régnait dans l'immeuble, elle leva les yeux et vit la grande affiche en couleur placardée sur sa porte : « BRAVO DEBORAH ! »

Elle se tourna en souriant vers l'appartement de Mme Greenbaum. Sa voisine devait la guetter car elle apparut aussitôt sur le pas de sa porte, vêtue d'un jean et d'un immense T-shirt marqué « Protégeons la forêt amazonienne ».

— J'ai entendu la bonne nouvelle à la radio. Ah, ma petite Deborah, vous avez été tout simplement magistrale en faisant tomber le masque de cette brute hypocrite ! Vous devez être fière de vous, non ?

— Assez oui, admit-elle en riant. Vous partagez cette pizza avec moi pour célébrer la victoire ?

— Ah, si vous me prenez par les sentiments !

Mme Greenbaum traversa le couloir pieds nus en relevant la frange de cheveux gris qui lui tombait sur le front.

— Pff… Quelle chaleur ! Vous avez remarqué que la climatisation a encore rendu l'âme ? maugréa Lily en lui prenant le carton à pizza des mains pour qu'elle puisse chercher ses clés.

— C'est difficile de ne pas s'en apercevoir par cette canicule. J'ai eu l'impression de prendre un bain de vapeur en montant dans l'ascenseur.

— Il serait temps de s'organiser entre locataires, s'insurgea Lily. Avec une femme de loi comme vous à notre tête, ce serait la victoire assurée.

— Quand il s'agit d'action militante, c'est vous la spécialiste, madame Greenbaum ! Mais je vous promets que si la réparation n'a pas été effectuée dans les vingt-quatre heures, j'appellerai le propriétaire.

Lily Greenbaum entra à sa suite, et souleva le couvercle du carton à pizza.

— Mmm… Magnifique ! Mais une jolie fille de votre âge devrait fêter sa réussite avec l'homme de ses rêves au lieu de passer sagement sa soirée du vendredi soir avec une mamie !

— *Quelle* mamie ? s'enquit Deborah en allant chercher des verres dans la cuisine.

Lily Greenbaum se mit à rire.

— Une femme d'un certain âge, si vous préférez les euphémismes ! Et Gage Guthrie ? Vous ne croyez pas que sa place aurait été ici, avec vous, ce soir ?

— Gage ? J'ai du mal à l'imaginer assis en tailleur sur mon canapé, avec un morceau de pizza à la main et buvant du rouge ordinaire, s'esclaffa Deborah en débouchant la bouteille. Il est plutôt du type champagne-caviar.

— Vous avez quelque chose contre ?

— Absolument pas. Au contraire ! Mais ce soir, j'avais tout bêtement envie de pizza. Et une fois rassasiée, il faudra que je me remette au travail.

Mme Greenbaum lui jeta un regard consterné.

— Mon Dieu, mon petit, mais vous ne vous arrêtez donc jamais ?

— J'ai une date limite à respecter, malheureusement.

172

Sentant remonter une bouffée de colère à cette pensée, Deborah se hâta de remplir deux verres et leva le sien.

— Buvons à la justice, déclara-t-elle.

Juste au moment où elles s'installaient chacune avec une part de pizza à la main, on sonna à la porte. Deborah alla ouvrir et se trouva face à un gigantesque bouquet de roses rouges qui semblait se déplacer sur deux jambes. Elle dut se hisser sur la pointe des pieds pour voir la tête du livreur.

Une fois posé sur la table basse, le panier de roses la recouvrit tout entière.

— Magnifique. Absolument magnifique, commenta Lily avec un sourire de connaisseuse. De qui sont-elles ?

Deborah se pencha pour prendre la carte de visite, même si elle connaissait déjà la réponse. Elle ne put s'empêcher de sourire.

— De Gage. Avec ses félicitations.

Le regard de Lily Greenbaum étincela joyeusement derrière ses lunettes. La vieille dame paraissait enchantée par ce geste romantique.

— Ah ! Voilà un homme qui sait faire les choses en grand. J'ai toujours dit qu'il n'y avait pas de véritable amour sans un soupçon de démesure.

Deborah poussa un léger soupir.

— Il ne me reste plus qu'à l'appeler pour le remercier, maintenant.

— C'est le moins que vous puissiez faire, en effet.

— Dites-moi, madame Greenbaum, vous avez été mariée deux fois, n'est-ce pas ? s'enquit-elle sur une impulsion.

— C'est mon score actuel, oui. Mais je ne sais pas encore ce que l'avenir me réserve.

Deborah sourit.

— Et, vous les avez aimés l'un et l'autre ?

— Passionnément, mon petit… J'avais à peu près votre âge lorsque mon premier époux est tombé au front. Nous n'avons malheureusement connu que quelques années de bonheur ensemble. Avec M. Greenbaum, heureusement, nous avons eu un peu plus de temps.

Deborah hésita.

— Ma question va peut-être vous paraître étrange, mais vous êtes-vous jamais demandé ce qui se serait passé si vous les aviez rencontrés tous les deux en même temps ? Votre premier mari et le second ?

Manifestement déconcertée, Lily réfléchit un instant.

— Cela aurait compliqué les choses, admit-elle, sourcils froncés.

— N'est-ce pas ? Vous les aimiez l'un et l'autre, mais s'ils étaient arrivés dans votre vie simultanément, vous n'auriez peut-être pas pu les aimer du tout.

Lily soupira.

— Comment savoir ? Le cœur nous joue parfois des tours si étranges.

— Mais vous admettrez qu'il est impossible — strictement impossible — d'aimer deux personnes en même temps et de la même façon. Et si un tel phénomène contre nature se produisait malgré tout, s'engager auprès de l'un équivaudrait nécessairement à trahir le second. Il s'agit donc d'une situation sans issue, nous sommes bien d'accord ?

Lily Greenbaum posa sa main ridée sur la sienne.

— Vous êtes amoureuse de Gage Guthrie, n'est-ce pas ?

Deborah contempla un instant le panier débordant de roses.

— Oui, admit-elle, en rougissant.

— Et d'un autre homme tout autant ?

Son verre serré entre les mains, Deborah se leva pour arpenter le salon.

174

— Oui. Tout autant. C'est totalement insensé, non ?

— Rien de ce qui a trait à l'amour n'est insensé, rectifia Lily en secouant la tête. Vous êtes sûre qu'il ne s'agit pas d'une simple attirance physique ?

Sur un long soupir, Deborah reprit sa place sur le canapé.

— Au début, j'ai cru que c'était le cas. Mais j'ai la conviction maintenant que c'est beaucoup plus fort que cela. Le plus affreux, c'est que j'en arrive à les mélanger dans ma tête. Comme si j'essayais de fondre les deux en un seul homme. C'est à se demander si je ne suis pas en train de devenir folle.

Elle s'interrompit pour prendre une gorgée de vin.

— Et maintenant, Gage m'a fait une déclaration d'amour en bonne et due forme. Et je me sens incapable de prendre une décision...

— Ecoutez votre cœur, murmura Lily. Je sais que le conseil paraît banal, mais certaines vérités profondes sont parfois d'une simplicité élémentaire. Laissez-vous conduire par vos sentiments. Ils savent, eux, quel sera le meilleur choix.

A 23 heures, Deborah alluma la télévision pour regarder les actualités régionales. Elle ne fut pas mécontente de voir que la condamnation de Slagerman faisait la une. Le présentateur enchaîna ensuite sur les exploits de Némésis : le hold-up auquel il avait mis un terme, le violeur qu'il avait arrêté, le meurtre qu'il avait su prévenir de justesse.

— Il est décidément très occupé, cet homme-là, marmonna Deborah en finissant le dernier reste de vin.

Si elle n'avait pas passé une bonne partie de la soirée avec Mme Greenbaum, elle se serait contentée d'un verre au lieu de boire la moitié de la bouteille.

Enfin... Demain était samedi et elle pourrait dormir un peu plus tard qu'à l'ordinaire. Elle écouta le bulletin météo et apprit que le temps restait brûlant et humide et que des orages éclateraient sans doute dans la nuit.

Eteignant le poste, Deborah passa dans sa chambre pour travailler à son bureau. Avec la climatisation en panne, elle avait laissé la fenêtre ouverte, dans le vain espoir de capter un souffle d'air frais. De la chaussée, cinq étages plus bas, montait le vacarme régulier de la circulation, ainsi que la chaleur emmagasinée pendant la journée qui semblait s'intensifier encore, malgré l'heure tardive.

Deborah s'avança jusqu'à la fenêtre. Ces nuits chaudes, suffocantes éveillaient comme en écho la brûlure du désir. Elle prit une profonde respiration pour tenter d'apaiser ses sens survoltés. Errait-il là, quelque part dans la ville obscure ? Effarée, elle porta ses mains à ses tempes. Elle ne savait même plus auquel des deux hommes elle pensait en se posant cette question.

Avec un léger frisson, elle alluma sa lampe de bureau, ouvrit un dossier et jeta un regard en coin vers le téléphone. Elle avait déjà appelé Gage une heure plus tôt pour le remercier de ses roses. Mais un Frank plus laconique que jamais lui avait annoncé que M. Guthrie était sorti. Elle pouvait difficilement lui passer un second coup de fil maintenant. C'était elle, après tout, qui avait demandé un temps de réflexion.

Avec un léger soupir, Deborah s'assit à son bureau, chassa Gage, Némésis et les vapeurs d'alcool de son esprit, et se pencha sur ses notes.

Il savait qu'il avait eu tort de venir. Mais c'était arrivé sans que sa volonté y soit pour quelque chose. Ses pas l'avaient mené d'eux-mêmes, de rue en rue, jusque chez elle. Levant les yeux, il vit la lumière briller à sa fenêtre. Il attendit quelques instants dans la nuit humide et chaude, se jurant qu'il partirait si elle éteignait au cours des cinq prochaines minutes.

Mais au cinquième étage, comme un phare dans l'océan de la ville bruissante, la chambre éclairée de Deborah continuait à lancer son appel lumineux dans la nuit.

Répondant à l'invite, il quitta l'ombre de l'immeuble, bondit dans ses habits de ténèbres et s'accrocha à l'échelle d'incendie. Parce qu'il avait besoin d'être auprès d'elle. Parce qu'il voulait la protéger. L'aimer.

Par la fenêtre ouverte, il la vit assise à sa table de travail. Le stylo qu'elle tenait à la main courait vite sur le papier. L'odeur de musc de son parfum parvint à ses narines. Comme une provocation. Un défi.

Elle avait l'air si sérieuse, ainsi, de profil, avec ses cheveux qui balayaient sa joue. Son peignoir bleu glissa sur une épaule, laissant entrevoir la peau blanche et fine, douce comme de la soie.

Quelques minutes s'écoulèrent ainsi, silencieuses, comme suspendues dans le temps pendant qu'il la dévorait des yeux. Puis elle fronça les sourcils, s'agita, finit par tourner la tête.

Deborah sentit le sang affluer à son visage. Son cœur cognait à grands coups sourds dans sa poitrine. Elle était tendue, sur le qui-vive, mais pas vraiment surprise. Comme si elle avait su depuis le début qu'il viendrait cette nuit.

— Alors, Némésis ? C'est l'heure de la pause ? Aux infos, ils avaient pourtant l'air de dire que tu faisais du non-stop.

— On ne peut pas dire que tu sois inactive non plus.

En repoussant les cheveux qui lui tombaient sur le front, elle sentit que sa main tremblait.

— Comment es-tu entré ? demanda-t-elle d'une voix qui se troublait déjà.

Elle hocha la tête lorsqu'il tourna les yeux vers la fenêtre.

— Je vois. Je veillerai dorénavant à la laisser fermée.

— Cela n'aurait rien changé.

Les nerfs à fleur de peau, Deborah se leva pour lui faire face.

— Qui que tu sois, il faut que ça s'arrête. Maintenant.

Il fit un pas vers elle.

— Tu ne peux plus *rien* arrêter maintenant. Pas plus que je ne puis faire machine arrière.

Némésis jeta un coup d'œil au dossier ouvert sur son bureau.

— Je vois que tu n'as tenu aucun compte de mes conseils.

— Non. J'ai l'intention d'aller jusqu'au bout et personne ne m'en empêchera, tu m'entends ? Personne.

Redressant la taille, elle le défia du regard.

— Et si tu veux m'aider, dis-moi ce que tu sais.

— Tout ce que je sais, c'est que je te veux toi.

Soudain figée dans une immobilité totale, elle attendit en retenant son souffle.

— Maintenant, Deborah.

Un frisson la parcourut et ses seins se durcirent sous la soie légère de son peignoir. Elle secoua la tête, choquée par les pulsions sauvages qui faisaient rage en elle. D'où lui venait l'impression absurde que se donner à Némésis équivalait, d'une certaine façon, à faire l'amour avec Gage ? Comme s'il n'y avait plus nulle part ni différence, ni limites, ni frontières.

— Il faut que tu partes, chuchota-t-elle, au comble de la confusion. Je t'en prie... je n'ai pas le droit.

Il soutint son regard.

— C'est plus fort que moi, rétorqua-t-il d'une voix rauque en l'attirant contre lui. Pour toi, je serais prêt à transgresser toutes les lois, à renoncer aux valeurs qui me sont le plus chères. Tu peux le comprendre ça ? C'est plus qu'un besoin, c'est comme une nécessité absolue qui rend sourd et aveugle.

Deborah comprenait d'autant mieux qu'elle était en proie à un élan d'une violence semblable.

— Avoue que cela n'a rien de… de normal, objecta-t-elle faiblement.

— Que ce soit juste ou injuste, bien ou mal, insensé ou rationnel, peu m'importe. Je te veux à moi. Cette nuit.

Du revers de sa main gantée, il renversa la lampe de bureau qui s'écrasa sur le sol. Dans le noir, il la souleva dans ses bras.

— Non, protesta-t-elle.

Mais ses mains qui s'agrippaient à ses épaules acquiesçaient déjà. Avant même de la poser sur le lit, il capta sa bouche et la fit sienne. Ses lèvres étaient fiévreuses, exaltées, infiniment… familières. L'impact fut immédiat, d'une puissance sans appel. Lorsque, sourde et aveugle à son tour, elle répondit à son baiser, son esprit comprit ce que son cœur avait vainement tenté de lui dire depuis le début.

Elle tomba en arrière sur le lit et il vint peser sur elle de tout son poids. Sa bouche impatiente courait sur son visage et dans son cou. Déjà ses mains écartaient le peignoir, cherchaient la peau nue.

Il retira ses gants pour mieux sentir, explorer chaque millimètre de chair. Si ferme. Si douce. Si consentante. Dans les ténèbres, Deborah était chaleur et lumière, sensualité et mouvement. Comme une rivière, elle coulait sous ses doigts. Et lui voulait sombrer corps et âme dans ses eaux tièdes, s'y engloutir pour y renaître à l'infini.

Deborah ne se lassait pas de revenir à sa bouche, y buvant sans relâche, comme à une source d'eau claire. Au-dehors, la nuit était lourde, moite et un orage encore distant grondait doucement au loin. Lui, n'était qu'une silhouette noire à peine visible mais elle savait maintenant. Et elle le voulait, oui. Le voulait avec une détermination farouche et sans appel. Il n'y avait plus trace en elle de la femme de tête, rationnelle et posée, tandis qu'ils roulaient sur le lit, agrippés l'un à l'autre, murmurant sauvagement leur désir.

Tremblante d'impatience, elle le dévêtit et le sentit aussi vulnérable qu'elle lorsqu'ils se retrouvèrent peau contre peau, communiquant par leurs lèvres, leurs mains, leur chair murmurante. Le tonnerre se rapprochait, un souffle de vent brûlant entra par la fenêtre ouverte, réveillant le parfum des roses qui les enveloppa comme d'un voile.

Tout n'était que chaleur, palpitation, plaisir dans les ténèbres. Soulevée par une première vague de jouissance, elle pleura et s'arqua contre lui pour demander plus encore. Lui donnait, donnait sans relâche, l'entraînant toujours plus haut. Dans le secret de la nuit, s'élevaient les bruits légers, les murmures, les parfums de l'amour. Frissons et délices. Soupirs et gémissements. Faims insatiables.

Lorsque, enfin, il vint en elle, ce fut comme une plongée à deux aux confins du plaisir et de la folie. Deborah s'y livra — se livra à lui — sans rien garder d'elle-même.

Elle le serra éperdument, se sentant partir si loin qu'elle crut mourir. Les mots vinrent d'eux-mêmes :

— Oui, oh, oui... Je t'aime.

Les paroles coulèrent en lui comme il coulait en elle. Dans la culmination de la passion, il se mut avec ses dernières forces, le visage enfoui dans ses cheveux. Il sentit les ongles de Deborah s'enfoncer dans son dos puis tout bascula. Elle le suivit en criant son nom.

Peu à peu, alors qu'il reposait immobile dans le noir, le rugissement du sang dans ses oreilles s'apaisait. Il entendit de nouveau le vacarme de la rue et la respiration encore irrégulière de Deborah. Elle avait desserré les bras qui étaient restés noués autour de son cou et demeurait à son côté, calme et silencieuse comme une morte.

Lentement, il s'écarta d'elle. Deborah ne bougeait toujours pas. Ne disait toujours rien. Il tâtonna dans l'obscurité pour lui caresser le visage et sentit l'humidité des larmes sous ses doigts. Avec une violence inattendue, il se surprit à haïr la part de lui-même qui la faisait souffrir.

— Depuis quand as-tu deviné ? s'enquit-il tout bas.

— Juste maintenant. Jusqu'à cette nuit, je ne me doutais encore de rien. Je refusais de voir l'évidence. Mais un seul baiser a suffi à te trahir, Gage.

Avant qu'il ne puisse la toucher de nouveau, elle se détourna pour récupérer son peignoir.

— Tu croyais qu'il suffisait d'éteindre la lumière pour garder ton incognito ? lui lança-t-elle avec amertume. Tu pensais réellement que tu pouvais m'embrasser, me tenir dans tes bras, et que je ne me rendrais compte de rien, même au cœur des ténèbres ?

La souffrance qui perçait dans sa voix lui vrilla le cœur.

— Je ne sais pas... Je crois que je ne pensais plus à rien, en fait.

Elle alluma la lampe de chevet et plongea son regard dans le sien.

— Tu es si brillant, si habile, si secret, Gage. Je suis étonnée que tu te sois risqué à commettre cette erreur tactique.

La regarder lui fit mal. Elle était d'une beauté à couper le souffle, avec ses cheveux répandus sur les épaules, le rouge que l'amour avait amené à ses joues. Dans ses yeux brillait un mélange de souffrance, de colère, de désarroi.

— Peut-être que je savais au fond de moi que tu allais me reconnaître. Mais je te voulais si fort que plus rien n'avait d'importance.

Il se redressa pour l'attirer contre lui mais elle le repoussa.

— Mesures-tu au moins à quel point tes mensonges étaient cruels, Gage ? Tu m'as fait douter de moi, de mes valeurs. J'ai cru que je devenais folle à force d'être déchirée entre toi… et toi. Et tu le voyais, en plus. Tu savais pertinemment que je tombais amoureuse de toi tout en succombant à mon attirance pour Némésis ! Tu n'as pas *pu* ne pas t'en rendre compte.

— Deborah, s'il te plaît… Ecoute-moi.

Lorsqu'il lui effleura l'épaule, elle se rejeta en arrière.

— Je te déconseille de me toucher maintenant, Gage.

Il jura avec force.

— Je suis tombé amoureux de toi trop vite pour avoir le temps de réfléchir à une stratégie quelconque. Tout ce que je savais, c'était que je te désirais et que je voulais assurer ta sécurité.

— Alors, tu as enfilé ton masque et tu m'as suivie à la trace. Ne compte pas sur moi pour te remercier de ton dévouement, Gage.

Son ton était si froid, si distant que Gage sentit un vent de panique souffler en lui.

— Deborah, ce qui vient de se passer maintenant…

— Oui, justement, parlons-en. Tu me fais suffisamment confiance pour partager ton lit. Mais pas la vérité de qui tu es.

— C'est vrai. Parce que je ne pouvais pas te confier mon secret. Je sais que tu désapprouves mon action.

Les épaules de Deborah se voûtèrent. Elle sentit sa colère l'abandonner peu à peu, remplacée par un sentiment de profonde tristesse.

— Si tu te sentais tenu de me mentir, pourquoi ne pas avoir gardé tes distances, Gage ?

Il soutint gravement son regard.

— C'est très exactement ce que j'ai essayé de faire, crois-moi. Mais pour la première fois depuis quatre ans, je suis confronté à quelque chose qui dépasse ma volonté. Pardonne-moi le cliché, mais j'ai besoin de toi comme de l'air que je respire. Je ne te demande pas de comprendre ni d'accepter. Mais au moins de me croire quand je te dis que je ne pouvais pas faire autrement.

Elle se prit la tête entre les mains.

— Tu me mens depuis le début et maintenant, tu me demandes de te croire. Je croyais tomber amoureuse de deux hommes très différents et maintenant je me rends compte qu'il n'y a que toi… Comment veux-tu que je m'y retrouve ? murmura-t-elle faiblement en fermant les yeux.

— Je t'aime, Deborah. Je t'en supplie, laisse-moi encore une chance de t'expliquer.

— J'ai peur, tu sais… peur que ton mensonge ait déjà tout cassé entre nous, admit-elle d'une voix brisée.

Elle ouvrit les yeux et pour la première fois vit les immenses cicatrices qui lui barraient la poitrine. La douleur la frappa avec une telle force qu'elle faillit tomber à genoux. Pétrifiée d'horreur, elle leva les yeux.

— Ils t'ont fait cela ? chuchota-t-elle.

Il se rétracta d'instinct.

— Je ne veux pas de ta pitié, Deborah.

— Ne bouge pas, murmura-t-elle en l'entourant de ses bras. Serre-moi maintenant. Serre-moi très fort.

Elle secoua la tête.

— Non, plus fort encore. J'aurais pu te perdre il y a quatre ans, avant même de t'avoir connu.

Les larmes aux yeux, elle renversa la tête dans la nuque.

— Je ne sais pas où j'en suis avec toi, Gage Guthrie, mais ce soir, ta présence suffit. Tu veux bien rester avec moi ?

— Aussi longtemps que tu le souhaiteras, chuchota-t-il en se penchant sur ses lèvres.

8.

Se réveiller le matin avait toujours été une épreuve pour Deborah. Tirant le drap sur sa tête, elle se réfugia dans le cocon du sommeil, indifférente au vacarme de la circulation, sourde au fracas du marteau-piqueur qui, cinq étages plus bas, attaquait hargneusement le bitume. En vérité, elle aurait pu continuer à dormir au cœur d'une explosion nucléaire.

Ce ne fut pas le bruit, mais l'arôme du café venu caresser ses narines qui lui fit entrouvrir les yeux pour jeter un coup d'œil ensommeillé à son réveil. Dix heures et demie ! lut-elle, horrifiée. Se redressant tant bien que mal, elle nota qu'elle avait dormi nue entre les draps entortillés.

Au bout de quelques recherches infructueuses, Deborah finit par repêcher son peignoir sous le lit. Et, avec le peignoir, un carré de tissu noir. Elle l'examina un instant puis retomba assise sur le matelas.

Un masque.

Ainsi, elle n'avait pas rêvé les événements de la nuit. Les faits étaient établis et vérifiables : Gage était venu à elle sous les traits d'un autre. Et lorsqu'il lui avait fait l'amour dans le noir, les deux hommes qui avaient nourri ses fantasmes s'étaient confondus. L'affable et richissime homme d'affaires et l'aventurier vêtu de noir étaient une seule et même personne. Ses deux soupirants imaginaires s'étaient mués en un seul amant réel.

Accablée, Deborah se prit le visage entre les mains. Comment était-elle censée affronter une situation pareille ? En tant que femme ? En tant que substitut du procureur ?

Aimer Gage, c'était trahir ses principes. Respecter ses principes, c'était le trahir lui.

Lui parler… Voilà ce qu'il lui restait à faire. Elle ne voyait pas d'autre solution. Calmement. Posément. En priant pour que son amour lui souffle les mots justes. Les mots qui sauraient le convaincre qu'il n'avait pas choisi la bonne voie.

Elle prit une profonde inspiration et se prépara à le rejoindre dans la cuisine lorsque le téléphone sonna. Jurant à voix basse, elle enfila son peignoir en toute hâte et se pencha pour attraper le combiné de l'autre côté du lit.

En entendant la voix amusée de Cilla à l'autre bout du fil, elle comprit que Gage avait déjà décroché dans le salon.

— …suis la sœur de Deborah. Mais je dérange, peut-être ?

— Pas du tout, non. Deborah dort toujours. Si vous le souhaitez, je peux…

— C'est bon, je suis réveillée, je prends la communication, intervint Deborah avec un soupir en repoussant les cheveux qui lui tombaient sur les yeux. Salut, Cilla.

— Je vous laisse, annonça Gage.

Deborah l'entendit raccrocher et un silence tomba sur la ligne.

— Hum hum… Je peux rappeler dans un moment, si ça t'arrange ? proposa Cilla prudemment.

— Non, c'est O.K. J'allais me lever de toute façon.

— Bien, Boyd a procédé aux vérifications que tu m'as demandées. Et je pensais que ça t'aiderait à avancer tes investigations s'il te communiquait les informations rapidement. Si tu as trois secondes, je te passe Boyd… Tu patientes un moment ?

— Pas de problème.

Assise en tailleur sur le lit, Deborah attendit quelques secondes, puis la voix enjouée de son beau-frère retentit au bout du fil :

— Deb ?

— Félicitations, commissaire.

— Merci. Je vois que Cilla n'a pas traîné pour annoncer la nouvelle ! Comment vas-tu depuis la dernière fois ?

Deborah contempla le masque froissé qu'elle tenait toujours à la main.

— Eh bien… ça ne va pas trop mal. Au fait, merci de m'avoir rendu ce service, Boyd.

— Oh, je n'ai malheureusement pas récolté grand-chose d'intéressant. George P. Drummond avait une petite entreprise de plomberie.

— Avait ?

— Il est mort il y a trois ans. De mort naturelle. Il avait quatre-vingt-trois ans et n'a jamais siégé au conseil d'administration d'aucune société.

Deborah soupira.

— Et l'autre ?

— Charles R. Meyers. Enseignant et entraîneur de foot. Décédé il y a cinq ans. Pas de casier judiciaire. Réputation impeccable.

— Quant à la société Solar ?

— Jusqu'à présent, nous n'avons rien trouvé qui y ressemble de près ou de loin. L'adresse que tu as donnée à Cilla ne correspond à rien.

— J'aurais dû m'en douter. Chaque fois que je crois aboutir à quelque chose, je me retrouve dans l'impasse.

— C'est un problème que je connais bien. Je tâcherai de pousser mes recherches un peu plus loin. Et désolé de n'avoir pu t'être d'aucune aide.

— Mais tu *m'as* aidée, Boyd.

— Avec deux morts honorables et une adresse bidon ? Entre nous, cette histoire a-t-elle quelque chose à voir avec le fameux fantôme masqué ?

Deborah froissa le masque entre ses doigts et se mordit la lèvre.

— Entre nous, oui, admit-elle avec un nouveau soupir.

— Sois prudente, en tout cas. Je te repasse Cilla. Elle veut absolument te parler.

Deborah entendit chuchoter à l'autre bout du fil, puis la voix amusée de Boyd s'éleva de nouveau dans le combiné :

— Ho ho ! Il paraît que c'est un homme qui a décroché chez toi ce matin ? Bon... je cède la place à Cilla avant qu'elle ne m'arrache ce malheureux appareil des mains.

Elle n'avait qu'à fermer les yeux pour imaginer sa sœur et son beau-frère, luttant en riant autour du téléphone.

— Deb ? s'exclama Cilla. Je voulais juste savoir qui... Boyd ! Fiche-moi la paix cinq minutes, O.K. ? J'ai des choses capitales à demander à ma petite sœur !... Oui, Deb, on peut savoir à qui appartient cette voix grave et sexy que je viens d'entendre ?

— A un homme.

— Ça oui, j'avais deviné. Il a peut-être un nom, ce garçon ?

— Gage, marmonna Deborah.

— Le milliardaire ? Ça a l'air de progresser à grands pas entre vous.

— Cilla...

— Je sais, je sais. Tu es une grande fille et tu mènes ta vie comme tu l'entends. Mais dis-moi simplement s'il...

Deborah résista à la tentation de se boucher les oreilles.

— Cilla... Avant que tu poursuives ton interrogatoire, je tiens à ce que tu saches que je n'ai pas encore pris mon café ce matin.

— Bon, d'accord, j'ai compris. Ce n'est pas le moment. Mais tu me rappelles, hein ? Je veux tous les détails.

— Je reprendrai contact dès que je les aurai.

— Mmm… Tu as intérêt à te manifester.

— Promis, curieuse !

Deborah raccrocha et se leva pesamment. Elle trouva Gage aux fourneaux, en jean noir et pieds nus, sa chemise largement déboutonnée.

— Tu cuisines ? demanda-t-elle, étonnée.

Il se retourna au son de sa voix.

— Je suis désolé pour le téléphone, Deb. J'espérais préserver ton sommeil en prenant la communication.

— Cela n'a pas d'importance.

Ne sachant trop quelle contenance prendre, Deborah s'avança pour se servir en café. Gage lui saisit les épaules et ses mains glissèrent le long de ses bras. Comme elle se crispait à son contact, il recula d'un pas.

— Tu aurais préféré ne pas me trouver là en te levant ?

— Je ne sais pas, murmura-t-elle. De toute façon, au point où nous en sommes, il faudra bien que nous parlions tôt ou tard… Ça fait longtemps que tu es levé ?

— Deux ou trois heures.

— Tu n'as pas dormi très longtemps.

Il haussa les épaules.

— J'ai passé neuf mois entiers à ne rien faire d'autre que dormir. Depuis que je suis sorti du coma, je peux tenir facilement avec quatre heures de sommeil par nuit.

— C'est ce qui te permet de concilier tes activités diurnes et nocturnes ? demanda-t-elle, non sans une pointe d'ironie.

— Des changements physiques importants se sont produits chez moi, précisa Gage sans répondre à sa question. Au niveau du métabolisme, pour commencer. Et sur d'autres plans encore.

Il tourna vers elle un regard interrogateur :

— Tu voudrais que je te présente mes excuses pour ce qui s'est passé hier soir ?

En proie à un sentiment d'apathie qui frisait l'accablement, elle haussa les épaules. Gage jura tout bas.

— J'ai du mal à te dire que je suis désolé, Deborah. Parce que je ne regrette rien, en définitive. Je n'arrive même pas à m'en vouloir d'être entré chez toi sans y avoir été invité. Ce qui s'est passé cette nuit a chamboulé toute mon existence. Je ne serai plus jamais le même que celui que j'étais avant de te connaître.

Gage attendit une réponse mais elle se contenta de river sur lui ses grands yeux bleus désolés.

— Tu ne me crois pas ?

— Je ne sais plus quoi croire. Tu m'as menti depuis le début, Gage.

— Oui, j'ai menti. Délibérément. Et si cela avait été possible, j'aurais sans doute continué à le faire.

Il vit les traits de Deborah se crisper. Elle replia frileusement les bras sur sa poitrine.

— Tu peux imaginer ce qu'un tel aveu signifie pour moi, Gage ?

— Je crois que oui.

Elle secoua la tête.

— Non, tu ne peux pas savoir. Tu m'as fait douter de moi-même au point de ne plus me reconnaître. J'ai eu tellement honte, Gage… J'imagine que si je n'avais pas été aussi aveuglée par la culpabilité, la vérité m'aurait sauté aux yeux plus tôt. J'éprouvais des sentiments rigoureusement semblables pour deux hommes que je croyais différents. Je te regardais toi et je pensais à lui. Je le regardais lui et je pensais à toi… L'autre soir, quand je suis revenue à moi, dans la chambre de Ray Santiago, j'ai vu tes yeux et je me suis souvenue de la première fois où nos regards se sont croisés, au Stuart Palace. Je croyais devenir folle.

— C'est pour te protéger que je gardais le secret.

— Me protéger de quoi ? De moi-même ? De toi ? Chaque fois que tu me touchais, je…

Elle se mordit la lèvre.

— Je ne sais pas si je peux te pardonner, Gage. Ni si je pourrai jamais te faire confiance.

Gage dut se faire violence pour ne pas se lever et la prendre dans ses bras.

— Je ne suis pas en mesure de réparer le mal que je t'ai fait. Ce n'était pas mon désir de t'aimer. Avant de te connaître, je me sentais invulnérable. Tu es mon talon d'Achille, ma secrète faiblesse, celle qui m'expose en permanence au risque de commettre une erreur.

Il songea à son « don », à sa malédiction et conclut d'une voix sombre :

— Je n'ai même pas le droit de te demander de m'accepter tel que je suis.

Deborah sortit son masque froissé de la poche de son peignoir.

— Avec ça, tu veux dire ? Non, c'est vrai, tu n'as pas le droit de me demander de t'accepter avec ce visage-là. Et c'est pourtant ce que tu fais. Tu voudrais que je t'aime et que je ferme les yeux. C'est ma vocation de servir la loi. Et je suis censée me taire alors que tu te joues d'elle ?

Il sentit monter une bouffée de colère.

— Tu crois que je ne l'ai pas servie, moi aussi, ta loi ? J'ai failli mourir pour elle. Et mon coéquipier, lui, a été jusqu'au bout de son sacrifice. Il n'en est même jamais revenu.

— Gage, tu ne peux pas en faire une affaire personnelle.

— Ah vraiment ? *Tout* n'est qu'affaire de personnes, pourtant. Tu peux étudier tes bouquins de droit et te remplir la

190

tête de théorie tant que tu voudras mais, au bout du compte, ce qui reste, ce sont les êtres humains et ce qui les relie. Rien d'autre. Et au fond de toi, tu le sais. Je t'ai vue au travail. Tu ne fonctionnes pas différemment de moi.

— Moi, je ne sors pas du cadre de la loi, protesta-t-elle en secouant la tête. Jamais. Sans la loi, nous revenons au chaos. C'est la base même de toute démocratie.

Le regard de Gage s'assombrit.

— Tu as raison en théorie. Mais j'ai été… comment dire ? appelé à faire ce que je fais. Même pour toi, je ne pourrais pas renoncer au but que je dois poursuivre.

— Et si j'en parlais à Mitchell ? Au chef de la police ? Ou à Fields ?

— Je prendrais mes dispositions. Mais ça ne changerait rien.

Elle se leva, le masque serré dans son poing crispé.

— Oh, mon Dieu, mais *pourquoi*, Gage ? Pourquoi ?

— Parce que je n'ai pas le choix, rétorqua-t-il en lui agrippant un instant les épaules avant de se détourner d'un mouvement brusque.

— Je suis au courant, pour Montega, murmura-t-elle, touchée par la souffrance entrevue dans son regard. Et je suis désolée, vraiment profondément désolée. Nous arrêterons cet homme et il sera jugé. Mais appliquer la loi du Talion n'est pas la solution. C'est justement ce qui fait la différence entre les criminels et nous, Gage.

Il soupira.

— Je respecte et je partage tes convictions, Deborah. Mais il s'est passé quelque chose de très particulier pour moi il y a quatre ans. Ma vie a changé. De façon radicale et irréversible.

Gage posa une main contre le mur et la contempla fixement avant de la glisser de nouveau dans sa poche.

— Tu as lu les comptes rendus de ce qui s'est passé pour Jack et moi ?

— Oui.

— Alors tu connais les faits. Mais pas toute la vérité pour autant. Tu ne sais pas que j'aimais Jack comme un frère. Tu ne sais pas qu'il avait une femme adorable et un petit garçon qui roulait sur un tricycle rouge.

— Oh, Gage…

Elle sentit ses yeux se remplir de larmes et ne put s'empêcher de lui ouvrir les bras. Mais il secoua la tête.

— Nous avions passé deux années entières de nos vies à œuvrer sans relâche pour démanteler ce réseau. En tant que flics, nous croyions dur comme fer à la lutte que nous menions. Convaincus que nous touchions au but, nous faisions déjà des projets de vacances, poursuivit Gage, les doigts crispés sur le dossier d'une chaise. Moi, je visais les Antilles mais Jack, lui, avait des goûts simples. Il voulait simplement profiter de la vie, de sa famille. Jouer avec son fils et tondre son gazon.

Le regard absent, Gage poursuivit :

— Ce soir-là, tout était en place. L'opération ne *pouvait* pas échouer. Nous avions tout prévu, tout calculé au millimètre. Et pourtant, j'avais des sueurs froides, un pressentiment qui ne me lâchait pas. Mais je n'ai pas écouté mon intuition. Et lorsque Montega est arrivé avec son sourire étincelant, il était déjà trop tard pour réagir. Il a tué Jack avant même que j'aie le temps de sortir mon arme. Là, je me suis pétrifié. Ça n'a pas duré longtemps, mais Montega a tiré parti de l'effet de surprise. Il m'a eu à mon tour.

Deborah songea aux cicatrices qui lui couvraient la poitrine. « Avoir vécu cela, songea-t-elle. Voir tomber son meilleur ami sous les balles. Regarder l'espace d'un instant sa propre mort en face. Puis sentir l'explosion dans son corps et comprendre que tout est terminé… »

Elle frissonna.

— A quoi bon te torturer avec ces souvenirs, Gage ? Tu sais que tu n'aurais pas pu sauver Jack.

Il lui jeta un regard étrange.

— Pas ce soir-là, non. Car je suis mort.

La façon dont il prononça ces mots lui fit courir un frisson dans le dos.

— Tu es vivant, protesta-t-elle.

— Mais techniquement, cette nuit-là, j'ai perdu la vie. Il y a eu un moment précis où j'ai senti comme une partie de moi glisser hors de mon corps et s'échapper. J'ai su alors que j'étais mort. C'était étrange de les voir d'en haut, en train de s'acharner sur ce qui me paraissait n'être qu'une dépouille sans vie. Plus tard, dans la salle d'opération, je m'éloignais, je m'éloignais… J'étais à deux doigts de me libérer définitivement. Et puis, j'ai été tiré en arrière. Prisonnier de nouveau.

— Prisonnier ? chuchota-t-elle.

— De mon corps. J'étais de retour d'une certaine façon et, en même temps, comment dire ? pas vraiment là, pas vraiment incarné. Il m'arrivait d'entendre de la musique ou de respirer le parfum des fleurs. Mais je n'étais plus qu'une conscience flottante, légère, sans attaches. J'aurais voulu rester ainsi indéfiniment, présent d'une certaine façon mais sans lien avec la réalité. Je ne sentais rien.

Deborah vit les mains de Gage retomber sans force.

— Mais un jour, j'ai été ramené au monde. Et là, je me suis mis à éprouver les choses de nouveau. Je n'ai jamais rien vécu d'aussi affreux.

Elle porta la main à sa propre poitrine. C'était comme si elle venait de traverser physiquement les souffrances qu'il avait évoquées.

— Je ne peux pas dire que je comprends ce que tu as enduré, Gage. Je crois que personne n'a cette faculté. Mais j'ai mal pour toi.

Le visage de Gage se radoucit lorsqu'une larme glissa sur sa joue.

— Lorsque je t'ai vue pour la première fois, ce soir-là, dans cette impasse, ma vie a changé de nouveau. De façon tout aussi radicale. Et je me suis senti aussi impuissant que la première fois à infléchir le cours du destin...

Avec une infinie tendresse, il effleura sa joue humide.

— Et maintenant, mon sort est entre tes mains, Deborah.

— Ce n'est pas un fardeau facile que tu me confies là.

Il s'approcha pour prendre son visage entre ses paumes.

— Donne-moi au moins quelques jours.

Le désarroi la fit trembler.

— C'est beaucoup, ce que tu me demandes. N'oublie pas qui je suis, Gage.

— Je n'oublie pas. Mais si je ne vais pas jusqu'au bout de la tâche que je me suis fixée, il aurait mieux valu que je meure il y a quatre ans.

— Tu crois qu'il n'y a vraiment pas d'autre moyen ? demanda-t-elle dans un souffle.

— Pas pour moi. Accorde-moi juste encore un peu de temps. Puis tu pourras me dénoncer à tes supérieurs si tu estimes que c'est ton devoir de le faire.

Le cœur lourd, Deborah ferma les yeux.

— Mitchell m'a consenti un délai de deux semaines. Je ne peux pas te promettre plus que cela.

Gage hocha la tête. Il savait ce que lui coûtait cette décision et priait d'être à même un jour de lui rendre ce don d'amour.

— Je t'aime, murmura-t-il.

Elle ouvrit les yeux, laissa son regard se perdre dans le sien.

— Je sais, chuchota-t-elle en abandonnant sa tête contre sa poitrine.

Gage referma les bras autour d'elle. Son étreinte était si solide, si réelle. Elle releva la tête et chercha ses lèvres, laissant leur baiser s'éterniser, tendre et brûlant de promesses en dépit du conflit qui faisait rage en elle. L'avenir était si hostile, si incertain qu'elle se raccrocha à lui de toutes ses forces.

— Si seulement nous pouvions nous aimer gaiement, sans arrière-pensée, comme des gens ordinaires… Pourquoi faut-il que ce soit si compliqué, Gage ?

Il avait cessé de compter le nombre de fois où il s'était posé la même question.

— Je suis désolé.

— Non.

Deborah se dégagea et essuya ses joues humides.

— C'est moi qui suis désolée. Rien ne sert de pleurnicher, en l'occurrence, ni de déplorer les circonstances. Même si je suis bien incapable de prévoir ce qui va se passer pour nous, je sais ce qu'il me reste à faire : me mettre au travail. C'est en avançant qu'on trouve des solutions… Pourquoi souris-tu ? demanda-t-elle, vaguement vexée.

— Parce que je t'aime. Si tu viens te recoucher avec moi, je te montrerai que tu es faite pour moi.

— Gage ! Il est pratiquement midi ! se récria-t-elle lorsqu'il se pencha pour lui mordiller l'oreille.

— Mmm…

— Nous avons des investigations à poursuivre. Et le temps nous est désormais compté à l'un comme à l'autre, protesta-t-elle tout en s'abandonnant contre lui, les bras noués autour de son cou, prête à succomber au premier baiser, à la première caresse.

— Bon, d'accord, je te laisse.

Gage se mit à rire lorsqu'elle fit la moue, dépitée qu'il se soit rendu aussi facilement à ses raisons.

— Mais à une condition, précisa-t-il.

— Laquelle ?

— J'ai une réception ce soir au Parkside.

— Au Parkside !

C'était l'hôtel le plus ancien, le plus élégant de la ville.

— Oui. Le grand bal d'été et tout le bataclan. Je n'avais pas l'intention de m'y rendre mais je viens de changer d'avis. Tu veux venir avec moi ?

Elle se croisa les bras sur la poitrine.

— Gage Guthrie, dois-je comprendre que tu me proposes de participer au plus grand événement mondain de l'année, sachant que tout le monde sera sur son trente et un et qu'une journée complète de travail ne me laissera ni le temps d'aller chez le coiffeur ni celui d'acheter une robe adéquate ?

— Il y a de cela, oui.

Elle soupira.

— Super. On y va à quelle heure ?

A 7 heures, Deborah prit une douche pour délasser ses muscles ankylosés par les six heures qu'elle venait de passer d'affilée derrière son ordinateur. L'eau chaude, par chance, fit des miracles. Car elle avait déjà dépassé son quota d'aspirine pour la journée. Et le pire, c'est que ses recherches effrénées n'avaient donné aucun résultat. Chaque nom qu'elle avait trouvé appartenait à une personne déjà décédée. Chaque société anonyme ne faisait que renvoyer à une autre, puis une autre, puis une autre encore... Et elle avait eu beau lire et relire d'interminables listes, elle n'avait trouvé ni fil directeur, ni élément récurrent, ni quoi que ce soit qui puisse ressembler de près ou de loin à un indice valable.

Deborah soupira en exposant son dos douloureux au jet d'eau brûlante. Elle avait passé la journée entière à piétiner alors qu'il lui importait plus que jamais d'avancer. Et pas seulement pour une cause abstraite. Car la Justice n'était plus seule en jeu : elle agissait désormais avec un but beaucoup plus personnel en tête. Tant que cette affaire ne serait pas résolue, son avenir avec Gage resterait incertain et menacé.

Rien ne prouvait qu'une solution finirait par se profiler, d'ailleurs. Leur histoire d'amour, tout comme ses recherches d'aujourd'hui, pouvait aboutir à une impasse. Cette nuit, un souffle de tempête les avait jetés l'un vers l'autre. Mais le propre des tempêtes était de se déchaîner puis de se dissiper. Elle savait qu'une relation durable devait se construire sur des bases plus solides que la simple passion. Entre ses parents, il y avait eu de l'amour et du désir en abondance. Mais cela n'avait pas suffi. Son père et sa mère avaient échoué dans leur vie de couple car ils s'étaient aimés sans jamais réussir à se comprendre.

Sans la confiance, l'amour passionné finissait immanquablement par s'étioler. En ne laissant que des cendres derrière lui.

Or Gage disait l'aimer mais il ne croyait pas suffisamment en elle pour lui confier tout ce qu'il savait. Il détenait certains éléments qui auraient pu l'aider à avancer dans ses investigations. Mais il les gardait pour lui, convaincu qu'il n'existait qu'une seule méthode pour mettre un terme aux activités de Montega et de sa bande : la sienne. Avec un léger soupir, Deborah brancha son séchoir à cheveux. Dans un sens, n'était-elle pas tout aussi convaincue de son côté de détenir LA vérité ? Mais s'ils étaient incapables de trouver un terrain d'entente, comment pouvaient-ils espérer arriver à quoi que ce soit ensemble ?

Et pourtant, elle avait accepté de sortir avec lui ce soir. Et pas parce qu'elle rêvait de participer au bal le plus élégant, le plus *glamour* de Denver. S'il lui avait proposé un hot dog et une partie de bowling, elle aurait accepté également. Parce qu'elle avait beau être consciente des obstacles, elle n'en était pas moins livrée, pieds et poings liés, à la force d'attraction qui la poussait vers lui.

Deborah appliqua une légère touche de blush et sourit à son reflet dans le miroir. Ce soir, elle se donnerait à Gage. Mais comme pour Cendrillon sur les douze coups de minuit, la réalité serait dure à affronter, une fois le bal terminé.

Avec un haussement d'épaules fataliste, elle passa dans sa chambre et contempla la robe étalée sur le lit. Elle était entrée au pas de course dans la boutique, cinq minutes avant la fermeture, convaincue qu'il était trop tard pour trouver son bonheur. Mais le hasard — ou le destin — avait voulu qu'elle lui apparaisse au premier regard, comme si elle n'avait jamais attendu qu'elle : la robe bleue qui ferait rêver Gage.

Il lui avait suffi de l'enfiler pour achever de s'en convaincre. Longue et fluide, cette création d'un nouveau couturier bourré de talent lui allait comme un gant. Aucune retouche n'avait été nécessaire. Le prix, en revanche, lui avait donné des sueurs froides. Mais avec une soudaine exubérance, la « femme pratique » avait envoyé balader sa prudence, ses principes d'économie et un mois entier de salaire.

Deborah se planta devant le miroir et s'inspecta d'un œil critique. Mais impossible de regretter les sommes colossales investies : la robe semblait avoir été dessinée tout spécialement à son intention. Elle enfilait ses escarpins lorsque Gage sonna à la porte. Une telle intensité de désir étincela dans ses yeux lorsqu'il la vit qu'elle ne put s'empêcher de sourire. Elle tournoya devant lui pour lui soumettre sa tenue.

— Alors ?

Gage semblait avoir du mal à respirer.

— Je me félicite de ne pas t'avoir laissé plus de temps pour te préparer.

— Pourquoi ?

— Parce que si tu avais été plus belle que ça encore, je n'aurais pas pu résister.

Elle se mit à rire.

— Montre.

Presque timidement, Gage posa les mains sur ses épaules nues et l'attira à lui pour l'embrasser. Au second baiser, cependant, il avait surmonté son appréhension. Sa bouche se fit insistante, ses caresses fiévreuses. Du bout du pied, il entreprit de refermer la porte derrière lui.

— Ah non, protesta-t-elle, à demi chavirée de plaisir mais ferme dans ses résolutions. Vu ce que j'ai payé pour cette robe, je tiens à l'exhiber en public.

— Toujours la femme pratique, chuchota Gage en cueillant un nouveau baiser sur ses lèvres. On pourrait arriver un peu en retard, non ?

Elle lui sourit.

— Nous partirons *très* en avance.

Lorsqu'elle pénétra dans le Parkside au bras de Gage, la salle de bal était déjà bondée. Tout ce que la ville comportait de riche et de célèbre se trouvait rassemblé en ce lieu : des politiques, des hommes d'affaires, un gros éditeur, une chanteuse d'opéra, quelques acteurs à la mode.

— Ce sont tes compagnons de soirée habituels, Gage ? lui demanda-t-elle en souriant.

Il fit tinter son verre contre le sien.

— J'ai là des relations, des connaissances. Et très peu d'amis.

— Mmm… C'est bien Tarrington que je vois près du buffet ? Notre nouveau candidat a une allure plutôt sympathique. Tu crois qu'il a ses chances ?

— Son programme n'est pas inintéressant, commenta Gage. Mais il va avoir du mal à attirer les votes des plus de quarante ans.

Arlo Stuart qui dirigeait une chaîne d'hôtels célèbres s'avança jusqu'à leur table et posa une main amicale sur l'épaule de Gage. C'était un bel homme au teint hâlé, avec des yeux verts très clairs, une belle masse de cheveux blancs. Gage lui serra la main.

— Bonsoir, Arlo. Je suis ravi que vous ayez pu vous libérer.

— Oh, je n'aurais pas voulu manquer un bal d'été au Parkside. C'est magnifique ce que vous avez fait ici, au fait. Je n'étais pas revenu depuis que vous aviez entamé les travaux de rénovation.

Ce qui voudrait signifier que le Parkside appartenait à Gage ? Vaguement déconcertée, Deborah leva les yeux vers les immenses lustres en cristal qui pendaient du plafond. Comme il semblait être propriétaire de la plupart des immeubles de la ville, elle aurait dû se douter que ce palace ne ferait pas exception !

— Vous êtes, ma foi, en ravissante compagnie, Guthrie, déclara Arlo en se tournant vers elle.

Comme Gage les présentait l'un à l'autre, Arlo serra pensivement sa main dans la sienne.

— Voyons, O'Roarke… O'Roarke… Ah, notre fameuse femme de loi ! La substitut du procureur qui a mis fin à la carrière du proxénète Slagerman. Je vous ai vue en photo dans les journaux mais elles ne donnent qu'une pâle idée de votre beauté.

— Vous me flattez, monsieur Stuart.

— Vous m'accorderez une danse tout à l'heure, j'espère ? Je compte sur vous pour me raconter tout ce que vous savez au sujet de votre ami Némésis.

Deborah tressaillit imperceptiblement mais elle réussit à soutenir son regard.

200

— Je crains de ne pas avoir grand-chose de passionnant à vous apprendre, monsieur Stuart.

— Ce n'est pas ce qu'affirme notre ami Wisner, protesta Arlo sans se résoudre à lâcher sa main. Mais il faut dire que ce journaliste est un parfait imbécile. Où donc êtes-vous allé dénicher notre charmante M\ue O'Roarke, Gage ? Je ne dois pas fréquenter les endroits qu'il faut.

— Détrompez-vous, Arlo, répondit Gage d'un air amusé. J'ai connu Deborah chez vous, à la soirée électorale que vous aviez organisée pour soutenir Tucker.

Stuart partit d'un grand rire.

— Eh bien ! La prochaine fois, je m'occuperai plus attentivement de mes invitées au lieu de perdre mon temps à traquer les électeurs pour ce vieux Fields.

Arlo Stuart s'éloigna, non sans lui avoir rappelé qu'elle lui devait une danse.

— Il est toujours aussi exubérant ? s'enquit Deborah en faisant jouer ses articulations malmenées. J'aime bien les franches poignées de main, mais à ce point...

Gage porta ses doigts à ses lèvres.

— Il est toujours comme ça, oui. Tu n'as rien de cassé, au moins ?

— Je ne crois pas.

Laissant sa main dans celle de Gage, elle regarda autour d'elle : la fontaine, les palmiers nains en pots, les fresques au plafond, la grâce italienne du décor.

— Ainsi, il est à toi, cet hôtel ?

— Oui. Il te plaît ?

— Il y a pire.

Gage éclata de rire et la regarda dans les yeux. Troublée, Deborah s'éclaircit la voix.

— Si je comprends bien, c'est toi qui reçois tout ce beau monde. Tu ne devrais pas aller bavarder avec les uns et les autres ?

— Bavarder avec toi me suffit.

— Gage ! Si tu continues à me regarder comme ça…

— Oui ?

Elle poussa un bref soupir tremblant.

— Je crois que je vais aller me remaquiller.

Le maire la harponna avant qu'elle ait fini de traverser la salle.

— J'aimerais vous parler quelques instants, Deborah.

— Mais naturellement.

Avec un sourire artificiel aux lèvres, Tucker Fields la guida d'une main ferme hors du salon principal.

— Nous serons plus tranquilles dans le fumoir.

Regardant derrière elle, Deborah nota que Jerry venait dans leur direction. Mais le maire lui fit signe de les laisser tranquilles. Jerry hocha la tête, lui jeta un bref regard désolé, et se fondit de nouveau dans la foule.

— J'ai été surpris de vous voir ici, commenta Tucker Fields. Ce qui est idiot, d'ailleurs, puisqu'on voit régulièrement votre nom accolé à celui de Guthrie dans la presse.

— M'avez-vous attirée jusqu'ici pour me parler de ma vie privée, monsieur Fields ? s'enquit Deborah froidement.

— Votre vie privée ne m'intéresse que dans la mesure où elle affecte votre vie professionnelle. J'ai été contrarié et déçu d'apprendre que vous aviez poursuivi vos investigations alors que j'avais expressément émis le souhait que vous y renonciez.

— Ce souhait était-il le vôtre, monsieur Fields ? Ou celui de Gage Guthrie ?

Le regard bleu du maire étincela de colère.

— Il se trouve qu'en l'occurrence, mon avis rejoignait celui de Gage. Je vais être franc avec vous, Deborah : je ne suis pas satisfait du tout de vos prestations. Vous avez commis des imprudences impardonnables.

— Monsieur Fields, c'est en plein accord avec mon supérieur que je continue à instruire ce dossier. J'ai pour principe de toujours aller jusqu'au bout de ce que je fais et je m'engage à investir mon temps et mon énergie sans compter pour avancer dans mes recherches. Comme nous sommes censés lutter pour la même cause, vous et moi, je pense que vous aurez plaisir à constater que les services du procureur de district mettent tout en œuvre pour que Montega et son chef soient enfin arrêtés et jugés.

Voyant le maire devenir écarlate, elle comprit qu'elle avait poussé l'insolence un peu loin. Il lui brandit son index sous le nez.

— Je sais pour quelle cause je lutte et je n'ai certainement pas de leçon à recevoir de vous dans ce domaine, O'Roarke. Un dernier conseil : faites attention à qui vous vous adressez. J'administre cette ville depuis quinze ans. Alors que les jeunes procureurs adjoints trop zélés, croyez-moi, on en trouve à la pelle.

— Dois-je comprendre que vous allez tenter d'obtenir mon renvoi ?

Tucker Fields fit un visible effort sur lui-même pour recouvrer son calme.

— Prenez-le comme un avertissement. J'admire votre talent et votre enthousiasme, Deborah. Mais vous n'avez pas encore l'expérience nécessaire pour enquêter sur une affaire comme celle-ci.

— Mitchell m'a accordé deux semaines, objecta-t-elle, refusant de céder d'un pouce.

Bien que son regard fût encore noir de colère, Fields posa une main paternelle sur son bras.

— Je sais. Amusez-vous bien ce soir, mon petit. Le buffet promet d'être excellent.

Le maire s'éloigna à grands pas, la laissant en proie à une rage folle. Serrant les poings, Deborah poursuivit jusqu'aux toilettes au pas de charge. Passant sous deux immenses ficus, elle posa sa pochette de soirée sur un plan en marbre et se laissa tomber dans un fauteuil.

Ainsi le maire était déçu, contrarié. D'une main tremblante, elle fourragea dans son sac pour en sortir son rouge à lèvres. En vérité, Tucker Fields était tout simplement furieux parce qu'elle avait osé se rebiffer. Comme s'il n'y avait qu'une méthode pour faire avancer ses investigations, une seule voie toute tracée pour accéder à la vérité !

Se penchant vers le miroir, Deborah scruta son reflet avec étonnement. Etait-ce bien elle qui venait de former un pareil raisonnement ? Jamais elle n'aurait soutenu pareille théorie trois semaines auparavant. N'avait-elle pas toujours été persuadée, elle aussi, qu'il n'existait qu'une seule voie, qu'une seule méthode ?

Troublée, elle appuya sa joue contre sa paume. Pourquoi sa façon de voir avait-elle soudain changé ? Ses sentiments pour Gage affecteraient-ils son éthique professionnelle ? Effarée, elle secoua la tête. Pour la première fois, depuis qu'elle avait pris ses fonctions à Denver, elle doutait du chemin à suivre. Pouvait-elle prétendre continuer à représenter le ministère public si elle n'était plus capable de se situer clairement sur le plan déontologique ?

Un profond soupir mourut sur ses lèvres. Le moment était venu de procéder à un examen de conscience rigoureux. Examen au terme duquel elle serait peut-être amenée à renoncer définitivement au dossier Mendez.

Au moment précis où elle prenait cette résolution difficile, le noir total se fit autour d'elle.

9.

La main crispée sur son sac, Deborah se leva et chercha son chemin à tâtons.

— Eh bien ! Il faut le faire ! Assister au bal le plus chic de l'année et se retrouver bêtement dans le noir pour cause de panne de fusibles !

A supposer, évidemment, que les fusibles soient bel et bien en cause...

Deborah avait beau essayer de se raccrocher à cette hypothèse rassurante, son cœur n'en battait pas moins à un rythme accéléré. L'obscurité était si totale qu'elle se sentait seule, oppressée et passablement vulnérable. La porte s'entrouvrit, laissant passer un faible rai de lumière. Il y eut un son léger, comme un glissement, puis de nouveau, l'obscurité se fit.

— J'ai un message pour vous, beauté.

Deborah se figea. La voix était masculine mais haut perchée et entrecoupée de petits rires nerveux.

— Ne vous inquiétez pas, je ne vous ferai aucun mal. Montega vous veut pour lui seul et il me tordrait le cou si je lui livrais la marchandise déjà abîmée.

Glacée de terreur, Deborah retenait son souffle. « Si je ne le vois pas, il ne peut pas me voir, lui non plus », se dit-elle, luttant pour recouvrer son calme.

— Qui êtes-vous ?

L'homme fit de nouveau entendre son petit rire aigu.

— Moi ? Vous avez dû entendre parler de ma personne par ce pauvre type… Parino. Vous me cherchiez, je crois, mais je suis difficile à trouver. C'est pour ça qu'on m'appelle Mouse, la souris. Je peux me glisser n'importe où.

La voix se rapprochait peu à peu, même si elle ne percevait aucun mouvement, aucun bruit de pas.

— Vous devez être très doué, Mouse.

Sitôt ces quelques mots prononcés, elle prit soin de se décaler sur le côté.

— Je suis le meilleur. Montega me charge de vous rappeler qu'il compte bien poursuivre votre petite conversation malencontreusement interrompue. Il tient à ce que vous sachiez également qu'il garde un œil sur vous. Et sur votre famille.

Le sang se figea dans ses veines.

— Ma famille ? balbutia-t-elle. Comment ça, ma famille ?

— Montega a des amis partout à Denver.

Mouse était si près, à présent, que Deborah percevait son odeur. Mais elle ne bougea pas d'un pouce.

— Si vous coopérez, votre sœur et sa famille dormiront tranquilles cette nuit. Mais dans le cas contraire… Vous voyez ce que je veux dire ?

Sans un bruit, Deborah glissa la main dans son sac. Ses doigts se refermèrent sur le métal glacé.

— Oui, je vois ce que vous voulez dire.

Tirant l'arme de la pochette, elle visa en direction de la voix. Avec un hurlement, Mouse se rejeta en arrière et renversa un des fauteuils qui tomba sur le carrelage avec fracas. Deborah se mit à courir dans le noir, heurtant un mur de plein fouet, puis un autre avant de localiser la porte. Derrière elle, Mouse pleurait et jurait bruyamment.

— Oh, mon Dieu, non ! cria-t-elle, prise de panique lorsqu'elle découvrit que la porte était fermée à clé.

— Deborah ? Ecarte-toi.

La voix de Gage... Elle fit un pas en arrière en vacillant. Il y eut un choc sourd, puis la porte s'ouvrit. Avec un sanglot de joie, elle s'élança en direction de la lumière et tomba droit dans les bras de son amant.

— Deb... Que s'est-il passé ? Tu n'as rien ?

Ses mains couraient sur son corps, la palpaient doucement pour s'assurer qu'elle était indemne. Elle enfouit son visage dans son cou, sans se soucier de la foule qui se pressait autour d'eux.

— Il est resté là-dedans, chuchota-t-elle.

Gage voulut se dégager mais elle se raccrocha à lui de toutes ses forces.

— Non, ne me laisse pas.

Les mâchoires crispées, il fit signe à deux agents de sécurité d'intervenir.

— Il a essayé de te tuer, Deborah ? s'enquit-il d'une voix dure.

Voyant son expression meurtrière, elle resserra encore son étreinte.

— Non. Il ne m'a rien fait du tout, Gage. Il ne m'a même pas touchée. Je crois qu'il voulait simplement m'effrayer.

Ses bras se crispèrent autour d'elle.

— Bon sang, mais comment est-ce possible ? Comment ont-ils réussi à s'introduire ici ?

Les deux gardes ressortirent, flanquant Mouse trébuchant et en larmes, le visage enfoui dans les mains. Deborah nota que le petit homme portait un uniforme de serveur.

Effrayée par le regard que Gage posait sur lui, elle s'efforça de le rassurer.

— Je t'assure qu'il est bien plus amoché que moi. Je me suis servie de ce truc-là, expliqua-t-elle en sortant une bombe lacrymogène de son sac. Depuis ma petite mésaventure avec le toxicomane, j'avais décidé de m'équiper.

Gage secoua la tête.

— Tu es incroyable, murmura-t-il en l'embrassant.

Le visage crispé par l'anxiété, Jerry se fraya un chemin jusqu'à eux.

— Deborah... ça va ?

— Mieux qu'il y a une minute, oui. La police a été prévenue ?

— Je viens de m'en charger... Ce serait peut-être bien de l'emmener ailleurs, suggéra Jerry d'un air préoccupé en se tournant vers Gage.

Deborah haussa les épaules et déclara qu'elle ne s'était jamais mieux portée de sa vie. Elle tenta de rassurer d'un sourire tous les visages inquiets regroupés autour d'elle :

— Avant d'aller faire ma déclaration à la police, j'aimerais passer un coup de fil.

— Je peux m'en charger, si tu veux, proposa Jerry en lui tapotant amicalement la main.

— Je te remercie. Mais c'est personnel... En revanche, si tu veux me rendre un service, Jerry, arrange-toi pour que Fields me laisse en paix au moins jusqu'à demain. Je le vois qui arrive et je sens que je vais encore avoir droit à un sermon.

Jerry lui décocha un clin d'œil.

— Ne t'inquiète pas. Je m'en occupe. Prenez soin d'elle, Guthrie.

— Telle est bien mon intention.

Tout en la soutenant d'un bras ferme, Gage l'entraîna dans l'ascenseur.

— J'ai un bureau au cinquième étage dans lequel tu pourras téléphoner tranquillement. Mais raconte-moi d'abord ce qui s'est passé.

La tête abandonnée contre son épaule, elle se pelotonna contre lui dans la cabine.

— Finalement, je n'ai pas eu le temps de me remaquiller comme prévu. Pour commencer, Fields m'a interceptée au passage et il m'a remonté vigoureusement les bretelles.

L'ascenseur s'immobilisa. Deborah dut faire un effort sur elle-même pour se dégager des bras de Gage et poursuivre son chemin toute seule.

— Quand j'ai enfin réussi à atteindre les toilettes, les lumières se sont éteintes et Mouse s'est glissé à l'intérieur, poursuivit-elle pendant que Gage ouvrait la porte de son bureau. Il était venu me transmettre un message de la part de Montega.

Gage serra instinctivement les poings comme chaque fois qu'on prononçait ce nom.

— Assieds-toi, Deborah, et prends le téléphone. Je vais te servir un remontant.

Plongé dans ses pensées, Gage se dirigea vers le bar et sortit deux verres ballon ainsi que la carafe en cristal qui contenait son meilleur whisky. Deborah s'était retrouvée seule dans les toilettes et en position de vulnérabilité extrême. Si Montega avait réussi à se faufiler là à la place de son messager, il aurait pu la tuer.

Sa main se crispa sur la carafe et il ferma un instant les yeux. L'idée qu'il aurait pu la perdre était insupportable.

Il versa du whisky dans chaque verre et se retourna vers Deborah. Pâle, les yeux cernés, elle était assise très droite. Une main serrait le combiné et l'autre jouait nerveusement avec le fil du téléphone. Son débit était nerveux, précipité. Il comprit qu'elle parlait à son beau-frère en percevant des bribes de la conversation.

— Promets-moi de m'appeler tous les jours, Boyd, disait-elle. Et n'oublie pas de prévoir une surveillance au niveau de radio KHIP. Oui, je sais, je sais. Tu n'as pas été nommé commissaire pour rien… Non, ne t'inquiète pas pour moi. Je me porte comme un charme. Et je te promets d'être prudente. Je vous aime tous.

Le regard fixe, Deborah reposa le combiné. Sans rien dire, Gage posa le verre rempli de liquide ambré devant elle. Elle le contempla un instant, puis elle prit une profonde inspiration et le porta à ses lèvres.

— Merci, Gage.

— Ton beau-frère est un flic hors pair. Tu peux lui faire confiance.

Deborah hocha la tête.

— Il y a des années, il a sauvé la vie de Cilla. C'est à cette occasion qu'ils se sont connus, d'ailleurs.

Elle leva vers lui des yeux noyés de larmes.

— J'ai peur, Gage. Cilla, son mari, c'est tout ce qui me reste au monde. Et s'il leur arrive quoi que ce soit à cause de moi…

Elle s'interrompit, sourcils froncés, et secoua la tête, comme si elle s'interdisait de penser à l'impensable.

— Lorsque mes parents sont morts, je me suis dit qu'il ne pourrait plus jamais rien m'arriver de pire. Mais maintenant… Ma mère était inspecteur de la police judiciaire, tu le savais ?

Gage savait. Il connaissait toute son histoire jusque dans les moindres détails. Mais il prit la main de Deborah dans la sienne et la laissa parler.

— La police pour ma mère, c'était une vocation. La maternité, beaucoup moins, en revanche. Elle nous aimait sincèrement mais elle n'avait aucune disposition domestique. Mon père, en tant qu'avocat, s'était placé par conviction idéologique au service des plus démunis. Il a toujours fait tout ce qu'il a pu pour maintenir l'illusion que nous formions une vraie famille. Mais ma mère et lui étaient trop différents.

Deborah prit une seconde gorgée de whisky et ferma les yeux. L'effet anesthésiant de l'alcool était une véritable bénédiction après le choc qu'avait provoqué le « message » de Mouse.

— Je me souviens que deux policiers en uniforme sont venus me chercher à l'école pour me ramener à la maison. Je crois que je me suis toujours douté qu'un jour, il arriverait quelque chose de terrible à ma mère. Mais lorsque j'ai appris que mon père était mort aussi…

— Je suis désolé, Deborah.

Elle hocha la tête.

— Un psychopathe les a descendus l'un et l'autre en salle d'interrogatoire. Il avait réussi, Dieu sait comment, à introduire une arme. Je crois que c'est ce qui a déterminé ma vocation. Mes parents se sont battus toute leur vie pour un idéal d'équité et de justice. En prenant la relève, j'ai le sentiment de redonner un sens à leur combat.

Gage prit sa main dans la sienne et la porta à ses lèvres.

— Deborah, quelle que soit la raison pour laquelle tu as choisi ton métier, tu l'exerces avec talent et courage. Je respecte ton intégrité et ta détermination.

Elle soupira.

— Je sens venir un « mais » …

— Je vais te demander encore une fois de renoncer à tes investigations et de me laisser le soin de les poursuivre. Une fois Montega et sa bande arrêtés, tu auras ton rôle à jouer au tribunal.

Elle se donna quelques instants pour réfléchir.

— Tu vois, Gage, après mon altercation avec le maire, je me suis demandé si, au fond, il n'avait pas raison, s'il ne valait pas mieux que je confie ce dossier à quelqu'un de plus expérimenté. A quelqu'un de moins impliqué, surtout. Mais ils ont menacé ma famille, Gage. Si je reculais maintenant, je ne pourrais jamais me le pardonner.

Avant qu'il puisse répondre, elle lui jeta un regard presque suppliant.

— Je suis opposée à tes méthodes par principe. Mais au fond de moi, je comprends et je respecte le sens de ton action. Tout ce que je te demande, c'est de faire de même de ton côté.

Comment aurait-il pu refuser ?

— Alors nous restons sur nos positions l'un et l'autre. C'est la trêve armée, en quelque sorte ?

Deborah se leva et lui tendit les deux mains.

— C'est la trêve, tout court. Je vais passer au commissariat pour faire ma déposition. Tu m'accompagnes ?

Deborah demanda à voir Mouse mais l'autorisation lui fut refusée. Elle décida de patienter jusqu'au lundi où elle aurait au moins accès aux procès-verbaux de police. Une chose était certaine en tout cas : toutes les mesures de sécurité avaient été prises et il paraissait peu probable que Mouse subisse le même sort que Parino.

Elle fit sa déclaration et dut patienter un bon moment avant de pouvoir la signer. Le commissariat était bondé et bruyant et les formalités interminables. En sortant, Deborah poussa un immense soupir de soulagement.

— Tu dois être épuisée, commenta Gage en lui effleurant la joue.

— Affamée, surtout, admit-elle en riant. Je n'ai rien avalé depuis ce matin.

— Je t'offre un hamburger ?

Séduite, elle noua les bras autour de son cou. Les plus belles choses de la vie pouvaient être si simples, au fond.

— C'est exactement ce dont je rêvais. Tu sais que tu es mon héros, Gage Guthrie ?

Après un dîner rapide dans une brasserie, ils remontèrent dans la limousine et Gage pria son chauffeur de les ramener chez lui. Lorsqu'ils pénétrèrent main dans la main dans la chambre à coucher de Gage, l'éclat de la lune inondait la pièce. Des bougies avaient été allumées de chaque côté du lit et le parfum des roses du jardin flottait dans l'air tiède.

— J'ai l'impression de vivre un rêve, chuchota-t-elle lorsque Gage mit un CD et que le chant pur des violons s'éleva dans la chambre.

Deborah constata avec étonnement qu'elle avait la gorge sèche et le cœur battant. Après leurs échanges passionnés de la nuit précédente, elle n'avait plus guère de raisons d'être intimidée, pourtant. Mais ce soir, tout paraissait différent. Peut-être parce que sa présence ici, dans cette chambre, constituait à elle seule un engagement ?

Une bouteille de champagne dans un seau en cristal rempli de glaçons les attendait sur un guéridon placé près d'une fenêtre.

— Tu as pensé à tout, murmura-t-elle, les jambes coupées.

— Je n'ai pensé qu'à toi.

Il se pencha pour poser un baiser sur son épaule avant de remplir deux coupes. Elle leva son verre en le regardant droit dans les yeux.

— Moi aussi, Gage. Quand tu m'as embrassée, là-haut sur le toit, la première fois que je suis venue chez toi, ça a été comme une révélation. Je n'avais encore jamais rien ressenti de pareil.

— J'ai failli te supplier de rester cette nuit-là, murmura-t-il en lui retirant ses boucles d'oreilles une à une. Et je me suis toujours demandé si tu aurais accepté.

— Je ne sais pas. J'aurais été tentée, en tout cas.

— Cela m'aurait peut-être suffi, chuchota Gage en s'attaquant à ses épingles à cheveux sans la quitter un instant des yeux.

— Tu trembles…

Les mains de Gage étaient si douces, son regard si amoureux.

— Je sais. C'est plus fort que moi, admit-elle.

Il lui ôta son verre des mains et le posa sur une console.

— Tu n'as pas peur de moi, au moins ?

— Seulement de l'effet que tu produis sur moi.

Le regard de Gage s'embrasa dangereusement mais il lui effleura la tempe avec une infinie délicatesse.

— Gage…

Il laissa courir ses lèvres sur son front, ses joues, son menton. Partout, sauf là où elle les désirait le plus intensément.

— Embrasse-moi, finit-elle par supplier.

— Nous avons la nuit devant nous, non ? chuchota-t-il contre ses lèvres.

Gage était décidé à prendre tout son temps. La nuit précédente, ils s'étaient laissé déborder par une impatience ravageuse. Ce soir, il voulait lui montrer que son amour pouvait aussi être tendre.

— Hier nous nous sommes aimés dans le noir, murmura-t-il en déboutonnant sa robe dans le dos. Aujourd'hui, je ne veux pas te quitter des yeux un seul instant.

La robe bleue glissa, formant à ses pieds comme une flaque de lumière. Dessous, elle ne portait qu'un fin body en dentelle. Sa beauté le laissa interdit, presque hésitant.

— Tu sais que chaque fois que je te regarde, je retombe amoureux de toi ?

— Alors continue de me regarder, chuchota-t-elle en dénouant sa cravate. Tout le temps…

214

Ecartant les pans de sa chemise de smoking, elle se pencha pour lui laper la peau avec une sensualité telle qu'il faillit oublier toutes ses résolutions et la faire basculer sous lui sur le lit.

— Et maintenant, embrasse-moi, ordonna-t-elle en renversant la tête dans la nuque.

Lorsque, enfin, il scella sa bouche avec la sienne, deux sons de gorge jumeaux s'élevèrent dans l'air soudain frémissant de tension. Elle fit glisser la veste de smoking de Gage sur ses épaules puis ses mains s'immobilisèrent, soudain privées de leurs forces lorsqu'il approfondit leur baiser.

Il la souleva dans ses bras comme si elle avait été un fragile objet de cristal et non pas une femme de chair et de sang. Le regard plongé dans le sien, il la porta jusqu'au lit et s'assit en la tenant sur ses genoux. Tout en l'embrassant, il suivait chaque changement qui se produisait en elle, nuance après nuance. En contraste avec son cœur qui battait avec violence sous ses doigts, le reste de son corps se faisait de plus en plus fondant, de plus en plus souple et fluide contre le sien. Gage s'émerveillait d'un abandon aussi absolu. Elle était entièrement livrée au plaisir, entièrement livrée à lui. Il aurait pu continuer à l'embrasser ainsi des journées entières en la maintenant dans cette transe légère qui se communiquait à lui.

Jamais Deborah n'avait connu des sensations d'une acuité aussi extrême. Comme si chaque récepteur au niveau de sa peau avait décuplé ses facultés à capter et à transmettre les stimuli les plus infimes. Elle sentait chaque effleurement tendre, le passage d'une paume, le glissement d'un doigt, la patiente exploration d'une bouche ô combien généreuse. Il lui semblait que son corps flottait, aussi léger que le parfum des roses embaumant l'air. Et paradoxalement, elle était devenue si pesante qu'elle aurait été incapable de soulever un bras.

Deborah frémit lorsque Gage se pencha sur sa poitrine et que sa langue glissa doucement sous la dentelle de son body pour venir taquiner la pointe de ses seins. Ses mains allaient et venaient avec un mouvement hypnotique, naviguant de ses chevilles à ses cuisses. Peu à peu, elles se risquèrent sur la peau nue au-dessus de ses bas, trouvèrent la douceur entre ses jambes.

A peine l'avait-il touchée et elle se tendait comme un arc, secouée par les spasmes rapides d'un premier pic de plaisir. Lorsqu'elle retomba, ce fut comme si elle se diluait dans ses bras.

Elle leva vers lui un regard chaviré par le plaisir.

— Gage… A moi maintenant de…

— Tout à l'heure, murmura-t-il en l'allongeant sur le matelas.

Il se remplit les yeux de la vision qu'elle offrait, encore pantelante, les lèvres entrouvertes, son corps entier comme un silencieux message d'invite. Il commença par dégrafer un bas et le fit rouler lentement jusqu'à sa cheville. Lèvres ouvertes, sa bouche suivait de près le chemin de ses doigts. Deborah commença à se tordre, à gémir. Elle l'appelait de ses mains, de sa voix murmurante. Mais il choisit de répéter d'abord l'opération sur l'autre jambe pour remonter ensuite en léchant doucement le creux sous son genou avant de poursuivre sa route jusqu'à l'attache délicate de l'aine. Lorsque sa langue se glissa au secret frémissant de sa chair, elle se souleva en criant son nom et se raccrocha à lui dans un sanglot.

Sortant d'un coup de sa langueur, Deborah partit à sa conquête à son tour. Elle le renversa en arrière sur le lit, s'attaqua à sa chemise, sans hésiter à tirer et à déchirer tout ce qui faisait obstacle à ses mains. Repoussant le tissu en lambeaux, elle mordit, lécha, promena sur lui une bouche insatiable.

— Je te désire, chuchota-t-elle fiévreusement en s'acharnant sur sa ceinture. Oh, Gage, s'il te plaît… je te veux maintenant…

216

Il sentit un éclair passer devant ses yeux. Elle s'agrippait à lui, le dévorait de baisers si avides qu'il en oublia sa ferme résolution de garder jusqu'au bout un contrôle d'acier sur lui-même. Ils se retrouvèrent à genoux, face à face, sur le lit déjà ravagé. Leurs regards comme aimantés étaient rivés l'un à l'autre ; leurs corps tremblaient. Des deux mains, il prit son body et le déchira de haut en bas. Puis il la saisit aux hanches et l'attira avec force contre lui.

Et ce fut une course éperdue, haletante qui les mena ensemble jusqu'aux frontières de la conscience, aux confins de la sauvagerie, vers l'ultime fusion.

Deborah gisait inerte, un bras jeté sur son visage, l'autre pendant sans force du bord du lit. Elle se savait hors d'état de bouger, se suspectait de ne pouvoir prononcer un mot ; se soupçonnait même d'avoir cessé de respirer. Et pourtant, lorsque Gage pressa ses lèvres contre son épaule, le désir la fit tressaillir de nouveau.

— Et moi qui voulais te faire l'amour tout en douceur, chuchota-t-il avec un soupçon de remords dans la voix en effleurant son body en lambeaux. J'ai échoué lamentablement.

Elle trouva la force de soulever une paupière.

— Ton cas n'est peut-être pas désespéré, Gage. Il suffit de recommencer jusqu'à ce que ça marche.

— Mmm... J'ai comme un pressentiment que ça va demander pas mal de temps et d'efforts. Et beaucoup, *beaucoup* de pratique, surtout.

— Exerce-toi autant qu'il le faudra, chuchota-t-elle en dessinant du bout d'un doigt le contour de sa bouche. Je t'aime, Gage. Pour l'instant, c'est ce qui semble prédominer sur tout le reste.

— Notre amour est la seule chose qui compte.

Il prit sa main dans la sienne et il lui sembla que ce simple geste les unissait plus sûrement encore que leurs étreintes échevelées n'avaient pu le faire.

— Avec ça, nous n'avons pas encore bu une seule goutte de champagne, observa Gage en se redressant. C'est à se demander où nous avons la tête.

Le laissant se lever pour récupérer leurs verres, Deborah retomba en arrière contre les oreillers et s'étira avec un soupir d'aise dans le désordre des draps. Captant le reflet de sa nudité insolente dans la psyché placée en face du lit, elle fit la moue.

— Et dire qu'étudiante, j'avais la réputation d'être une fille froide, appliquée et studieuse.

— L'école est finie ! rétorqua Gage avec un léger rire en s'asseyant à côté d'elle pour faire tinter son verre contre le sien.

— C'est vrai. Mais même après, quand je suis entrée dans la vie active, ma réputation de sérieux m'a poursuivie.

— Mais j'y suis très attaché, moi, à ton côté bonne élève ! J'aime bien t'imaginer dans une bibliothèque de droit, penchée sur de gros volumes poussiéreux, concentrée sur tes notes.

Deborah fit la grimace.

— Tu parles d'un fantasme !

Il se pencha pour lui planter les dents dans le menton.

— Je peux t'assurer que c'est un scénario très excitant pour moi, Deborah. Tu portes un de ces tailleurs stricts dont tu as la spécialité. Mais dans des couleurs très peu conventionnelles, comme toi seule sais les choisir. Tes bijoux restent discrets.

— Mmm... tu trouves ça érotique, toi ?

— Mais sous ton tailleur, tu arbores des petits dessous archi-féminins qui rendent un homme fou de désir. Et pendant que je t'écoute parler jurisprudence, je me dis qu'il faut retirer très exactement six épingles pour que ton chignon si convenable se défasse et que tes cheveux se déroulent sur tes épaules.

Touchée, elle se blottit contre lui, la tête sur son épaule.

— Je sais que je suis souvent trop sérieuse. Mais c'est seulement parce que j'ai besoin d'être à cent pour cent dans ce que je fais. Je me bats pour défendre un système dont je persiste à vouloir penser qu'il fonctionne. Et c'est peut-être le principal obstacle qui risque de se dresser entre nous, Gage.

— C'est un problème trop complexe pour que nous puissions le résoudre ce soir.

— Je sais, mais...

Posant un doigt sur ses lèvres, il lui imposa silence.

— Cette nuit, il n'y a de place que pour nous deux, Deborah.

Elle se mordilla la lèvre.

— Tu as raison. Entièrement raison. C'est encore mon côté rabat-joie qui refait surface.

— Ne t'inquiète pas pour cela. Je me fais fort de réveiller la fille ludique qui sommeille en toi, rétorqua Gage en levant son verre de champagne à la lumière.

Elle haussa les sourcils d'un air interrogateur.

— Tu as l'intention de me faire sombrer dans l'ivresse ?

— Plus ou moins.

Les yeux de Gage pétillèrent.

— Je pourrais commencer par te montrer qu'il existe différentes façons de boire le champagne, par exemple ?

Inclinant la flûte au-dessus de ses seins, il laissa couler quelques gouttes. Puis il s'employa à ne rien laisser se perdre de la précieuse substance...

10.

Gage perdit toute notion du temps en regardant Deborah dormir. Les bougies consumées s'étaient éteintes une à une, ne laissant derrière elles qu'une légère empreinte olfactive. Même au plus profond de son sommeil, elle avait gardé sa main logée dans la sienne. L'obscurité se dissipa peu à peu et l'aube d'été se dessina, couleur de perle. Gage attendit que la claire lumière matinale vienne jouer sur les traits de l'endormie avant d'effleurer sa joue de ses lèvres. Mais il ne voulait pas la réveiller. Pas encore.

Il ne lui restait que peu de temps pour accomplir sa tâche. Et il ne s'agissait plus seulement pour lui de venger la mort d'un coéquipier. Un terrible sentiment d'urgence, désormais, le prenait à la gorge. Chaque jour qui passait sans apporter la clé de l'énigme était un jour de plus où la vie de Deborah était en danger. Et il n'avait plus qu'une idée fixe : mettre fin à la menace qui pesait sur elle.

Sans bruit, Gage se glissa hors du lit et s'habilla. Puis il se dirigea vers la cloison située à l'opposé du lit et actionna une commande. Un panneau de bois sculpté glissa silencieusement sur le côté. Gage pénétra dans le couloir obscur et laissa la porte dérobée se refermer derrière lui.

Ivre de sommeil, Deborah cligna des paupières. Avait-elle rêvé ou Gage venait-il réellement de s'engouffrer dans une

220

espèce de passage secret ? Constatant qu'elle était seule dans le lit, elle se redressa en sursaut. Ce n'était ni un rêve ni une vision. Gage avait bel et bien quitté la chambre.

Ainsi le temps des secrets n'était pas révolu. Malgré la nuit d'amour vertigineuse qu'ils venaient de passer, il continuait à la tenir à l'écart de ses activités mystérieuses.

Repoussant les draps, elle demeura en arrêt devant le reflet que lui renvoyait la glace. La femme rompue d'amour qui lui faisait face dans le miroir n'était plus tout à fait la même que celle qui avait pénétré dans cette chambre la veille. Pas un centimètre de son corps sur lequel Gage n'eût apposé sa marque. Dans un sursaut de fierté, Deborah redressa la taille. La façon dont ils s'étaient aimés cette nuit avait pour elle valeur d'engagement. Et lui continuait à livrer son combat en solitaire alors même qu'ils se battaient contre un ennemi commun…

Résolue à aborder les problèmes de front, Deborah enfila un peignoir de Gage et se mit à la recherche du mécanisme commandant l'entrée du passage secret.

Même si elle l'avait repéré approximativement, il lui fallut dix bonnes minutes pour mettre le doigt dessus. Et deux minutes de plus pour comprendre son fonctionnement. Mais lorsque le panneau s'écarta enfin, sa satisfaction fut d'autant plus intense. Sans une hésitation, elle s'engagea dans le couloir obscur en maintenant une main contre le mur pour guider ses pas.

Aucune odeur de renfermé ne régnait dans le couloir sou-terrain que Gage utilisait manifestement de façon régulière. Quelques bifurcations se présentèrent mais Deborah poursuivit à l'instinct, en optant chaque fois pour ce qui paraissait être l'artère principale. Au bout d'une vingtaine de mètres, une lumière diffuse vint éclairer le passage et elle put accélérer le pas. Son périple la conduisit jusqu'à un escalier très raide qu'elle descendit en se cramponnant à une rampe en fer. Parvenue en bas, Deborah se trouva confrontée à un premier vrai dilemme :

creusés dans une arche, trois tunnels devant elle semblaient tous mener dans des directions différentes.

— Bon... Et maintenant, où es-tu passé, Gage ? Si je me perds dans ce labyrinthe, je risque de ne pas en ressortir avant longtemps.

Elle fit quelques pas dans le couloir de gauche puis rebroussa chemin. Alors qu'elle allait s'aventurer dans le passage central, le destin lui donna un coup de pouce : une musique s'éleva dans le lointain, en provenance du tunnel de droite. De nouveau, elle se retrouva dans le noir complet, progressant à tâtons dans le souterrain qui descendait en pente raide. L'air était plus frais, dans ces profondeurs. Le son de la musique augmenta progressivement et une lumière apparut enfin.

Le cœur battant, Deborah s'immobilisa à l'entrée d'une immense salle souterraine aux murs de pierre incurvés. Avec ses plafonds cintrés, la pièce ressemblait à une vaste cave mais le lieu n'avait rien de primitif pour autant. Les équipements dont Gage disposait dans cet espace de travail confidentiel étaient ultramodernes. Ordinateurs, écrans de télévision, installation hi-fi, moniteurs, tout était dernier cri.

Entièrement vêtu de noir, Gage était assis devant un tableau lumineux et actionnait des commandes. Quelques lumières clignotèrent sur la carte topographique géante affichée en face de lui. Fascinée, Deborah le regarda procéder. Il avait l'air très grave, très concentré. Comme un homme investi d'une mission capitale.

Enfonçant les mains dans les poches du peignoir de Gage, elle s'avança en pleine lumière.

— Pas mal, dit-elle d'un ton détaché. Tu avais oublié de me montrer ces bricoles lors de ma visite guidée, l'autre fois ?

— Deborah...

Gage se leva et fit un pas dans sa direction.

— J'avais espéré que tu dormirais une bonne partie de la matinée.

— Je n'en doute pas. Je te dérange en plein travail, apparemment. C'est intéressant, comme… refuge. Je suppose que nous sommes ici dans le domaine réservé de Némésis : c'est à la fois très secret et totalement spectaculaire.

Elle déambula le long de la rangée d'ordinateurs puis pivota vers lui en croisant les bras sur la poitrine.

— Une petite question, simplement : avec qui ai-je couché cette nuit ?

Sourcils froncés, il fit un pas dans sa direction.

— Je suis le même homme avec qui tu viens de partager ton lit, Deborah. Et j'avoue que je ne comprends pas très bien ta réaction.

— Ah vraiment ? Tu es l'homme qui m'a assuré qu'il m'aimait et qui a su me le démontrer de la manière la plus merveilleuse, la plus convaincante qui soit ? J'ai de la peine à croire que cet être-là ait pu partir en catimini, comme un voleur. Combien de temps comptais-tu continuer à me mentir, Gage ?

— Je ne t'ai pas menti. Je me suis levé ce matin pour poursuivre mes activités, c'est tout. Je pensais que la situation était claire.

— Claire ? Jamais je n'avais imaginé que tu travaillerais de ton côté en gardant jalousement tes informations pour toi !

Gage parut se transformer sous ses yeux. Hautain, distant, elle le sentit se refermer sur lui-même.

— Tu m'avais donné deux semaines.

— Je t'ai donné beaucoup plus que deux semaines ! Je t'ai donné mon corps, ma confiance, mon amour ! Sans rien garder en réserve !

Il voulut s'avancer pour la prendre dans ses bras mais elle l'arrêta d'un geste.

— Non ! N'essaie pas de jouer sur mes sentiments, s'il te plaît. J'ai besoin de garder la tête claire.

Il haussa les épaules.

— Bon, très bien. De toute façon, ce n'est pas une question de sentiments mais de logique. C'est mon lieu de travail, ici. Tu n'as pas plus à intervenir dans mes recherches que je n'ai à jouer un rôle quelconque dans une salle d'audience.

— La comparaison n'a aucun sens, en l'occurrence ! Nous luttons contre un ennemi commun, Gage. Tu ne vois pas à quel point il est absurde d'œuvrer chacun de notre côté alors que nous pourrions avancer beaucoup plus vite en unissant nos efforts ?

De nouveau, elle le sentit se fermer.

— Je travaille seul. Toujours.

— C'est ce que je constate, oui, rétorqua-t-elle sans parvenir à dissimuler son amertume. Ton lit, oui, tu veux bien le partager avec moi. Mais pas le reste. Tu n'as pas confiance en moi.

— La confiance n'a rigoureusement rien à voir là-dedans !

— Ça a *tout* à voir, au contraire. S'il doit y avoir un monde de secrets entre nous, alors je considère qu'il n'y a pas d'amour, pas de réciprocité véritable.

Elle allait se détourner mais il la retint par les épaules. Le regard de Gage étincelait lorsqu'il le plongea dans le sien.

— Il y a tout de même une différence entre mentir et garder certaines choses pour soi, bon sang ! L'ennemi auquel nous avons affaire est sans pitié. Ils ont déjà essayé de te tuer une fois, uniquement parce que tu avais obtenu quelques maigres informations de Parino. Si je refuse de te mêler à mes activités, c'est tout simplement parce que je ne veux pas prendre le risque de te perdre. Est-ce que tu peux le comprendre, ça au moins ?

Deborah secoua la tête.

— Et moi ? Tu crois que je ne prends pas le risque de te perdre ? Il est révolu, le temps où les femmes étaient des créatures à protéger, Gage. Je prends mes responsabilités et j'agis. Comme toi.

— Exact. Toi, tu instruis ton dossier et moi je poursuis mes recherches. Mais ne me demande pas de te communiquer des informations qui pourraient mettre tes jours en danger !

— En danger, je le suis déjà et nous le savons l'un et l'autre. Tu as prévu une cage bien confortable dans laquelle tu pourras m'enfermer chaque fois que tu auras le dos tourné ?

Voyant le visage de Gage s'assombrir, elle posa les mains sur ses avant-bras et poursuivit d'une voix radoucie :

— M'aimer, Gage, c'est m'accepter telle que je suis. Complètement. Pour moi c'est une exigence élémentaire. Tu ne peux pas attendre de moi que je me transforme en patiente Pénélope qui…

— Je n'attends rien de la sorte !

— Vraiment ? Tu essayes pourtant de me tenir à l'écart depuis le début. Je voudrais faire ma vie avec toi, Gage. Avoir des enfants, une maison, une histoire. Mais si tu n'as que ton lit à m'offrir, je préfère m'en aller tout de suite plutôt que de nous engager sur une voie où nous ne pourrons qu'être malheureux l'un et l'autre.

Au bord des larmes, Deborah voulut se dégager mais Gage resserra la pression de ses mains sur ses épaules. Le regard perdu dans le sien, elle assista, muette, au conflit qui faisait rage en lui. Elle sentit ses doigts se crisper, s'enfoncer presque cruellement dans sa chair.

— Non, ne pars pas, tu as gagné, trancha-t-il enfin d'une voix rauque. Je ne peux plus envisager ma vie sans toi. Je te confierai tout ce que je sais, mais il faut que tu me donnes ta parole : tu t'engages à venir vivre ici avec moi jusqu'à ce que tout soit terminé. Et l'information reste ici. Nous ne pouvons pas prendre le risque de la transmettre au procureur de district. Pas encore.

— Gage, je suis tenue de…

— Non. Là-dessus, je ne transigerai pas. Je suis prêt à te donner beaucoup mais c'est une limite que je ne franchirai pas.

Elle hocha la tête. Ce n'était que justice. S'il acceptait de revenir sur ses principes, elle pouvait mettre de l'eau dans son vin de son côté.

— C'est entendu. Ce que j'apprends ici, je le garde pour moi. Mais j'ai besoin que tu me dises vraiment tout, Gage, murmura-t-elle en levant vers lui un regard suppliant. Tout ce qui te concerne, tout ce qui a trait à cette mystérieuse seconde personnalité qu'incarne Némésis.

Gage se détourna. S'il devait tout lui donner, autant commencer par le plus difficile : lui-même. Un long silence s'étira entre eux qu'il fut le premier à rompre.

— Il y a quelque chose que tu ignores à mon sujet, Deborah. Il se peut que tu ne puisses pas accepter ce que je vais te révéler maintenant.

Elle parut à la fois peinée et inquiète.

— Tu as donc si peu confiance en moi ? murmura-t-elle.

Gage réprima un rire amer. Si elle savait comme la marque de confiance qu'il s'apprêtait à lui donner l'engageait tout entier !

— Tu as le droit de savoir qui je suis réellement. Mais jusqu'à présent je n'ai pas voulu te faire peur, chuchota-t-il en lui effleurant la joue.

Deborah se sentit soudain assaillie par une crainte presque irrationnelle.

— Tu m'effraies, Gage.

Sans un mot, il se dirigea vers le mur du fond. Puis il se retourna, les yeux rivés sur elle, et… disparut. Un cri étranglé monta de sa gorge et elle tomba plus qu'elle ne s'assit dans le fauteuil le plus proche.

Au même moment, Gage se matérialisa de nouveau, à quelques mètres de l'endroit où sa silhouette s'était soudain évanouie. Pendant une fraction de seconde, elle le vit comme en transparence puis il reprit son aspect ordinaire.

— Je ne savais pas que tu pratiquais la magie en amateur, balbutia-t-elle. C'est… très convaincant.

— Il n'y a pas de procédé magique là-dessous, Deborah.

La voyant pâle et les yeux écarquillés dans son fauteuil, Gage se rapprocha non sans appréhension. Aurait-elle un mouvement de recul ? Le repousserait-elle avec horreur ?

— Tu es vraiment équipé des gadgets les plus extraordinaires ici, poursuivit Deborah d'une voix mal assurée. Je ne sais pas comment tu t'y prends pour créer cette illusion optique mais…

— Il ne s'agit pas d'une illusion optique.

Lorsqu'il lui prit le bras, elle ne chercha pas à se dégager comme il l'avait redouté. Mais il sentit sa peau moite et glacée sous ses doigts.

— Tu as peur de moi, maintenant, n'est-ce pas ?

— Ne sois pas ridicule, protesta-t-elle en se levant. C'est un truc, de toute façon. Je ne vois pas d'autre explication.

Elle se tut lorsqu'il posa sa paume à plat sur le dossier du fauteuil à côté d'elle. Comme elle regardait, médusée, sa main disparut jusqu'au poignet.

— Oh, mon Dieu, Gage… Ce n'est pas humainement possible…

Terrifiée, Deborah tira sur son bras et faillit s'évanouir de soulagement lorsque sa main réapparut. Elle la prit entre ses doigts tremblants et étouffa un sanglot en découvrant qu'elle était aussi chaude, vivante et humaine qu'elle l'avait toujours été.

— Je suis désolé, murmura Gage. C'est sans doute un peu brutal comme méthode mais j'ai pensé que c'était la façon la plus simple de te montrer quel être étrange je suis devenu.

Deborah porta les mains à ses tempes. Son esprit dérouté voulait se raccrocher à une explication logique mais elle n'en trouvait aucune. Elle songea au nombre de fois où elle avait vu Némésis se dissiper comme une ombre, apparaissant et disparaissant tour à tour.

Elle leva les yeux vers Gage. Le visage crispé par la tension, il attendait sa réaction. La gravité de son expression acheva de la convaincre : il avait réellement ce pouvoir incroyable de se rendre invisible à volonté.

— Comment… comment procèdes-tu ? s'enquit-elle, les jambes tremblantes.

— Je ne suis même pas certain de le savoir moi-même. C'est comme si la chimie même de mon être s'était modifiée pendant que j'étais dans le coma. Mais je ne m'en suis rendu compte que quelque temps plus tard. Tout à fait incidemment, d'ailleurs. Au début, ça m'a terrifié. Mais j'ai appris à me servir de ce pouvoir en comprenant qu'il m'avait été accordé dans un but clairement défini.

— D'où Némésis…

— D'où Némésis, en effet.

Gage se passa la main dans les cheveux. Son regard se fit étrangement absent.

— Ce que je suis devenu, je ne puis le nier. Mais toi, Deborah, tu es libre de ton choix.

— Je ne comprends pas, murmura-t-elle.

— Lorsque tu es tombée amoureuse de moi, tu pensais avoir affaire à quelqu'un de normalement constitué.

Décontenancée, elle balbutia :

— Je ne te suis pas.

Sa fureur éclata si brusquement qu'elle ne parvint pas à réprimer un mouvement de recul :

— Je suis anormal, tu ne le vois donc pas ! Jamais, je ne redeviendrai l'homme que j'étais avant de tomber dans le coma.

— Gage...

Il se dégagea lorsqu'elle voulut l'attirer dans ses bras.

— Laisse. Je ne veux pas de ta pitié.

— *Quelle* pitié ? riposta-t-elle vertement. Tu n'es ni malade ni handicapé, que je sache. Tout ce que je te reproche, c'est de ne m'avoir rien dit avant.

Les bras repliés sur la poitrine, elle se détourna.

— Et je sais pertinemment pourquoi tu as gardé le silence, Gage ! Tu pensais que je fuirais en courant, n'est-ce pas ? Tu n'as jamais songé un instant que je pourrais être capable de faire face ? Tu n'imagines même pas qu'aimer, c'est accepter l'autre tel qu'il est ?

A deux doigts de fondre en larmes, Deborah piqua un sprint jusqu'à la sortie de la cave. Gage la rattrapa juste avant l'entrée du passage. Elle eut beau se débattre comme un beau diable, il la maintint plaquée contre lui.

— Frappe-moi, si ça peut te soulager, mais ne pars pas, c'est tout ce que je te demande.

Immobilisée contre lui, Deborah jura vigoureusement.

— C'est ce que tu me soupçonnais de vouloir faire, n'est-ce pas ? Te quitter ?

— Oui.

Sur le point de riposter avec violence, elle déchiffra son regard et vit ce que dissimulait sa maîtrise apparente : la peur. Toute colère envolée, Deborah se dressa sur la pointe des pieds.

— Eh bien, tu te trompais, chuchota-t-elle, joignant ses lèvres aux siennes.

Gage la pressa avec force contre lui. Ce n'était pas de la pitié mais du désir qu'il buvait à ses lèvres. Très vite, elle se débarrassa du peignoir trop grand qu'elle avait drapé autour d'elle. Deborah ne se contentait pas de s'offrir. Elle posait une exigence : qu'il la prenne telle qu'elle était, qu'il accepte de se laisser prendre. Gagné par sa frénésie, il laissa courir ses mains sur elle. C'était une véritable folie qui les avait saisis l'un et l'autre. Mais une folie purificatrice qui dissipait ses derniers doutes.

Deborah ôta son T-shirt avec impatience.

— Fais-moi l'amour, Gage… Maintenant.

Sa voix, son regard, tout dans son attitude était défi. Elle avait déjà commencé à le dévêtir avant même qu'il ne s'allonge sur le sol en l'attirant sur lui.

C'était chaque fois une même faim, une même urgence qui les jetait l'un vers l'autre. Mais une dimension supplémentaire se dessinait aujourd'hui. A leur désir, se mêlait désormais le sentiment profond d'un partage. D'une vulnérabilité mutuelle. Jamais il n'aurait imaginé pouvoir aimer comme il aimait en cet instant. Elle se dressa au-dessus de lui pour boire des yeux son corps, son regard, son visage.

— Laisse-moi te montrer comme je t'aime.

Agile, féline, sensuelle, Deborah glissait sur lui, l'enveloppait de ses baisers, tissait sur lui le réseau serré de ses caresses.

— Tu es mon miracle, chuchota-t-il. Le second à survenir dans ma vie.

Tendant les bras vers elle, il trouva l'amour et reçut le salut. Ils roulèrent, bras et jambes mêlés sur le sol dur. Puis Gage la souleva par les hanches pour la placer sur lui. Elle le prit avec lenteur, millimètre après millimètre. Lentement, comme une exquise torture, il sentit le tendre fourreau de sa chair se refermer sur lui. Un même plaisir les transperça l'un et l'autre. Leurs mains se trouvèrent, paumes jointes, doigts entrelacés et ils restèrent ainsi unis, les yeux grands ouverts, liés par une communication silencieuse, jusqu'à ce qu'une dernière vague les soulève et les emporte.

Rompue, Deborah retomba sur lui, cueillant un ultime baiser avant d'enfouir ses lèvres contre son épaule. Jamais elle ne s'était sentie aussi belle et désirable que sous le regard que Gage avait maintenu rivé sur elle.

— Voilà. C'était ma façon de te montrer que tu ne te débarrasserais pas de moi de sitôt, chuchota-t-elle contre son cou.

— J'aime la manière dont tu t'exprimes, Deborah.

Gage laissa monter et descendre les mains le long de son dos souple qui semblait respirer de plaisir sous ses doigts. Elle était sienne. Comment avait-il pu en douter ne serait-ce qu'un instant ?

— Dois-je comprendre que je suis pardonné d'avoir douté de toi ?

— Pas nécessairement, déclara-t-elle en se plaçant en appui au-dessus de lui. Mais je suis certaine d'une chose : je veux tout ou rien de toi.

Il posa une main sur la sienne.

— S'agirait-il d'une demande en mariage en bonne et due forme, mademoiselle O'Roarke ?

Elle répondit sans une hésitation.

— C'en est une, oui.

— Et tu veux une réponse immédiate ?

Deborah plissa les yeux d'un air menaçant.

— Tout à fait. Et inutile d'espérer m'échapper en disparaissant. J'attendrais que tu resurgisses.

Elle lui effleura les lèvres puis se redressa pour récupérer son peignoir.

— On ne jouera pas les fiançailles à prolongation, décidat-elle en l'enfilant. Dès que nous aurons bouclé ce dossier et que Boyd et Cilla seront libres, nous passons devant le maire.

Il réprima un sourire.

— Bien, madame.

— Et je veux des enfants tout de suite.

Il se mit à rire.

— Tu veux bien te taire une seconde, mon amour ? dit-il en prenant ses deux mains entre les siennes. Je t'aime, Deborah, et c'est mon vœu le plus cher de t'épouser et de passer ma vie à ton côté. Fonder une famille avec toi a été mon rêve secret depuis le premier instant où j'ai posé les yeux sur toi, admit-il en portant ses doigts à ses lèvres… Mais je veux encore autre chose. Et sans tarder, ajouta-t-il en constatant que des larmes d'émotion montaient aux yeux de la jeune femme.

— Quoi ?

— Un petit déjeuner.

Avec un rire étranglé, elle jeta les bras autour de son cou.

— Et moi donc. Je suis affamée !

Ils bricolèrent un repas dans la cuisine, riant et se chamaillant comme n'importe quel couple d'amoureux ordinaires. Lorsque Frank entra, il s'immobilisa net à l'entrée de la pièce. Se ressaisissant très vite, il salua Deborah d'un signe de tête.

— Y a-t-il quelque chose que je puisse faire pour votre service, monsieur Guthrie ?

— Elle sait, Frank. Je lui ai tout dit.

Un large sourire fendit le visage de l'ex-pickpocket.

— Eh bien ! Il était temps.

Oubliant son attitude compassée, Frank s'attabla avec eux sans plus faire de manières et se beurra un toast.

— Je lui avais bien dit que vous ne prendriez pas la fuite s'il vous expliquait qu'il avait le don d'apparaître et de disparaître à volonté. Vous êtes une fille bien trop solide pour vous effaroucher de si peu.

— Vous m'avez cernée beaucoup plus vite que Gage, apparemment, commenta Deborah en riant.

Frank se rengorgea.

— Les gens, je les repère de loin et je les catalogue tout de suite, expliqua-t-il en se versant du café. Il valait mieux avoir l'œil, dans mon ancien métier. Et je n'étais pas mauvais, dans mon genre. Pas vrai, Gage ?

Les yeux de Gage pétillèrent.

— Tu étais excellent, en effet. Cela dit, je ne voudrais pas vous presser, mais Deborah va avoir besoin de récupérer quelques vêtements.

Elle fit la grimace en baissant les yeux vers son peignoir. Une robe de soirée, un body déchiré et une paire de bas représentaient ses seules autres possessions du moment.

— Connais-tu quelqu'un qui pourrait passer chez toi et rassembler quelques affaires ? demanda Gage en se tournant vers elle. Frank fera un saut à ton appartement dans la matinée pour les récupérer.

— Pas de problème. Ma voisine a un double des clés. Je vais lui passer un coup de fil, déclara Deborah en sautant sur ses pieds.

Une demi-heure plus tard, tout était réglé. Vêtue d'un jean trop grand serré à la taille par un cordon et d'une chemise blanche impeccable qui lui arrivait à mi-cuisse, Deborah rejoignit Gage dans sa salle de travail secrète.

En quelques mots, il lui expliqua sa façon de procéder.

— Je cherche à faire un schéma d'ensemble, expliqua-t-il en désignant les points lumineux sur la carte.

Elle examina l'écran.

— Tu pourrais me fournir une version imprimée de cette carte ? J'aimerais entrer ces données dans mon ordinateur au bureau pour voir si je trouve une corrélation quelconque.

Gage secoua la tête.

— Non, ce serait trop dangereux. Viens voir.

Il l'entraîna devant une autre console, tapa un code et ouvrit un fichier. Bouche bée, Deborah vit apparaître ses propres travaux à l'écran.

— Tu as réussi à infiltrer mon système informatique ? s'exclama-t-elle, effarée.

— Le problème, c'est que je ne suis peut-être pas le seul. Tu vois pourquoi il est vital qu'aucune information ne sorte d'ici ?

Décontenancée, Deborah prit place dans un fauteuil de bureau.

— Il y a quatre ans, nous ne disposions pas de la technologie nécessaire pour procéder à ce genre de recherche, poursuivit Gage. Et nous avons été obligés d'infiltrer physiquement l'organisation criminelle que nous avions pour mission de démanteler. Si tout a échoué à la dernière minute, c'est nécessairement qu'il y a eu fuite. Et la personne qui a transmis l'information à l'ennemi était au courant de l'opération dans ses moindres détails : Montega nous attendait et il savait que nous étions flics. D'autre part, nous n'étions pas venus sans renforts. Montega devait savoir exactement où chacun de nous était positionné. C'est ce qui lui a permis de repartir sans être inquiété.

— Tu crois qu'un des flics qui participaient à l'opération a pu se laisser corrompre ?

— C'est une possibilité. Mais ils étaient dix et triés sur le volet. Toutes les vérifications auxquelles j'ai procédé jusqu'à présent n'ont donné aucun résultat.

— Qui d'autre était au courant ?

— Mon commissaire, bien sûr. Le préfet de police. Le maire. Et peut-être d'autres encore. Je n'étais qu'un simple flic, à l'époque. On ne nous disait pas tout.

— Et une fois que tu auras trouvé ton « schéma d'ensemble », que feras-tu ?

— J'attends, j'observe, je prends en filature. Jusqu'à ce que l'un de ces truands me conduise au big boss.

Deborah frissonna. Lorsque le moment serait venu, il lui faudrait déployer des trésors de persuasion pour convaincre Gage de s'en remettre à la police pour arrêter tout ce beau monde...

— Et si nous nous mettions au travail ? proposa-t-elle. J'aimerais continuer à rechercher ce fameux fil directeur.

— Comme tu voudras. Cet ordinateur est presque en tout point similaire à celui que tu utilises au bureau. Il y a juste...

— Comment le sais-tu ? l'interrompit-elle, sourcils froncés.

— Quoi ?

— Quel genre d'ordinateur j'utilise au bureau.

Avec un léger sourire, il se pencha pour l'embrasser.

— Je sais des milliers de choses sur toi.

Mal à l'aise, elle détourna la tête.

— Tu as fait des recherches à mon sujet, n'est-ce pas ?

— C'est vrai, je le reconnais. Par précaution, me disais-je. Mais en fait, parce que j'étais amoureux de toi. J'ai appris quantité de faits, de dates, de chiffres qui te concernent. Mais pas l'essentiel. Comme l'odeur de tes cheveux, par exemple. Et la manière dont tes yeux tournent à l'indigo lorsque tu te mets en colère.. ou que tu as envie de moi.

Elle ne put s'empêcher de sourire.

— Si tu continues comme ça, tu vas réussir à te faire pardonner, Gage Guthrie. De toute façon, je peux difficilement t'en vouloir alors que j'ai pris quelques renseignements sur toi de mon côté.

— Je sais.

Elle secoua la tête en riant et se mit au travail. Ils avaient à peine commencé, cependant, lorsqu'un téléphone sonna. Les yeux rivés sur son écran, Gage décrocha d'une main distraite.

— Gage ? C'est Frank. Je t'appelle de l'appartement de Deborah. Vous feriez mieux de rappliquer tout de suite.

11.

Le cœur battant, Deborah sortit de l'ascenseur et piqua un sprint sur le palier. Suite à l'appel de Frank, ils avaient sauté dans l'Aston Martin de Gage et traversé la ville en un temps record.

La porte de son appartement était restée ouverte. Immobile sur le seuil, Deborah découvrit une vision d'apocalypse : rideaux en lambeaux, tableaux lacérés, meubles brisés, bibelots en miettes. Elle poussa un cri en voyant Lily Greenbaum gisant sur ce qui restait de son canapé. Sa voisine était d'une pâleur de cendre.

— Oh, mon Dieu.

Courant parmi les débris éparpillés, Deborah alla s'agenouiller devant Mme Greenbaum et prit sa main glacée dans la sienne.

— Lily ?

Les paupières de sa voisine se soulevèrent et elle sourit faiblement.

— Deborah… C'est vous. Ils m'ont eue par surprise. Sinon, ces voyous auraient compris à qui ils avaient affaire !

Deborah leva la tête lorsque Frank sortit de la chambre à coucher, tenant un oreiller miraculeusement épargné.

— Vous avez appelé une ambulance ? s'enquit-elle d'une voix pressante.

— Je le lui ai proposé mais elle a refusé, expliqua le chauffeur en glissant le coussin sous la tête de la vieille dame.

Lily serra la main de Deborah dans la sienne.

— Je déteste les hôpitaux, chuchota-t-elle.

— Lily, s'il vous plaît. Je vais être malade d'inquiétude.

— Pff... votre appartement est en plus mauvais état que moi.

— Les meubles, ça se remplace. Mais vous, non, chuchota Deborah en lui embrassant la main. Je vous en prie, Lily.

Mme Greenbaum soupira.

— Bon, c'est bien parce que c'est vous. Mais je ne veux pas qu'ils me gardent là-bas. S'ils essayent de me retenir, arrangez-vous pour me sortir de là, hein ? Je compte sur vous ?

— Je vous promets de faire l'impossible.

Deborah tourna la tête mais Gage avait déjà la main sur le téléphone. Il fronça les sourcils.

— La ligne est coupée.

— Vous n'avez qu'à appeler de chez moi, murmura faiblement Mme Greenbaum. C'est juste en face.

Gage fit un signe à Frank qui sortit promptement sur le palier. Deborah voulut le rappeler mais Gage secoua la tête.

— Inutile. Frank n'a pas besoin de clés... Madame Greenbaum, êtes-vous en mesure de nous raconter ce qui est arrivé ? demanda-t-il en lui prenant la main.

Lily cligna des yeux.

— Vous êtes Gage Guthrie, n'est-ce pas ? L'homme au bouquet de roses... Deborah n'est pas seulement une très jolie fille. Elle a aussi un cœur en or.

Souriante en dépit de ses inquiétudes, Deborah s'accroupit à côté d'eux.

— Lily, inutile de multiplier les manœuvres de rapprochement. J'ai déjà demandé Gage en mariage et il a accepté !

Le regard de la vieille dame s'illumina.

— Ça par exemple. Voilà qui a été rondement mené ! Eh bien, je n'ai qu'un mot à vous dire : bravo ! La jeunesse a toujours tant de mal à se décider de nos jours.

— Madame Greenbaum…, insista Gage.

— Bon, d'accord, d'accord. J'étais dans la chambre à coucher en train de rassembler les affaires indiquées sur la liste… Cette jeune femme est vraiment très ordonnée, entre parenthèses, précisa-t-elle à l'intention de Gage.

Deborah le vit réprimer un sourire.

— Je suis soulagé de l'apprendre, madame Greenbaum.

— J'étais donc en train de sortir son tailleur pantalon rayé lorsque j'ai entendu du bruit. Je me suis retournée mais il était déjà trop tard. J'ai vu trente-six chandelles, puis plus rien du tout.

Atterrée, Deborah se pencha sur la main fripée de Lily pour dissimuler le mélange de colère, de tristesse et de remords qui faisait rage en elle. Comment ces gens avaient-ils pu pousser la cruauté jusqu'à brutaliser une personne âgée ?

— Je suis désolée, Lily, chuchota-t-elle.

— Hé, pourquoi cette mine désespérée ? Ce n'est pas la première fois que je me prends une bosse sur la tête !

Deborah soupira.

— Je savais que j'étais menacée. J'aurais pu prévoir qu'ils s'attaqueraient à moi de cette manière. Si seulement j'avais pris le temps de réfléchir cinq minutes avant de vous demander ce service !

La vieille dame pinça les lèvres.

— Si j'avais vu venir le type qui m'a fait ça, je lui aurais fait une prise de karaté. Je n'étais pas mauvaise dans le temps.

Lily leva les yeux et soupira en voyant entrer les brancardiers.

— Et voilà. C'est parti pour un tour. Priez pour moi, les enfants.

Lily Greenbaum opéra une sortie remarquée, houspillant les ambulanciers et distribuant ses ordres, telle une altesse royale hissée sur son palanquin doré. Gage se tourna vers Deborah en souriant.

— C'est une personnalité, ta voisine.

Elle se mordit la lèvre.

— Je ne me le pardonnerai jamais si elle devait ne plus…

— Ne t'inquiète pas. Son pouls était régulier et elle avait manifestement toute sa tête. Il n'y aura sans doute pas de séquelles.

Gage lui entoura les épaules et tourna vers Frank un regard interrogateur. Ce dernier se frotta le crâne.

— En arrivant, j'ai vu tout de suite que la porte avait été forcée et j'ai commencé par faire un tour avant de vous téléphoner. Et c'est là que je suis tombé sur Mme Greenbaum qui revenait à elle. Son premier réflexe a été de vouloir me casser la figure !

Gage contempla sombrement le séjour dévasté.

— Deborah, tu pourrais peut-être essayer de rassembler quelques affaires pendant que Frank et moi, nous prévenons la police ?

Le cœur lourd, elle passa dans sa chambre. Apercevant un fragment de photo, elle tomba à genoux dans la pièce dévastée. Rien n'avait été épargné, pas même les quelques clichés qu'elle avait conservés de sa famille. Gage pénétra dans la chambre sans un mot et vint s'accroupir à côté d'elle.

— Ils n'ont rien laissé, murmura-t-elle. Rien. Ce ne sont que des objets, mais cette photo de mes parents…

Sans parvenir à achever sa phrase, elle enfouit son visage au creux de son épaule.

Gage la serra dans ses bras, effrayé par la rage meurtrière qui se déchaînait en lui. Si Deborah était venue elle-même chercher ses affaires, les hommes de main de Montega auraient pu tomber sur elle. Au lieu des souvenirs et des bibelots, c'était son corps brisé qu'il aurait trouvé gisant sur le sol.

Deborah se dégagea doucement et releva la tête.

— S'ils croient me faire peur, ils se trompent. D'une façon ou d'une autre, je m'arrangerai pour les coincer. Mais pour cela, il faut nous remettre à nos investigations, Gage. Nous n'avons perdu que trop de temps.

Ils passèrent des heures dans la salle souterraine à procéder à de patientes vérifications, à faire défiler d'interminables fichiers. Absorbés chacun de leur côté, ils travaillaient dans le plus profond silence. Mais les paroles eussent été inutiles. Tendus vers un même but, ils menaient ensemble un véritable combat contre la montre.

Car la matinée avait déjà été bien entamée. Il avait fallu attendre l'arrivée des policiers qui étaient venus inspecter l'appartement avec l'inévitable Wisner dans leur sillage. Deborah, une fois de plus, ferait les gros titres du lundi matin…

Lorsque le téléphone sonna, Deborah ne leva même pas la tête. Gage dut l'appeler par deux fois avant de l'arracher à la contemplation de son écran.

— Deb ? C'est pour toi… Jerry Bower.

Elle fronça les sourcils en lui prenant le combiné des mains.

— Jerry ? Comment as-tu réussi à me dénicher ici ?

— Bon sang, Deborah, mais je me suis fait un souci d'encre ! s'exclama son ami à l'autre bout du fil. J'ai essayé de te joindre toute la matinée pour prendre de tes nouvelles après l'agression dont tu as été victime hier soir. De guerre lasse, j'ai fini par faire un saut à ton appartement et je suis tombé sur un véritable cordon de policiers. Lorsque j'ai vu l'état des lieux…

— Je n'étais pas présente lorsque ça s'est passé, Jerry.

— Dieu merci. Car ce sont manifestement des fous furieux. Inutile de te préciser que le maire va vouloir taper du poing sur la table. Je me demande ce que je vais bien pouvoir lui raconter pour le calmer.

— Je crains que tu ne puisses pas grand-chose pour moi, en l'occurrence, mon pauvre Jerry, répondit-elle en se massant le front. Fais-lui juste remarquer en passant que si je parviens à clore un dossier aussi brûlant d'ici la semaine prochaine, cela lui vaudra un succès retentissant aux élections.

A l'autre bout du fil, Jerry hésita une fraction de seconde.

— Tu as peut-être raison. Je vais essayer de faire passer ce message. Mais promets-moi d'être prudente, O.K. ?

— Je le suis.

Lorsqu'elle raccrocha, Gage lui jeta un regard en coin.

— Et si je publiais une annonce dans le *World* afin de rendre nos fiançailles publiques ?

Elle cligna des paupières sans comprendre. Puis éclata de rire.

— Jerry ? Oh, non, sérieusement, Gage. Nous sommes amis, c'est tout.

— Mmm…

Avec un léger sourire, elle alla nouer les bras autour de sa taille.

— Il n'y a jamais rien eu entre Jerry et moi. Même pas l'ombre d'un gentil baiser mouillé. Et c'est justement de ce genre de baiser-là que j'aurais un besoin *urgent* à l'instant même...

— Si tu es très sage, je dois en avoir encore au moins un en réserve pour toi.

Joignant sa bouche à celle de Gage, elle sentit les tensions de la journée s'évanouir comme par miracle. Avec un soupir de bien-être, elle massa les muscles contractés de sa nuque et de son dos.

— Désolé d'interrompre cette scène romantique, claironna une voix derrière eux.

Ils se retournèrent et virent Frank entrer avec un plateau.

— J'ai pensé que si je ne vous apportais pas de quoi vous restaurer sur place, vous passeriez la journée entière sans manger.

Deborah se dégagea des bras de Gage et renifla.

— Mmm… qu'est-ce que c'est ?

— Ma spécialité : le chili con carne. Avec ça et une Thermos de café, vous ne vous assoupirez pas de sitôt.

Deborah avança une chaise.

— Frank, vous êtes un homme comme je les aime. Voyons, maintenant, ce chili… Oups ! C'est très précisément comme ça que je l'apprécie, s'exclama-t-elle, la bouche en feu.

Sous ce flot de compliments, Frank ne savait visiblement plus où se mettre.

— J'ai installé Lily dans la chambre bleue, annonça-t-il à Gage. Et le décor a eu l'air de lui plaire. Je l'ai laissée avec un bol de soupe et une cassette vidéo. Je vais retourner voir si tout se passe bien.

Lorsque le son des pas de Frank eut décru dans le passage, Deborah reposa sa fourchette pour plonger son regard dans celui de Gage.

— Tu as accueilli Lily Greenbaum ici ?

Il haussa les épaules.

— Elle ne souhaitait pas rester à l'hôpital. Aux urgences, ils ont diagnostiqué une légère commotion cérébrale. Son état ne nécessite pas de soins particuliers. Il faut juste qu'elle se repose quelques jours.

— Alors tu lui as proposé de venir chez toi.

— Le médecin a recommandé qu'elle ne reste pas seule.

Deborah se pencha pour lui planter un baiser sur la joue.

— Je t'aime vraiment très fort, Gage Guthrie.

Lorsqu'ils se remirent à leurs claviers, après le café, Deborah ne put empêcher ses pensées de s'évader. Elle songea aux innombrables facettes que présentait la personnalité de Gage.

Il était l'amant idéal, celui dont toute femme rêvait en secret. Passionné et arrogant, tendre et fidèle, fort et néanmoins capable de la plus exquise douceur.

Il était également doué de facultés étranges et surhumaines. Mais sur ce don très particulier, elle préférait ne pas s'attarder pour le moment. L'« aspect Némésis » de sa personne dépassait le cadre de ce qu'un esprit rationnel pouvait concevoir et intégrer.

Deborah pressa les doigts sur ses paupières puis se remit au travail avec une ardeur redoublée. Lorsque les chiffres devenaient un peu trop flous à l'écran, elle se resservait en café. Il lui restait une douzaine de noms à vérifier. Mais tout conduisait à penser qu'ils appartenaient, comme tous les autres, à des personnes décédées.

Plus elle avançait, plus il paraissait improbable que ses recherches aboutissent jamais à quelque résultat concret. Mais elle n'avait malheureusement pas d'autre piste pour l'instant. Pestant tout bas, elle ouvrait fenêtre après fenêtre, avec une patience méticuleuse dont elle s'étonnait elle-même. Jusqu'au moment où ses doigts se suspendirent au-dessus des touches. Plissant les yeux, elle revint en arrière, écran après écran.

— Tu peux venir par ici, Gage ? Je crois que j'ai trouvé quelque chose.

Gage tourna la tête. Il venait également de faire un prodigieux bond en avant de son côté. Mais il choisit de garder cette information pour lui.

— Regarde ce nombre, murmura Deborah lorsqu'il vint se pencher sur son épaule. Il réapparaît à plusieurs reprises.

— Neuf chiffres… ça ressemble au numéro d'identification personnel que reçoit toute personne établie sur le territoire américain.

Il se dirigea à grands pas vers son ordinateur.

— Qu'est-ce que tu fais, Gage ?

— Je vais voir à qui il correspond.

Deborah soupira bruyamment. Gage n'avait pas fait preuve d'un grand enthousiasme devant sa trouvaille. Elle avait les yeux qui lui tombaient presque de la tête et il n'avait même pas émis le moindre petit compliment !

— Et comment comptes-tu procéder ? s'enquit-elle en se levant à son tour pour se placer derrière lui.

— En remontant à la source. Autrement dit, la Direction Générale des Impôts.

Choquée, elle s'immobilisa net.

— Ne me dis pas que tu as percé aussi leur système de sécurité !

— Bien sûr que si, répondit-il distraitement, le regard rivé sur l'écran. Tiens, ça y est.

— Mais, Gage… C'est un délit gravissime !

— Sans doute, oui… Tu as un bon avocat à me recommander ?

Atterrée, Deborah se tordit les mains.

— Je ne plaisante pas, Gage.

— Je sais. Tu veux t'éclipser un moment pendant que je termine ?

Assaillie par une image de Lily Greenbaum gisant, livide, sur son canapé, Deborah posa la main sur son bras.

— Non, je reste, Gage. Dans la mesure où je suis au courant de ce que tu fais, je suis complice, de toute façon. Continue.

Il tapa les neuf chiffres, appuya sur la touche « Entrée » et attendit. Un nom apparut à l'écran.

— Oh, mon Dieu.

Ses doigts se crispèrent sur l'épaule de Gage. Lui-même semblait être devenu de pierre. Son corps était rigide, tendu et c'était à peine s'il paraissait respirer.

— Tucker Fields… Le fils de chien !

Il se leva si brusquement qu'elle faillit tomber à la renverse. Terrifiée, elle se cramponna à lui, s'arc-boutant pour le retenir de force.

— Gage, non…

Elle vit un feu sombre luire dans son regard.

— Je vais le tuer.

Au bord de l'attaque de panique, Deborah ne respirait plus que par saccades. Si elle le laissait partir maintenant, il serait perdu pour elle à jamais.

— Et ça t'apportera quoi, au juste ? Jack ne reviendra pas à la vie pour autant. Et cela ne changera rien à ce qui t'est arrivé. Si tu tues Fields maintenant, un de ses lieutenants le remplacera et tout continuera comme avant. Il faut que nous poursuivions nos recherches pour faire la lumière — toute la lumière — sur cette organisation, Gage. Si Fields est effectivement responsable…

— *S'il* est responsable ?

— Nous ne disposons encore d'aucune preuve. Il s'agit maintenant d'établir les faits. De remonter les filières. D'assembler les éléments nécessaires au dossier.

Gage émit un rire amer.

— Tu ne pourras jamais rien contre un homme comme lui. Dès le moment où tu commenceras tes investigations, il le saura. Et il s'arrangera pour étouffer l'affaire.

— Les recherches, tu les feras ici. Et pendant ce temps, au bureau, je brouillerai les pistes. Mais il faut d'abord que nous soyons sûrs de notre fait, Gage.

Il serra les poings.

— Il a essayé de t'éliminer. Tu ne comprends pas que ça a signé son arrêt de mort ?

— Gage… je suis ici, vivante, avec toi. C'est tout ce qui compte. Nous avons une piste mais il s'agit maintenant de la creuser et de découvrir qui exactement est impliqué à part Fields lui-même.

Gage ferma les yeux. Elle avait raison. S'il tuait Tucker Fields maintenant, ses complices s'arrangeraient pour disparaître. Et l'organisation criminelle renaîtrait de ses cendres ailleurs.

— O.K., tu marques un point. Je m'apprêtais à commettre une grosse erreur. Désolé, Deborah. Je ne voulais pas t'effrayer.

Les jambes coupées, elle se laissa tomber dans un fauteuil.

— Pfff... Eh bien, le jour où tu *voudras* vraiment m'effrayer, préviens-moi. Car tu m'as infligé la peur de ma vie !

Elle lui saisit la main et pressa un baiser tremblant dans sa paume.

— Je n'ai jamais eu beaucoup d'affection pour Fields mais je l'ai toujours respecté, poursuivit-elle pensivement. Toujours est-il qu'il a un pouvoir immense. Il lui est facile de placer ses hommes de main à des postes de contrôle. Imagine le nombre de flics, de juges, de fonctionnaires qui sont peut-être à sa solde ?

— Comme Bower par exemple ? s'enquit Gage en s'écartant de sa console.

— Jerry ?

Deborah soupira et se massa la nuque.

— Il est dévoué au maire corps et âme, c'est vrai. Et il est possible qu'il tolère quelques petits dessous-de-table et autres pots-de-vin ici et là. Mais il n'irait jamais jusqu'à cautionner une activité criminelle. Fields a eu l'intelligence de choisir un premier adjoint jeune et ambitieux avec une réputation irréprochable.

— Et Mitchell ?

Deborah secoua la tête.

— Non. Mitch est l'honnêteté incarnée. Et il n'a aucune affection pour Fields.

— Mmm... Notre prochaine étape consistera à prendre la liste de tous les adjoints de Fields et de vérifier leurs comptes en banque. Ensuite, nous...

Il s'interrompit, sourcils froncés.

— Tu as mal à la tête.

— Juste un début. Rien de bien sérieux.

Gage se leva et éteignit d'autorité son ordinateur.

— Tu as passé trop de temps les yeux fixés sur ton écran, décréta-t-il en glissant un bras autour de sa taille. Que dirais-tu d'une sieste et d'un bain chaud ?

Avec un léger soupir, Deborah abandonna sa tête contre son épaule tandis qu'il l'entraînait dans le passage.

— Ça me paraît divin.

— D'ailleurs je te dois toujours un massage de pieds, si tu veux bien me confier tes voûtes plantaires, à présent ?

Deborah sourit à cette évocation. Comment avait-elle pu s'inquiéter à ce point des autres femmes dans sa vie ? En arrivant dans la chambre, elle bâillait à se décrocher la mâchoire lorsque son regard tomba sur la montagne de cartons, de sacs et de paquets entassés sur le lit.

— Oh, mon Dieu ! De quoi s'agit-il, Gage ?

— Pour l'instant, tu possèdes pour seule garde-robe la chemise que tu as sur le dos. Comme j'ai pensé que cela pouvait difficilement te suffire, j'ai confié une liste à Frank.

— Frank ! Mais on est dimanche, pratiquement tous les magasins sont fermés... Ne me dis pas qu'il les a volés, au moins ?

Gage la prit dans ses bras en riant.

— Comment vais-je pouvoir partager ma vie avec une femme aussi scrupuleusement honnête ? Mais je te rassure tout de suite : Frank a définitivement tourné le dos à son ancien métier. Et il a tout rapporté d'Athena, comme tu peux le constater.

Athena était le grand magasin le plus élégant de la ville. Brusquement, la lumière se fit dans l'esprit de Deborah.

— Et tu en es propriétaire ?

— Gagné.

Décontenancée, Deborah contempla la pile sur le lit. A vue de nez, il y en avait pour une petite fortune.

— Tu n'aurais pas dû, murmura-t-elle, mal à l'aise.

— Je ne te vois pas arriver à ton bureau demain matin, vêtue de mon jean et de ma chemise, observa Gage en dénouant le cordon à sa taille.

Lorsque le pantalon chuta à ses pieds, elle ne put s'empêcher de sourire.

— Je ne peux que louer ton initiative à caractère pratique, Gage Guthrie. Mais je me sens gênée que tu aies payé pour tous ces vêtements.

— Nous étalonnerons ta dette sur les soixante-dix années à venir.

Comme elle s'apprêtait à répondre, il lui prit le menton entre les doigts.

— Deborah, j'ai plus d'argent qu'il n'en faut à un seul homme. Tu acceptes de partager mes problèmes alors pourquoi pas aussi mes bonnes fortunes ?

— Je ne veux pas que tu penses que ton argent joue le moindre rôle dans les sentiments que j'éprouve pour toi.

Pendant quelques secondes, Gage l'examina en silence.

— Je n'aurais jamais cru que tu me sortirais un jour une réflexion aussi stupide.

Blessée, elle allait détourner la tête lorsqu'elle le vit sourire. Un grand calme se fit soudain en elle.

— Tu as raison, admit-elle en nouant les bras autour de son cou. Je t'aime *en dépit* du fait que tu es propriétaire d'hôtels, d'immeubles et de grands magasins. Et je brûle de curiosité de découvrir la garde-robe que vous m'avez inventée, Frank et toi.

Deborah prit une boîte au hasard. Sous le papier de soie, elle trouva une chemise de nuit arachnéenne en crêpe bleu pâle.

— Eh bien… Frank a des goûts pratiques. Mes collègues masculins vont me réserver un accueil enthousiaste si je mets ça pour aller au bureau demain matin.

Incapable de résister à la tentation, elle enfila la superbe pièce de lingerie qui glissa sur elle comme une caresse.

— Qu'est-ce que tu en penses ? demanda-t-elle en se tournant vers Gage.

Le regard brûlant de passion, il la prit dans ses bras.

— Ce que j'en pense ? Tout le bien possible, mon amour. Frank mérite une augmentation conséquente.

12.

Pendant trois jours, Gage et Deborah travaillèrent d'arrache-pied afin de monter un dossier solide contre Tucker Fields. Au bureau, en revanche, Deborah veillait à donner le change, explorant ostensiblement des pistes dont elle savait qu'elles ne mèneraient nulle part.

Chaque nuit, lorsqu'il la croyait endormie, Gage se glissait hors du lit, enfilait ses vêtements noirs et, redevenant Némésis, poursuivait ses mystérieuses activités nocturnes. Elle savait. Il savait qu'elle savait. Et pourtant, ils n'abordaient jamais le sujet. Seule dans la vaste chambre aux gracieuses dorures, elle passait des heures à tourner et à virer dans le lit, malade d'angoisse et torturée par sa conscience. C'était comme si un tabou pesait sur « l'autre personnalité » de Gage. Elle ne pouvait ni approuver ni condamner son action.

Assise à son bureau, dans les services du procureur de district, Deborah jeta un coup d'œil sur la copie du *World* ouverte devant elle. « Némésis met un terme à la carrière de l'Eventreur », proclamait un gros titre en première page. Etrangement, elle ne parvenait à se résoudre à lire l'article. Mais elle avait entendu parler du meurtrier en question : l'Eventreur avait déjà assassiné quatre personnes en l'espace de quelques jours à l'aide d'un couteau de chasse. Songeant aux traces de sang qu'elle avait trouvées dans la salle de bains le matin même, Deborah fut secouée d'un violent frisson.

Elle avait voulu se donner l'illusion qu'ils étaient des amoureux ordinaires. Mais pouvait-elle prétendre avoir une vie « normale » avec un homme qui chaque nuit devenait quelqu'un d'autre ?

— O'Roarke ! bougonna Mitch en jetant un dossier sur son bureau. Tu crois que l'Etat te paye grassement pour rêvasser devant ton ordinateur ?

Elle jeta un regard résigné sur le nouveau cas qui venait s'ajouter à la pile déjà démesurée de ses affaires en cours.

— Puis-je te signaler que je suis déjà en train de pulvériser le record du nombre de dossiers à instruire ? observa-t-elle sombrement.

— Et la criminalité dans cette fichue ville, tu crois qu'elle n'en bat pas des records ? Si tu veux avoir le temps de souffler, tâche de convaincre ton camarade Némésis de s'accorder un mois de vacances. Il n'y a finalement que lui pour faire le ménage à Denver.

Surprise, Deborah leva la tête.

— Voilà qui ressemble à s'y méprendre à un compliment pour notre fantôme masqué ?

— Je n'approuve pas ses méthodes mais j'apprécie les résultats. Cet Eventreur avait déjà découpé quatre innocents en morceaux. Et il s'apprêtait à charcuter sa cinquième victime lorsque Némésis est intervenu. On peut difficilement se plaindre alors qu'il nous remet le coupable dûment ficelé et qu'il sauve la vie d'une gamine de dix-huit ans.

— Ce serait en effet un peu délicat de lui en faire reproche, acquiesça pensivement Deborah.

Mitch sortit un cigare et le roula entre ses doigts épais.

— Alors ? Et ce fameux dossier ? Il avance ?

Elle haussa les épaules.

— Il me reste une semaine.

Le procureur eut un sourire en coin.

— Tu es bougrement têtue, O'Roarke. Et j'aime ça.

— Enfin un compliment !

— Ne te rengorge pas trop pour autant. Le maire t'a toujours dans le collimateur et il a toutes les chances de remporter les prochaines élections.

— Le maire ne me fait pas peur.

Mitch leva les yeux au ciel.

— Bon, je me charge de Fields. Je veillerai à ce qu'il te laisse tranquille pendant le temps qu'il te reste. Mais tu me faciliterais *sacrément* la tâche, O'Roarke, si tu adoptais un profil bas au lieu d'alimenter les colonnes de notre ami Wisner avec tes innombrables hauts faits.

— Mille pardons, Mitch. Ça a été franchement stupide de ma part de m'être fait réduire mon appartement en charpie.

Sous son air perpétuellement bougon, le procureur de district parut presque contrit.

— O.K., désolé, je n'aurais pas dû dire ça. Mais si tu pouvais éviter de te faire remarquer pendant au moins une semaine…

— Je m'enchaînerai à mon bureau, c'est promis. Quant à Wisner, je lui casserais volontiers sa petite gueule de fouine, lâcha-t-elle entre ses dents serrées.

Mitch sourit.

— Ne crois pas que tu sois la seule… Tu as besoin d'une avance pour t'équiper, au fait, en attendant le versement de la compagnie d'assurances ?

— Merci, Mitch. Ça va aller, répondit-elle en tapotant sa pile de dossiers. D'ailleurs, que ferais-je d'un appartement avec le boulot dont tu me surcharges ?

Demeurée seule, Deborah ouvrit la chemise cartonnée que Mitch venait de poser sur son bureau, cligna des yeux, et se prit la tête entre les mains. Ironie du sort, elle se voyait confier l'affaire de l'Eventreur. En sachant que son principal témoin était également son amant. Et la seule personne avec qui elle ne pouvait débattre du cas...

A 7 heures, Gage attendait Deborah dans un élégant restaurant français situé en bordure d'un petit parc luxuriant. Malgré son calme apparent, il était en proie à une tension intérieure grandissante. Il avait la certitude désormais qu'il n'était plus qu'à quelques encablures du dénouement final. Bientôt, le réseau serait démantelé et les coupables confondus. A charge ensuite pour lui d'expliquer à la femme qu'il aimait pourquoi il avait choisi de garder le silence et de faire cavalier seul une fois de plus...

Deborah serait en colère et se sentirait trahie. A juste titre, d'ailleurs. Mais il préférait affronter ses reproches, quitte même à essuyer un rejet définitif, plutôt que de la voir tomber sous les balles de Montega et consorts. Gage serra les poings. Ce qu'il faisait vivre à Deborah en ce moment était une torture pour elle. S'il l'avait pu, il aurait renoncé à son don, renoncé à Némésis. Renoncé à la vengeance même. Mais ce choix, hélas, il ne l'avait pas et ne l'aurait jamais plus.

De loin, il la vit entrer dans le restaurant, mince comme une liane et d'une beauté à couper le souffle dans un ensemble aux couleurs détonantes que Frank avait choisi pour elle.

— Désolée. Je pensais arriver avant mais...

Il ne lui laissa pas le temps de mentionner ce qui l'avait mise en retard. Debout, il l'attira dans ses bras et l'embrassa à corps perdu. Lorsqu'il détacha enfin ses lèvres des siennes, les regards envieux de la plupart des dîneurs étaient rivés sur leurs deux silhouettes enlacées.

Le souffle de Deborah s'était notablement accéléré.

— Eh bien… Je veillerai à arriver systématiquement en retard dorénavant, commenta-t-elle, les joues en feu, en se laissant tomber sur une chaise.

— J'imagine que tu as encore travaillé jusqu'à des heures impossibles ?

— Sur un nouveau dossier, oui… Celui de l'Eventreur.

Il soutint son regard sans rien dire.

— La déontologie voudrait que je le refuse, Gage. Mais quel motif puis-je donner ?

— Je ne vois pas en quoi la situation serait contraire à ton éthique professionnelle. Je l'ai arrêté et toi tu fais le travail d'investigation nécessaire pour qu'il soit jugé pour ses crimes. Nos tâches se complètent sans empiéter l'une sur l'autre.

Elle plia et déplia nerveusement sa serviette de table.

— Si au moins je parvenais à te définir, Gage… Parfois tu m'apparais comme un héros, parfois comme un hors-la-loi redoutable.

— La vérité est sans doute quelque part entre les deux, répondit-il à voix basse en lui prenant la main. Mais n'oublie jamais qu'avant tout, je suis l'homme qui t'aime.

— Je sais, mais…

Elle se tut lorsque le serveur arriva avec un seau de champagne. Deborah leva sa coupe et sourit.

— Ne me dis pas que ce restaurant t'appartient aussi ?

— Non. Tu aimerais que je l'achète ?

Elle secoua la tête en riant.

— Ça ira comme ça, merci. Pourquoi le champagne, au fait ? Nous fêtons quelque chose ?

— Oui. Un avenir commun, répondit-il en sortant un petit écrin de sa poche. C'est toi qui t'es chargée de la demande en mariage mais j'ai pensé que je pouvais m'octroyer au moins ce privilège.

Gage la vit hésiter puis soulever lentement le couvercle tendu de velours. Pour la pierre, le choix s'était imposé de lui-même : un saphir somptueux que soulignait l'éclat pur des diamants.

— Elle est magnifique, Gage.

Il avait eu plaisir à choisir cette bague de fiançailles pour elle. Mais il n'avait pas escompté la réaction de peur qui se lisait clairement dans son regard. Ce fut comme si une main de glace se resserrait sur sa poitrine.

— Tu as changé d'avis à notre sujet, Deborah ?

Elle leva les yeux.

— Je suis sûre de mes sentiments pour toi. Mais j'ai peur. Peur qu'il t'arrive quelque chose, peur de ta personnalité nocturne. Peur qu'elle t'éloigne de moi, surtout.

— Si je cessais d'être ce que je suis, je mourrais, Deborah. Je ne peux pas te le prouver de façon rationnelle et logique mais je le sens.

— Tu le crois.

— Je le sais.

Lentement, délibérément, Deborah posa sa main sur la sienne. Combien de fois déjà avait-elle vu dans son regard cet éclat secret, ce quelque chose de mystérieux qui faisait de lui une créature à certains égards surhumaine ? Elle ne pouvait — ni ne voulait — lui demander de changer ce qui était devenu l'essence même de son être.

— Je suis tombée amoureuse de toi par deux fois, Gage, déclara-t-elle en prenant la bague dans l'écrin pour la glisser à son doigt. Des deux aspects de toi. Avant de te rencontrer, je ne connaissais pas le doute. Je pensais que ma vie était toute tracée et que je finirais par épouser un homme très calme et très ordinaire. Mais je me trompais. Combattre pour la justice n'est pas la seule raison pour laquelle tu es revenu parmi les vivants, Gage. Tu es également revenu pour moi.

256

Le serveur revint juste au moment où il pressait un baiser dans sa paume. La main sur le cœur, « monsieur Henri » se répandit en félicitations enthousiastes. Deborah rit de bon cœur lorsqu'il se pencha pour lui faire démonstrativement un baisemain. Mais elle nota soudain que l'attention de Gage était ailleurs.

— Fields, précisa-t-il à mi-voix lorsqu'ils furent de nouveau seuls. Il vient de rentrer avec Arlo Stuart, quelques huiles et ton ami Bower.

Deborah jeta discrètement un coup d'œil derrière elle.

— Eh bien… La campagne bat son plein, apparemment. Il a réuni une jolie brochette de personnalités des affaires et du spectacle.

— Arlo Stuart nous a repérés, murmura Gage. Il arrive par ici.

Avec sa bonhomie habituelle, l'homme d'affaires vint taper dans le dos de Gage et bavarder avec eux quelques instants.

— Champagne, bougies… Voilà une façon bien plus intelligente de passer la soirée que de discuter politique. Hé là, mais c'est une bien jolie bague que vous avez au doigt, mademoiselle O'Roarke. Vous n'auriez pas par hasard une bonne nouvelle à nous annoncer, tous les deux ?

Gage sourit avec une exquise politesse.

— Vous avez la primeur de la nouvelle, Arlo.

— Mes sincères félicitations, jeunes gens. Pour votre voyage de noces, vous serez les bienvenus dans n'importe lequel de mes hôtels. Je me sens un peu responsable de votre bonheur : c'est chez moi que vous vous êtes rencontrés, après tout ! Et maintenant, je vous laisse vous regarder amoureusement dans les yeux et je me remets à la politique !

Deborah était placée de telle façon qu'elle ne pouvait distinguer la table du maire. Mais Gage vit la réaction de Jerry Bower lorsque Arlo Stuart rejoignit ses compagnons et leur transmit la nouvelle. Jerry sursauta violemment et tourna la tête dans leur direction. Ce fut tout juste si Gage ne l'entendit pas soupirer tandis qu'il fixait le dos tourné de Deborah.

Elle était d'une beauté si désarmante dans son sommeil comblé d'après l'amour...

Gage attendit un long moment à son côté pour s'assurer que Deborah dormirait d'une traite jusqu'au matin. Car cette nuit ne serait pas une nuit comme les autres. Il sentait la présence du danger, comme une vibration dans son sang. Plus que jamais il avait besoin de la savoir en sécurité ici, où Frank veillait sur elle.

Gage se glissa hors du lit et s'habilla en silence, attentif au son calme de sa respiration. Tout en enfilant ses gants, il se dirigea vers sa commode et en sortit son P38. Le contact de la crosse dans sa paume lui parut aussi familier que s'il avait reposé son arme la veille. Et pourtant, il ne s'en était plus servi une seule fois depuis la nuit fatidique où sa vie avait basculé.

Penché sur Deborah endormie, il lui jura silencieusement qu'il reviendrait sain et sauf. Le sort ne pouvait lui réserver un second coup fatal. Cette nuit, enfin, après quatre années d'attente, il allait au-devant de la victoire.

Mais lorsqu'il capta son propre reflet dans le miroir, il ne vit rien qu'une ombre immatérielle. Et la prescience d'un danger terrible le saisit une nouvelle fois à la gorge.

Une heure après le départ de Gage, le téléphone sonna dans la chambre. Deborah qui dormait à poings fermés décrocha par réflexe.

— *Señorita ?*

La voix de Montega chassa instantanément les dernières brumes de sommeil.

— Que me voulez-vous ? demanda-t-elle, glacée de terreur.

— Nous le tenons. Il est tombé la tête la première dans le
piège.

— Quoi ?

Dans un sursaut de panique, elle chercha Gage à tâtons.
Mais avant même que sa main ne rencontre le vide, elle sut
qu'il n'était plus à son côté.

— Nous l'avons gardé en vie et nous ne lui ferons aucun mal
dans un premier temps. Mais si vous désirez le revoir, venez
vite et seule. En apportant toutes les informations dont vous
disposez sur notre organisation.

Elle pressa une main sur sa bouche, se forçant à réfléchir
calmement.

— Qu'est-ce qui me prouve que je peux vous faire confiance ?
Je sais que vous avez l'intention de nous tuer l'un et l'autre.

Le rire amusé de Montega résonna à l'autre bout du fil.

— Je n'exclus pas cette possibilité. Mais il est certain en
tout cas que je l'éliminerai lui si vous n'arrivez pas rapidement.
Si vous n'êtes pas là dans trente minutes, je lui coupe la main
droite.

Une vague de nausée lui souleva l'estomac.

— Je viens. Mais d'abord, passez-le-moi ou je…

Seule la tonalité lui répondit. Deborah bondit hors du lit,
enfila un peignoir et se rua dans les appartements de Frank.
Personne. Se mordant la lèvre jusqu'au sang, elle poursuivit
jusqu'à la chambre bleue où elle trouva Lily Greenbaum trônant
dans son lit de reine devant un vieux film en noir et blanc.

— Où est Frank ? s'enquit-elle, hors d'haleine.

— Parti louer une cassette et acheter deux pizzas. Nous
avons décidé d'organiser un festival Marx Brothers en nocturne.
Mais que se passe-t-il, mon petit ?

Effarée, Deborah secoua la tête.

— Dites-lui simplement que j'ai eu un appel au sujet de Gage et qu'il doit venir me rejoindre *immédiatement* à son retour. Au 325, East River Drive.

Sourde aux protestations horrifiées de Lily, Deborah repartit au pas de course. Elle perdit quelques précieuses minutes à rassembler des documents exigés par Montega et à enfiler un jean et un T-shirt. Puis elle se précipita dans sa voiture et traversa la ville à une vitesse folle, le cœur au bord des lèvres et le regard rivé sur l'horloge du tableau de bord.

Invisible, Némésis assista à la transaction. Un sachet de poudre blanche fut ouvert et un test de pureté effectué sous le regard impassible du vendeur. L'échange se fit presque en silence et l'acheteur repartit promptement avec sa marchandise. Peu après, un bruit de pas se fit entendre dans l'immense entrepôt. Partout des caisses et des cartons étaient empilés par terre et sur des étagères en métal qui couraient le long des murs. Sur les établis alignés reposaient des outils de fraisage et de mortaisage. Un chariot élévateur à l'entrée, près des grandes portes métalliques coulissantes, servait à soulever le bois de construction et une légère odeur de sciure flottait encore dans l'air, même si toutes les machines étaient désormais au repos.

Némésis serra les poings mais se garda bien de réagir lorsque Montega apparut. Ce dernier sourit en voyant les liasses de billets posées sur la table.

— Tout s'est bien passé, je vois ?

Montega rangea l'argent dans une mallette et se tourna vers l'un de ses hommes de main.

— Lorsqu'il viendra, faites-le entrer ici.

Ainsi le moment tant attendu approchait enfin. Némésis luttait contre la haine qui bouillonnait en lui. La part de lui qui n'aspirait qu'à la vengeance aurait voulu régler ses comptes avec Montega sur-le-champ. Mais il savait qu'il devait agir avec calme et méthode.

Némésis ouvrait la bouche pour parler lorsqu'il entendit des éclats de voix et un bruit de talons claquant sur le bitume. Ce fut comme si une boule de glace se formait soudain dans sa poitrine.

Il l'avait laissée en sécurité, pourtant. Endormie.

Brusquement la lumière se fit dans son esprit : le danger qu'il avait pressenti en la quittant... c'était pour elle. Pas pour lui. Pétrifié et en nage, il vit Deborah faire irruption dans l'atelier, suivie de deux hommes armés. L'espace d'une seconde, il se trouva en suspens entre deux univers, déchiré entre deux mondes. Un élan si puissant le poussait vers Deborah qu'il fut à deux doigts de reprendre son apparence humaine.

Comme une tigresse, elle se rua sur Montega.

— Où est-il ? Qu'avez-vous fait de lui ? S'il lui est arrivé quoi que ce soit, je...

Montega applaudit.

— Une femme amoureuse... Magnifique.

— Où est Gage ? Je veux le voir tout de suite.

Avec un léger sourire, Montega inclina la tête.

— Vous avez fait vite, *señorita*. Mais avez-vous apporté ce que je vous ai demandé, au moins ?

Elle lui tendit la mallette avec impatience. Montega la passa à l'un des gardes qui disparut dans une pièce adjacente.

— Désirez-vous vous asseoir, *señorita* ?

— Non. Tout ce que je vous demande, c'est de tenir votre parole. Je veux...

La porte s'ouvrit de nouveau et elle tourna la tête en sursaut.

— Jerry ?

A une première réaction de surprise, succéda aussitôt une vague de soulagement et de gratitude. Ainsi, ils s'étaient trompés : c'était Jerry et non pas Gage qu'ils avaient pris en otage.

Elle s'avança pour saisir les mains de son malheureux ami.

— Oh, Jerry, je suis tellement désolée…

Il serra ses mains entre les siennes.

— Je le savais, que tu viendrais, murmura-t-il, le regard étrangement brillant.

— Je crains que ma présence ici ne te soit pas d'une grande aide, hélas.

— Oh, mais si, bien au contraire, lui assura-t-il en passant un bras autour de ses épaules pour se tourner vers Montega. La transaction s'est déroulée comme prévu, j'imagine ?

— Comme sur des roulettes, monsieur Bower.

— Parfait.

Sidérée, Deborah se dégagea et fit un pas en arrière.

— Dois-je comprendre que tu n'es pas retenu en otage ici, Jerry ?

— Pas le moins du monde.

Elle porta les mains à ses tempes.

— Non, je ne peux pas le croire. Je savais que tu soutenais Fields aveuglément, mais à ce point… Jerry, toi qui as des principes, une éthique, comment peux-tu cautionner un trafic aussi immonde ? A ce stade, ce n'est plus de la politique mais de la criminalité pure et simple !

Jerry eut un geste large de la main.

— Tout est politique. *Ma* politique. Tu ne pensais tout de même pas sérieusement qu'une marionnette comme Fields pouvait être à la tête d'une organisation aussi complexe ?

Avec un grand éclat de rire, il lui fit signe de s'asseoir.

— Et pourtant si, tu y croyais. Et dur comme fer, même. Parce que j'avais placé les bons indices au bon endroit et que tu as suivi bien gentiment la piste que j'avais pris soin de tracer afin de confondre mon ami le maire en temps utile.

Les jambes sciées, Deborah dut s'asseoir dans le fauteuil qu'il lui désignait.

— Ainsi Fields n'était qu'un…

— Qu'un pion, qu'un jouet entre mes mains. Depuis six ans, je tire les ficelles dans l'ombre. Fields se contente de serrer des mains, de tenir des discours et de signer les documents que je lui présente. Il ne serait même pas fichu de faire tourner une épicerie de quartier tout seul, le pauvre bougre. Notre ami le maire n'est rien. Juste un support sur lequel j'étaye peu à peu ma carrière. Je vise la mairie, pour commencer.

Anesthésiée, Deborah ne ressentait plus rien, pas même la peur. Comment faire le lien entre le monstre cynique qui pérorait ainsi devant elle et l'homme qui avait été son ami pendant deux ans ?

— Et comment comptes-tu parvenir à tes fins, Jerry ?

— Par la méthode classique : l'argent, le pouvoir, l'intelligence.

Elle hocha la tête.

— Le pouvoir, c'est Fields. L'intelligence, c'est toi. Et l'argent ?

Les lèvres de Jerry esquissèrent un sourire.

— Tu es très fine, Deborah. C'est ce que j'ai toujours apprécié chez toi. L'argent, tu disais ? C'est Arlo Stuart qui le fournit. A une époque, ses comptes plongeaient dans le rouge. Il a donc varié ses activités.

— La drogue ?

— Exactement, acquiesça Jerry en consultant sa montre. Ça fait douze ans qu'il a un quasi-monopole sur la côte Est. Moi, je suis monté petit à petit dans la hiérarchie.

Deborah se creusait fébrilement la tête pour trouver de nouvelles questions à poser. En le faisant parler, elle gagnait de précieuses minutes. Frank disposait-il d'un moyen pour prévenir Némésis ? Serait-il là à temps pour la sauver ?

— Ainsi, vous formez un trio parfaitement complémentaire, Fields, Stuart et toi ?

— Pas Fields, non. C'est un faible qui ne se doute de rien. Ou s'il a compris quelque chose, il a choisi prudemment de faire comme si de rien n'était. Ce en quoi il a tort, d'ailleurs. Car je ne vais pas tarder à le dénoncer. Comme tu as pu le constater, tous les indices pointent dans sa direction. Fields tombera des nues et niera farouchement. Mais les preuves que je présenterai, l'air dûment accablé, seront écrasantes. Et comme j'aurais pris sur moi de faire la lumière sur les sombres activités auxquelles se livre notre maire, j'apparaîtrai comme la personne toute désignée pour prendre sa suite.

Elle secoua la tête.

— Ça ne marchera pas, Jerry. Je ne suis pas seule à savoir.

— Tu veux parler de Guthrie ? rétorqua-t-il, avec un léger sourire, en croisant les mains sur les genoux. Oh, j'ai la ferme intention de lui imposer définitivement silence, à lui aussi. J'avais déjà donné l'ordre à Montega de me débarrasser de lui il y a quatre ans.

— Toi ? se récria-t-elle. Tu as fait une chose pareille ?

— Arlo me laisse le soin de régler ce genre de détails, admit Jerry avec une terrifiante désinvolture.

Il se pencha pour poursuivre à voix basse de manière à ce qu'elle seule puisse l'entendre :

— Tu m'as conduit à la vérité, Deborah. J'ai enfin compris comment ton nouveau fiancé employait son temps libre.

— Je ne vois pas de quoi tu veux parler, protesta-t-elle, le ventre noué.

— Allons, allons, Deborah. Les journaux étaient pleins de tes aventures avec deux hommes : Guthrie et Némésis.

Mais je te connais. Les amours dispersées, ce n'est pas ton style. Ce soir, au restaurant, j'ai eu la confirmation de ce que je soupçonnais déjà : il n'y a jamais eu qu'un seul homme, en fait. Un seul homme dans ton cœur. Un seul homme pour reconnaître Montega. Un seul homme pour mener une quête aussi obstinée contre moi.

Le regard de Jerry se fit soudain glacial.

— Ce petit secret reste entre nous, ma chère. Mais tu comprendras que je ne puis, hélas, te laisser ressortir d'ici vivante. Tu seras rassurée d'apprendre que Montega m'a promis que ta fin serait rapide et sans souffrance.

Tremblant de la tête aux pieds, Deborah se leva pourtant pour lui faire face.

— Tu ne le sais pas encore, mais tu as déjà perdu la partie. Lorsque tu m'auras tuée, il ne te laissera plus un instant de répit. Tu crois le connaître, mais tu te trompes. Jamais tu ne remporteras la victoire sur un homme tel que lui.

Jerry rit doucement.

— Ah, tu l'aimes, n'est-ce pas ! Et l'amour rend stupide même les femmes les plus intelligentes. Voilà pourquoi tu es tombée sans hésiter dans le piège grossier que je t'ai tendu. Il n'a jamais été ici, en fait.

— Tu te trompes, Bower.

Toutes les têtes se tournèrent en direction de la voix invisible. Les jambes de Deborah étaient soudain si faibles qu'elle faillit glisser sans connaissance sur le sol. Elle se ressaisit lorsqu'un garde qui se trouvait près de la porte se souleva soudain dans les airs comme s'il montait en lévitation. Le visage convulsé par la terreur, l'homme tenta vainement de se débattre. L'arme qu'il tenait se mit à cracher le feu, actionnée par une main invisible. Deborah se jeta derrière une rangée d'étagères et s'empara d'une pince sur un établi.

Elle écarquilla les yeux lorsqu'un garde qui s'avançait vers elle se vit soudain arracher son fusil. Tremblant de tous ses membres, l'homme s'enfuit en courant.

La voix de Némésis flotta dans sa direction.

— Attends-moi ici. Et surtout ne bouge pas.

— Dieu merci, tu es vivant. Je…

Il lui coupa la parole avec impatience.

— Mets-toi à l'abri. Vite.

Deborah serra nerveusement sa pince entre ses doigts. Ainsi Némésis était de retour. Et il n'avait rien perdu de sa détestable arrogance. Ecartant une pile de cartons de quelques centimètres, elle découvrit la scène. Jerry, Montega et trois gardes criaient et tiraient au jugé. La confusion était totale. Lorsqu'une balle vint se loger dans une caisse à quelques centimètres de sa tête, Deborah se tassa sur elle-même. Au même moment, quelqu'un l'attrapa sans ménagement par les cheveux.

— De quelle espèce est-il, cet homme ? s'éleva la voix sifflante de Jerry à ses oreilles.

— Celle des héros, répondit-elle d'un ton de défi. Une catégorie d'individus à laquelle quelqu'un comme toi ne pourra jamais rien comprendre.

— Il ne va pas tarder à être un héros mort, ton Guthrie. Quant à toi, tu vas venir bien gentiment avec moi.

D'un geste brutal, Jerry la plaça en bouclier devant lui. Deborah prit une profonde inspiration et, rassemblant ses forces, le frappa au ventre à l'aide de la pince. Comme il se pliait en deux avec un haut-le-cœur, elle se mit à courir, slalomant entre les établis et les machines-outils. Très vite, Jerry se ressaisit et se lança à sa suite. Comme il gagnait du terrain, elle sentit sa main se refermer sur sa cheville. Elle le repoussa d'un coup de pied et entreprit d'escalader une pile de bois de grume qui s'élevait quasiment jusqu'au plafond.

266

Derrière elle, s'éleva presque aussitôt la respiration haletante de Jerry. Serrant les dents, Deborah se raccrocha aux troncs rugueux, inégaux. Des échardes s'enfonçaient dans sa main mais c'était à peine si elle en avait conscience. « Ne pas tomber... surtout ne pas tomber maintenant », psalmodiait-elle en cherchant ses prises. Jerry était à deux doigts de la rattraper. Au dernier moment, elle tenta une ultime manœuvre désespérée et sauta de la pile de bois sur une mince échelle en métal. Ses mains moites glissèrent sur les barreaux mais elle réussit miraculeusement à se raccrocher et se hissa jusqu'au niveau suivant. A bout de forces, la respiration sifflante, elle atteignit une sorte de passerelle en métal sur laquelle étaient entassés des rouleaux de laine de verre et du matériel de construction.

Mais la voie, cette fois, était sans issue. Prise au piège, elle se tourna vers l'échelle. Le visage de Jerry apparut à sa hauteur. Il avait du sang sur la bouche et un revolver pointé sur elle. Loin en dessous d'eux, Némésis luttait à trois contre un. La moindre distraction pouvait lui être fatale. Elle ne devait compter que sur elle-même. Les poings serrés, elle fit face à l'homme qui avait été son ami.

— Tu ne te serviras pas de moi pour le réduire à ta merci, lança-t-elle avec force.

Du revers de la main, il essuya le sang et la salive qui lui maculaient le visage. Son regard luisait de haine.

— Désolé pour toi mais tu ne peux plus m'échapper, maintenant, Deborah.

— Tu ne m'auras pas. Jamais.

Reculant d'un pas, elle heurta un crochet en métal qui servait à hisser les matériaux de construction

— Jamais, répéta-t-elle en balançant de toutes ses forces le lourd crochet en métal dans sa direction.

Touché en pleine tête, Jerry lâcha l'échelle et tomba à la renverse. Il poussa un hurlement terrible. En l'entendant se fracasser sur le sol à une dizaine de mètres en contrebas, elle cria à son tour et se prit le visage dans les mains.

Gage leva les yeux et la vit, pâle comme une morte, oscillant en équilibre précaire sur une étroite bande de métal à une dizaine de mètres au-dessus du sol. A l'homme qui venait de s'écraser sur le béton, il ne jeta même pas un regard. Comme il piquait un sprint dans sa direction, il entendit une balle siffler à quelques centimètres de son oreille.

— Attention, hurla Deborah. Montega est juste derrière toi.

Il se concentra et disparut. Il n'avait qu'une peur : que Montega fasse feu sur Deborah. Pour distraire son attention, il le nargua en se déplaçant rapidement d'un côté et de l'autre chaque fois que Montega tirait au jugé, dans la direction d'où venait la voix.

— Je vais te tuer ! criait le Colombien d'une voix suraiguë. Je t'ai déjà vu saigner. Je sais que tu n'es pas invulnérable !

Du coin de l'œil, Némésis vit Deborah descendre le long de l'échelle et se placer en sécurité en se plaquant contre un mur. Une fois rassuré sur son sort, il se fit réapparaître, juste devant Montega, son P38 braqué sur son cœur.

— Tu m'as *déjà* tué, Montega.

Il n'avait qu'un geste à faire : tirer. Et l'étau qui lui comprimait la poitrine depuis quatre ans se desserrerait enfin. Mais il songea à Deborah et son doigt se détendit sur la détente.

— C'est pour toi que je suis revenu, Montega. Tu auras tout le temps de méditer sur le sens de cette énigme. Donne-moi ton arme, maintenant.

Le Colombien obéit sans un mot. Pâle mais déterminée, Deborah se baissa pour ramasser son revolver.

— A quelle espèce appartiens-tu ? hurla Montega, les yeux exorbités. *Qui* es-tu ?

268

Deborah poussa un cri d'avertissement lorsque le Colombien, d'un geste désormais familier, glissa la main dans sa poche. Deux coups partirent l'un après l'autre. Deborah poussa un hurlement de rage, de peur et de colère. Mais ce fut Montega qui s'effondra sans vie sur le sol.

Dans le silence de mort qui suivit, Némésis s'avança pour se pencher sur le corps.

— Je suis ton destin, murmura-t-il avant de se retourner pour accueillir Deborah dans ses bras.

— Oh, mon Dieu, Gage… Ils m'ont dit qu'ils te tenaient en otage, murmura-t-elle d'une voix tremblante. Qu'ils te tueraient si je ne venais pas immédiatement en apportant tous les documents.

— Tu crois vraiment que Némésis se serait laissé prendre ?

Deborah se passa la main sur les yeux.

— J'avoue que j'ai eu tellement peur que je n'ai même pas pris le temps de me poser la question. Mais comment se fait-il que tu sois arrivé sur les lieux presque en même temps que moi ?

— Le schéma d'ensemble… Assieds-toi, Deborah. Tu trembles.

— J'ai comme un pressentiment que ça va être de colère dans quelques secondes. Tu *savais* qu'ils se retrouveraient ici ce soir, n'est-ce pas ?

— Oui, je le savais. Assieds-toi, je vais aller te chercher un verre d'eau.

— Arrête ton cirque paternaliste, O.K. ? cria-t-elle, les doigts crispés sur sa chemise. Tu étais au courant et tu ne m'as rien dit. Tu savais, pour Stuart et pour Jerry.

— Pas pour Jerry, non.

Et il regretterait sans doute toute sa vie de ne pas avoir percé cette immonde crapule à jour.

— Je ne le soupçonnais de rien à part d'être amoureux de toi. Jusqu'à ce soir, j'étais convaincu que Fields était bel et bien à la tête de toute l'organisation.

— Alors comment se fait-il que tu sois venu ici ?

— Il y a quelques jours, j'ai enfin réussi à comprendre selon quel schéma l'organisation fonctionnait. J'ai découvert, pour commencer, que tous les points de livraison de drogue étaient reliés d'une façon ou d'une autre à Arlo Stuart. D'autre part, les transactions se faisaient tous les quinze jours et chaque fois dans un secteur différent de la ville.

— Intéressant… Et il t'a paru logique de garder tout ça pour toi ?

Il frémit sous son regard noir de colère.

— Si j'ai tenu ma langue, c'est précisément pour éviter le genre de drame que nous venons de vivre ce soir. Quand je m'inquiète à ton sujet, je suis infichu de me concentrer et je fais n'importe quoi.

D'un geste de défi, Deborah tendit la main où le saphir étincelait dans son lit de diamants.

— Tu vois cette bague ? Tu me l'as offerte il y a quelques heures et je la porte parce que je t'aime, parce que j'apprends, jour après jour, à mieux te comprendre et à mieux t'accepter. Si tu ne peux pas faire la même chose de ton côté, je pense qu'il est préférable que je te la rende tout de suite.

Derrière le masque, une ombre de souffrance noircit le regard de Némésis.

— Ce n'est pas une question de compréhension ou d'acceptation, Deborah. Je t'aime plus que ma vie et…

— Je viens de tuer un homme ce soir, au cas où tu ne l'aurais pas remarqué.

Tremblante de colère, elle le repoussa lorsqu'il voulut la prendre dans ses bras.

270

— Oui, j'ai tué de mes mains un homme que je connaissais, que je considérais comme un ami. Et je suis venue ici ce soir, prête à sacrifier, pour toi, aussi bien mes principes moraux que ma vie même. Pour sauver la tienne. Alors ne recommence jamais — et je dis bien jamais — à prendre des décisions pour moi ou à vouloir me « protéger » !

Il se croisa les bras sur la poitrine.

— Ça y est ? Tu as dit ce que tu avais à dire ?

Elle secoua la tête mais il vit que sa colère retombait déjà.

— Je sais que Némésis continuera à traquer le mal dans les rues de Denver. Que c'est ainsi et que tu n'y peux rien changer. Je ne ferai rien pour me mettre en travers de ton chemin. Mais je te demande une seule chose : fais de même de ton côté.

— C'est tout ?

Manifestement épuisée, elle prit appui des deux mains sur le dossier d'une chaise.

— Pour le moment, oui.

— Tu as raison.

Deborah ouvrit la bouche et la referma sans avoir émis un son. Le souffle s'échappa de ses lèvres avec un léger sifflement.

— Tu peux répéter ça, Gage ?

— Tu as raison. En voulant agir seul, j'ai obtenu le contraire de ce que je visais : je t'ai exposée à un danger encore plus terrible. Je le regrette et je t'en demande pardon. D'autre part, je tiens à ce que tu saches que je n'avais pas l'intention de tuer Montega. Je ne te dis pas que je n'ai pas été tenté. Mais s'il avait accepté de se rendre, je l'aurais remis à la police.

Deborah se rapprocha d'un pas.

— Pourquoi ? demanda-t-elle dans un souffle.

— Parce que je savais que tu ferais en sorte que la justice soit rendue.

Il lui tendit sa main offerte.

— J'ai besoin d'une partenaire, Deb. D'un équipier pour la vie.

Les larmes montèrent aux yeux de Deborah.

— Moi aussi, chuchota-t-elle en se jetant à son cou. Et je te jure, mon amour, que rien ne nous arrêtera.

Dans le lointain, des sirènes se firent entendre.

— Apparemment, Frank a prévu des renforts, commenta-t-elle avec l'ombre d'un sourire. Tu ferais mieux de disparaître avant que la moitié des effectifs de police de Denver ne fasse irruption dans cet entrepôt.

Se dressant sur la pointe des pieds, elle lui pressa un dernier baiser passionné sur les lèvres. Puis elle recula d'un pas et contempla les corps qui jonchaient le sol autour d'eux.

— A ton avis ? Il me faudra combien d'heures pour expliquer cette scène de carnage ? Cette fois, notre ami Wisner va avoir autre chose que des médisances à se mettre sous la dent pour alimenter sa chronique.

Des pas précipités retentirent dans l'entrepôt. Némésis recula, se fondit dans le mur et disparut. Mais sa voix s'éleva tout contre son oreille :

— Je serai là. Tout près de toi. Toujours.

Deborah sourit, posa la paume à plat sur la cloison et se sentit comme enveloppée par sa présence. Un léger sourire se dessina sur ses lèvres : elle était prête, s'il le fallait, à affronter la terre entière...

Nora
Roberts

Tournez vite la page,
et découvrez, en avant-première,
un extrait du troisième roman de
cette nouvelle séric.

La proie

(Amours d'Aujourd'hui n° 804
à paraître le 1er décembre)

Extrait de *La proie*
de Nora Roberts

A la campagne, comme en ville, partout où un crime venait d'être commis, une même ombre rôdait immanquablement : celle de la mort. Forte de ses dix années d'expérience dans la police, Althea avait appris à l'identifier et à dominer le malaise qu'elle suscitait en elle.

En arrivant à proximité du *Tick-Tock,* elle vit que des barrières avaient été placées pour arrêter la circulation. L'activité habituelle régnait autour du corps qui gisait toujours sur le trottoir. Le photographe de la police venait de prendre un dernier cliché et commençait à remballer son matériel.

Trois voitures de patrouille, noires et blanches, bloquaient la rue. Comme toujours, un attroupement s'était formé et les curieux s'agglutinaient devant les barrières pour tenter d'avoir un aperçu du cadavre. La mort attirait toujours les spectateurs. Rien de tel que de se frotter à elle pour sentir la vie couler un peu plus fort dans ses veines.

Frissonnant dans la nuit d'automne, Althea montra son insigne au policier chargé de contenir la foule et se glissa sous la barrière. Avec un soupir de soulagement, elle reconnut Sweeney, un vieux de la vieille qui arborait l'uniforme de la police de Denver depuis presque trente ans. Il s'avança à sa rencontre.

— C'est une sale affaire, inspecteur.

Il sortit un mouchoir de sa poche et se moucha bruyamment.

— Comment est-ce arrivé, Sweeney ?

— Des coups de feu ont été tirés d'une voiture en marche. La victime était en train de discuter devant le bar. D'après les témoins, le véhicule arrivait par le haut de la rue. Le trottoir a été arrosé de balles, puis la voiture a accéléré de nouveau. Ils ne se sont pas arrêtés, évidemment.

Althea hocha la tête. L'odeur du sang flottait encore dans l'air.

— Il y a eu des blessés ?

— Non. Quelques éclats de verre ont éclaboussé les consommateurs qui se trouvaient près de la porte. C'est tout. Les meurtriers savaient ce qu'ils faisaient, apparemment.

Sourcils froncés, Sweeney contempla l'homme gisant sur le trottoir. Il secoua la tête.

— Il n'avait aucune chance d'en réchapper. Je suis désolé, inspecteur.

— Pas tant que moi.

Althea alla s'accroupir un instant près de la victime. *Wild Bill Billings…* Proxénète à ses heures, un peu truand sur les bords. Et indicateur de police à plein temps.

Son indic.

Scrutant la foule du regard, Althea ne détecta rien d'inhabituel : les éternels poivrots rivés au bar, une bande d'adolescents en quête de sensations fortes, quelques SDF figés dans une attitude hébétée et…

Elle ressentit une vibration étrange, comme un picotement sur toute la surface de sa peau. L'homme sur lequel s'était arrêté son regard ne paraissait pas particulièrement excité par la scène sanglante qui venait de se produire. Debout près du comptoir, les bras croisés sur la poitrine, il attendait la suite des événements sans montrer d'anxiété particulière. Althea nota qu'il portait un bomber en cuir noir, ouvert sur une chemise en chambray. Une petite médaille d'argent pendait sur sa poitrine. Il était grand, sans être dégingandé, plutôt athlétique et bronzé. Dans la maigre lumière du bar, elle ne put distinguer si ses cheveux étaient blond foncé ou châtain clair. Mais ils étaient abondants, légèrement ondulés, un peu plus longs que la moyenne.

Un fin cigare fiché entre les lèvres, il regardait autour de lui avec une expression indéchiffrable. Ses traits étaient bien dessinés, anguleux. Ses yeux légèrement enfoncés, son nez long et assez mince. Sa bouche avait une expression ironique, comme s'il se moquait silencieusement du monde.

D'instinct, Althea devina qu'il était du métier, même s'il lui était difficile de dire exactement quelle était sa partie. Elle était en train de sonder ses traits avec attention lorsque le regard de l'homme rencontra le sien. L'impact lui fit l'effet d'un coup de poing dans le ventre.

Elle tourna la tête vers son compagnon.

— Et ce type là-bas, Sweeney ?

— Quel type ?

Sweeney regarda dans la direction qu'elle lui indiquait et le vieux policier eut un discret sourire.

— Ah, celui-là. C'est le témoin principal. Il était en pleine discussion avec la victime juste avant qu'elle ne se fasse descendre.

— Tiens, tiens, commenta Althea en se tournant vers le témoin. Je vais peut-être…

Elle s'interrompit en voyant son supérieur hiérarchique pénétrer dans le bar. A sa grande surprise, Boyd se dirigea tout droit vers le témoin, secoua la tête en souriant. Les deux hommes se donnèrent l'accolade et se tapèrent longuement dans le dos.

Althea observa ces démonstrations d'amitié avec curiosité. Puis elle se tourna vers Sweeney.

— Bon, changement de programme… J'abandonne notre témoin principal aux mains du commissaire pour le moment. Finissons-en, Sweeney. La nuit promet d'être longue.

Colt n'avait pas quitté la jeune femme des yeux depuis le moment où il avait vu la portière de la Mustang s'ouvrir, révélant ses jambes sculpturales. Inutile de préciser qu'il avait apprécié le spectacle. Sa façon de se mouvoir, surtout, lui avait plu. La superbe rousse se déplaçait avec une grâce qui n'avait rien d'ostentatoire. Il y avait chez elle une souplesse, une économie dans le geste qui constituaient un régal pour les yeux.

La demoiselle avait une plastique à laquelle on ne pouvait rester insensible. Elle n'était pas grande, pourtant. De taille moyenne, mais proportionnée à la perfection, elle dégageait une vitalité étonnante. L'éclat solaire de sa chevelure offrait un contraste frappant avec la pâleur de sa carnation, la grande finesse de ses traits.

Malgré la fraîcheur de la nuit, Colt se surprit à caresser quelques pensées particulièrement brûlantes. Ce qui n'était pas la pire façon de tuer le temps en attendant qu'on l'autorise enfin à poursuivre son chemin. La patience n'avait jamais été son fort, et se trouver là, au point mort, avec un informateur définitivement réduit au silence n'arrangeait pas spécialement ses affaires.

Colt ne fut pas surpris de voir la jeune femme brandir une carte professionnelle pour franchir le cordon de sécurité. Cette fille était un flic. Cela crevait les yeux rien qu'à la façon dont elle observait la scène.

Il sentit soudain le regard de la femme peser sur lui. Il tira sur son cigare et tourna les yeux vers elle en soufflant la fumée.

Sa première réaction fut épidermique, sensuelle, inhabituelle. Un vide sidéral se creusa soudain en lui, laissant son esprit lisse et immobile comme un miroir. Il vacilla. Comme aimantée à son tour, elle fit un pas dans sa direction.

Avec un léger sourire, Boyd fit les présentations.

— Althea Grayson. Colt Nightshade. Colt est un vieil ami, précisa-t-il.

Althea le gratifia d'un signe de tête.

— Enchantée, monsieur Nightshade. Vous étiez présent sur les lieux du crime, je crois ?

— C'est exact.

— Et vous pourriez m'expliquer en quel honneur vous vous êtes fait tirer dessus en compagnie de mon indic ?

— Nous parlions, répondit Colt, laconique.

Il aurait pu être plus explicite mais il était trop occupé à essayer de deviner quel type de relation son ami Boyd entretenait avec la belle inspectrice rousse.

— Et de quoi parliez-vous donc, Bill et vous ?

Elle continuait à l'interroger d'une voix patiente et douce, comme si elle avait affaire à un attardé mental.

— La victime était l'informateur de Thea, lui rappela Boyd. Et si elle veut s'occuper de l'affaire…

— C'est le cas.

— … Je lui confie le dossier.

— Il m'a fallu deux jours pour mettre la main sur Billings, protesta Colt.

— C'est à la police de prendre cette affaire en main, fit remarquer Boyd calmement.

Colt hocha la tête.

— Je ne dis pas le contraire. Mais c'est aussi une histoire qui me concerne.

Un imperceptible sourire se dessina sur les lèvres de Colt et il poursuivit d'un ton ironique, comme s'il se moquait vaguement de lui-même.

— Tu sais que ce n'est pas mon truc de travailler en équipe, Boyd. Mais aujourd'hui, je suis prêt à faire exception. Donne-moi l'un de tes hommes. Ton meilleur élément. A deux, nous progresserons plus vite.

— Colt…, dit Boyd d'un air ennuyé. C'est totalement contraire à notre règlement, ce que tu me demandes là…

Il se massa la racine du nez et hésita un long moment. Puis, avec un haussement d'épaules, il désigna Althea.

— Tu veux mon meilleur élément ? Le voilà. Et maintenant, débrouillez-vous tous les deux !

Ne manquez pas le 1er décembre,
La proie, de Nora Roberts
(Amours d'Aujourd'hui n° 804)

Recherche Jake désespérément, de Darlene Gardner – n°5

Depuis le début de cette fichue enquête, où Sam tente désespérément de retrouver son frère Jake, tout va de travers. Et à ce stade de l'affaire, un certain nombre de questions restent en suspend :

- Que manigance Mallory, qui prétend être la fiancée de Jake ?

- Qui est Lenora, sœur de Mallory qui prétend être elle-aussi la fiancée de Jake ?

- Où diable est passé Jake ?

- Et de quel droit lui, Sam Creighton, est-il tombé amoureux de la fiancée de son frère ?

Chère lectrice,

Vous nous êtes fidèle depuis longtemps?
Vous venez de faire notre connaissance?

C'est pour votre plaisir que nous avons
imaginé un rendez-vous chaque mois
avec vos auteurs préférés, vos
AUTEURS VEDETTE dans les
collections Azur et Horizon.

**Les AUTEURS VEDETTE vous
donneront rendez-vous pour de
nouveaux livres vedette.**

Pour les reconnaître, cherchez
l'étoile . . . Elle vous guidera!

Éditions Harlequin

HARLEQUIN

LE FORUM DES LECTEURS ET LECTRICES

CHERS(ES) LECTEURS ET LECTRICES,

VOUS NOUS ETES FIDÈLES DEPUIS LONGTEMPS?

VOUS VENEZ DE FAIRE NOTRE CONNAISSANCE?

SI VOUS AVEZ DES COMMENTAIRES, DES CRITIQUES À
FORMULER, DES SUGGESTIONS À OFFRIR, N'HÉSITEZ
PAS… ÉCRIVEZ-NOUS À:
      LES ENTREPRISES HARLEQUIN LTÉE.
      498 RUE ODILE
      FABREVILLE, LAVAL, QUÉBEC.
      H7R 5X1

C'EST AVEC VOS PRÉCIEUX COMMENTAIRES QUE NOUS
ALLONS POUVOIR MIEUX VOUS SERVIR.

DE PLUS, SI VOUS DÉSIREZ RECEVOIR UNE OU
PLUSIEURS DE VOS SÉRIES HARLEQUIN PRÉFÉRÉE(S)
À VOTRE DOMICILE, NE TARDEZ PAS À CONTACTER LE
SERVICE D'ABONNEMENT; EN APPELANT AU
(514) 875-4444 (RÉGION DE MONTRÉAL) OU 1-800-667-4444
(EXTÉRIEUR DE MONTRÉAL) OU TÉLÉCOPIEUR
(514) 523-4444 OU COURRIER ELECTRONIQUE:
AQCOURRIER@ABONNEMENT.QC.CA OU EN ÉCRIVANT À:
      ABONNEMENT QUÉBEC
      525 RUE LOUIS-PASTEUR
      BOUCHERVILLE, QUÉBEC
      J4B 8E7

MERCI, À L'AVANCE, DE VOTRE COOPÉRATION.

BONNE LECTURE.

HARLEQUIN.

VOTRE PASSEPORT POUR LE MONDE DE L'AMOUR.

COLLECTION
HORIZON

Des histoires d'amour romantiques qui vous mènent au bout du monde!

Découvrez la passion et les vives émotions qu'apportent à la Collection Horizon des auteurs de renommée internationale!

Captivantes, voire irrésistibles, ces histoires d'amour vous iront assurément droit au coeur.

Surveillez nos quatre nouveaux titres chaque mois!

69 L'ASTROLOGIE EN DIRECT
TOUT AU LONG
DE L'ANNÉE.

(France métropolitaine uniquement)
Par téléphone 08.36.68.41.01
0,34 € la minute (Serveur SCESI).

Composé et édité
PAR LES ÉDITIONS HARLEQUIN
Achevé d'imprimer en octobre 2002

BUSSIÈRE
GROUPE CPI

à Saint-Amand-Montrond (Cher)
Dépôt légal : novembre 2002
N° d'imprimeur : 25218 — N° d'éditeur : 9558

Imprimé en France